陈忠实精读系列

李十二推磨

陈忠实\著

丛书策划\李世跃

文化艺术出版社
Culture and Art Publishing House

图书在版编目（CIP）数据

李十三推磨 / 陈忠实著. 一北京：文化艺术出版社，2015.12
ISBN 978-7-5039-6087-1

Ⅰ. ①李… Ⅱ. ①陈… Ⅲ. ①中篇小说－小说集－中国－当代②短篇小说－小说集－中国－当代 Ⅳ. ①I247.7

中国版本图书馆CIP数据核字(2015)第305568号

李十三推磨

著　　者　陈忠实
责任编辑　胡　晋
装帧设计　顾　紫
出版发行　文化艺术出版社
地　　址　北京市东城区东四八条52号（100700）
网　　址　www.whyscbs.com
电子邮箱　whysbooks@263.net
电　　话　（010）84057666（总编室）　84057667（办公室）
　　　　　84057691—84057699（发行部）
传　　真　（010）84057660（总编室）　84057670（办公室）
　　　　　84057690（发行部）
经　　销　新华书店
印　　刷　国英印务有限公司
版　　次　2016年1月第1版
印　　次　2016年1月第1次印刷
开　　本　787毫米×1092毫米　1/32
印　　张　10.5
字　　数　160千字
书　　号　ISBN 978-7-5039-6087-1
定　　价　29.80元

目 录

短 篇

害羞\3
信任\30
日子\44
李十三推磨\58

中 篇

康家小院\83
四妹子\166

短篇

/害羞/

一

轮到王老师卖冰棍儿。

小学校大门口的四方水泥门柱内侧，并排支着两只长凳，白色的冰棍儿箱子架在长凳上，王老师在另一边的门柱下悠悠踱步。他习惯了在讲台上的一边讲课一边踱步，抑扬顿挫的讲授使他的踱步显得自信而又优雅。他现在不是面对男女学生的眼睛而是面对一只装满白糖豆沙冰棍儿的木箱，踱步的姿势怎么也优雅不起来自信不起来。

王老师是位老教师，今年五十九岁明年满六十就可以光荣退休。王老师站了一辈子讲台却没有陪着冰棍箱子站过。他在讲台上连续站三个课时不觉得累在冰棍儿箱子旁边站了不足半点钟就腰酸腿疼了。他站讲台时从容自若有条不紊心地踏实，他站在冰棍箱子旁边可就觉得心乱意纷左顾右盼拘前谨后了。他不住地在心里嘲笑自己，真是莫名其妙其妙莫名，教了一辈子书眼看该告老还乡了却卖起冰棍儿来了！

临近校门也临近公路的头一排教室是低年级学生，从一边的教室里骤然暴起合读拼音文字的声浪，朗朗的嫩声稚气的童音听起来十分悦耳。听到这声音使人会联想到雨后空谷的草地，青日蓝天上悠悠飘浮的白云；听到这声音使人会化释积郁的心蔽，变得宽宏仁慈心地和善。每个男女都曾经发出过这样优美这样纯净这样动人的声音，后来永远发不出这样动人这样优美这样纯净的声音了。年岁递增随之使他们的嗓音一律变化了，有的变得粗暴狂放了，有的变得气使颐指了，有的变得深沉忧郁了，有的变得油腔滑调了，有的变得奴性十足酸味十足了。王老师天天都能听到这种嫩声稚气的童音合读或合唱，几十年来的每一天都在这种纯净的声音里滋养。他的面色柔和，纹路和善，明眸皓齿，鹤发银亮，全是稚气童音长期滋润的结果。直到今天轮他卖冰棍儿，王老师就有点惶惶不可终日似的踱起步来。

“王老师好运气！今日轮到你卖冰棍儿天公也凑趣儿！预报37℃，该当发财！”

历史科任老师刘伟正从大门进来，手里捏着几盒烟，穿一件罗筛眼儿背心，两颗男性的黑色乳头隐约可见，脚尖上挑着厚底儿泡沫拖鞋。一副悠然自在的神气，瞧着王老师说话。王老师嘿嘿嘿笑着，表示领受了慕雅，明知刘伟从外边买烟回来，也明知历史课排不到头一节，还是要搭讪着问："噢噢！刘老师，你出去买烟了？你这节没课？"问完了立即就意识到全部是废话。

刘伟大约也知道这是废话，可以根本不回答，只顾瞧着他的冰棍箱子，然后摇摇头，哧地笑了："啊呀我说王老师呀！你把冰棍儿箱子藏在大门柱里头，外边过路人瞅不见，学生又没下课，你的冰棍儿卖给鬼呀？"

王老师说："没关系没关系。学生下课了就来买哩！"

"把冰棍箱子摆到大门外头，学生下课了卖给学生，学生上课了卖给过路的人，你把箱子摆在大门里头损失太大了。"刘伟瞅着他，端详着，忽儿一笑，"噢呀！王老师，你是害羞呀？"

王老师一下子红了脸，有点窘迫，却装出根本不是害羞的样子说："我老脸老皮了还害什么羞！"

"不害羞就好！"刘伟说，"而今可不兴害羞。你要害羞啥事也弄不成。不害羞才能挣钱升官发洋财。凡要成大事发大财者必须先接受一项心理素质训练：

排除羞怯。”

王老师已经品出刘伟话里是含沙射影，讥锋毕露，这种谈话已经超出他的素有的习惯，就哑了口，不去迎合。他的职能范围是六年级甲班班主任，教授语文课，外兼六乙班语文，扩大到头他的职责只有两个毕业班的一百零三名学生。他搪塞说：“啊呀！刘老师，今日轮我卖冰棍儿，班里的事你多照应一下。”刘伟是他的助手，六甲班的副班主任。

“班里没事，你放心卖你的冰棍儿。”刘伟说，“我倒是担心你的冰棍儿卖不完，化成水，你赚不了钱还得把老本贴进去。我来帮你把箱子挪到大门外首去，躲在门里不行哇！”说着，他把纸烟放到箱盖儿上，腾出手来背起箱子，又招呼王老师挪凳子。王老师一手提一个长凳，挪到大门外头，并排放好。刘伟搁稳箱子，给王老师做起卖冰棍儿的规范动作来：“王老师你瞅着，一只手搭在箱子盖上，这一只手防护住钱袋，钱袋要挂在脖子上。一只脚站着另一只脚歇着，这只脚站累了再换那只脚。眼睛瞅住过往的人，老远就吆唤一声‘冰——棍儿——’。弄啥就得像啥，教书你得像个先生，卖冰棍儿就得像个卖冰棍儿的架式……”

王老师被逗笑了：“好好好！刘老师，我多谢你启蒙开导，我会了。”

刘伟滑稽地笑笑，摇摇摆摆走进门去了。

刘伟走了，他还是没有勇气按刘伟示范的架式去做，还是在离冰棍箱子一二米远的路边踱步，却不由得在心里品评起刘伟来了。

三十几岁的刘伟是恢复考试制度头二年考中师范学校的，七八年来在本乡所属的几所小学校转来转去最后算是在本校扎住了脚。他有一颗聪明透顶的脑瓜唯独缺少了一点毅力，他多才多艺学啥会啥结果却是样样精通样样稀松。他教高年级语文嫌其浅显无味教数学又讨厌其枯燥，最终他选择了历史科目主要是可以不负太多的责任，升学考试或本乡统考不考历史他就没有任何压力。他已经放弃了写小说弹电子琴而对围棋兴趣正浓。他的性格有时可爱有时又执拗得不近人情。他走过的学校没有一个领导喜欢他但事后却说那小伙子其实不错。他读过不少古今中外的野史，对一切人和事都用历史典故来佐证他的看法属天经地义。他不巴结谁也不故意伤害谁，谁要是惹下他他会把中外历史上一切奸党逆臣引来证明你与他们属一丘之貉。领导害怕他又藐视他。他在本校唯一没有犯过交葛的人就是王老师，所以让他做王老师的副手当六甲班副班主任。王老师有时觉得这人正直得可爱聪明得可爱，有时候又觉得这人不成景戏！穿那样裸身露肉的衣服满镇子上跑，老师总得注意点仪容仪表嘛！然而他只顾结紧自己的风纪扣而绝不会去指责刘伟的涣散。

一个牵着孩子的女人买了一只冰棍走了，留下一枚五分硬币。王老师接过那五分硬币时手掌里竟有一种异样的感觉，无论如何，第一个买主已经光顾了，冰棍生意开张了。

二

入夏之前，学校买回来一套冰棍儿生产机器，这是春节后开始新学期一直吵吵嚷嚷的结果。开学后，教师们议论最多的是春节期间的见闻，见闻中共同强烈的感觉是在本校教书最可怜了。张老师说他弟弟所在的工厂除了发年终奖金还发了过年所需的一切，鸡鱼油菜粉丝黄花木耳猪肉和牛羊肉以及烹调所需的大料都每人一份发齐了，连卫生纸也发了一大捆。胡老师说他姐所在的公司除了发上述吃食外还发了电热毯电热杯气压热水瓶。大家觉得学校毕竟比不得企业于是就与本乡的学校横向比较，这个学校办个皮鞋加工厂给每个老师发了一双毛皮鞋价值三十多块，那个学校买了豆芽机卖豆芽老师们分了说不清多少钱，唯独本校什么也给老师发不出……议论从私下发展到公开，终于进入本校校务会议议事日程，冰棍机器买回来了。

原先勤工俭学让学生“学工”的两间房子彻底进行了清除，墙壁刷新了，冰棍机器安装好了。因为一开始就明确是利润性生产，自然不能指靠学生来担承，于是就得雇民工，于是就有几位以至大部分老师向校长成斌申述自己的种种艰难，要求把自己的儿子或闲在农村的妻子招来做冰棍工人。成斌校长的爱人也在农村，春闲无事，他想把身强力壮的中年爱人弄来挣一点收入，面对好多老师的申求而终于没说出口。他对所有申求者都一律说“好好好，统一研究之后再说”。成校长和吴主任研究出一个最公道的办法，让所有申求者抓阄。抓阄的结果自然是抓中的高兴抓空的也对校长没有意见，因为校长自己也抓空了。没有后门。王老师没有参加抓阄，他的三个女儿早已出嫁，一个独生儿子正在交通大学读书，令好多老师羡慕。

冰棍生产顺利而且质量不错，招来了附近村镇一些男女青年趸取冰棍儿。没过几天，几个教师向校长成斌提出建议，咱们生产冰棍却让旁人把钱赚了，倒不如让老师们自己赚。在成校长和吴主任进一步研究的时候，体育教员杨小光已经等待不及勇敢地闯过禁区，率先在冰棍厂趸了一箱冰棍儿，放在操场上的树底下，让学生们在炎炎烈日下打篮球踢足球跳绳翻杠子，然后宣布休息五分钟："每人至少一根冰棍儿，有现钱的交现钱，没现钱的跟同村同学借下，借不下的先欠着后晌来校时带上就是了。"他每天有四五节体育课，销售的冰棍可以赚七八块钱。有人立即向校长成斌反映了杨小光向学生兜售冰棍儿的问题。成校长找杨小光谈话，想不到杨小光比校长更理直气壮："你生产冰棍儿是不是给人吃的？是不是只许外人吃而不许本校学生吃？你看不见那些小贩趸了冰棍就在学校门口卖给学生？这样热的天学生上体育课热得要命渴得要死，纷纷奔大门口去买冰棍儿，我这体育课还能不能上下去？我为学生服务关心学生健康给学生供应冰棍儿有什么不对？我赚了几个烟钱你就有意见了是不是？你没意见谁有意见叫谁当面给我提出来，让他来教体育课好了！我三伏能热死三九能冻死教体育算是倒八辈子霉了，你们当领导的谁说一句公道话来？"

校长成斌在连珠炮下首先乱了阵脚，立即转了笑脸换了口气对杨小光解释起来，要正确对待群众意见，有则改之无则加勉云云。好像他不是找杨小光谈问题而是做劝慰安抚工作来了。不是成斌校长软弱无能而是杨小光的一技之长教他硬不起来。他已经预感到杨小光接下来就要说出那句半是高傲半是骂人的话来：

"此处不养爷自有养爷处。"体育教师奇缺。过去的老体育教师因为上了年纪大都搞了后勤事务，年轻的体育教师多年来连一个也分配不到本乡的学校来。杨小光原也不是体育专业教师，他在本县参加市里的农民运动会上夺了跳高金牌，县体委珍爱这个为本县夺得荣誉的小伙，推荐到本校来做民办体育教师，而且因一技之长优先转为吃皇粮的公办教师，比那些教政治教语文教数学的教师牛皮一百倍。成校长说："你教体育辛苦这一点我表扬过多次了，问题在于卖冰棍得由学校统一研究。你该晓得一句古话，'天下不患寡而患不均。'你卖冰棍别人要不要卖？所以你不必动肝火而应该心平气和地考虑一下……"

"我根本不考虑，也没法心平气和。"杨小光根本不认账，态度更硬了，"你……干脆给我的申调报告上签个字，让我走好了。你签了字我立马就走。县体委早就要我去哩……"

成斌校长连下台的余地都没有，只好尴尬地摊开手，不知所云地说："你看你，说到哪儿去了！我说的是卖冰棍的问题，你却扯起调动工作……"

王老师的宿舍与杨小光是一墙之隔，苇席顶棚不隔音响，他全部聆听了成校长和杨小光的谈话。他尚未听完就气得双手抖索不得不中止备课。他想象校长成斌大概都要气死了。他想象如果自己是校长就会说“杨小光你想上天你想入地你想去县体委哪怕去奥林匹克运动会，你要去你就快点滚吧！本校哪怕取消体育课也不要你这号缺德的东西！”他想指着那个满头乱发牛皮哄哄不知深浅的家伙呵斥一声，“你这样说话这样做事根本不像个人民教师……”然而他什么也没有说，只是实在听不下去了，走出门来，在操场上转了一圈，又自嘲自笑了，我教了一辈子书，啥时候也没在人前说过两句厉害话，老都老了，倒肝火盛起来了，还想训人哩！没这个必要啰！

当晚召开全体教师会，专题研究如何卖冰棍的问题。王老师又吃惊了，没一个人反对杨小光卖冰棍，连校长主任也不是反对的意思，而是要大家讨论怎么卖的问题，既可以使大家都能“赚几个烟钱”，又不致出现“不患寡而患不均”的问题。讨论的场面异常活跃，直到子夜一时，终于讨论出一个皆大欢喜的方案来：教师轮流卖冰棍儿。

三

大门离公路不过十米远，载重汽车和手扶拖拉机不断开过去，留下旋起的灰尘和令人心烦的噪响。骑自行车的男女一溜带串驶过去，驶过来，铃儿叮当当响。他低了头或者偏转了头，想招呼行人来买冰棍儿又怕熟人认出自己来。“王老师卖冰棍儿！”不断地有人和他打招呼。打招呼的人认识他而他却一时认不出人家，看去面熟听来耳熟偏偏想不出人家的名字，凭感觉他们都是他的学生，或者是学生的父亲抑或是爷爷。他教过的学生有的已经抱上孙子当了外公了，他教了他们又教他们的儿子甚至他们的孙子。他们匆匆忙忙喊一句“王老师卖冰棍儿”就不见身影了。似乎从话音里听不出讽刺讥笑的意思，也听不出惊奇的意思。王老师卖冰棍其实平平常常，不必大惊小怪。外界人对王老师卖冰棍儿的反应并不强烈，起码不像王老师自己心里想的那么沉重。他开始感到一缕轻松，一丝寂寞。

“王老师卖冰棍儿？”

又一个人打招呼。王老师眯了眼聚了光，还是没有认出来，这人眼睛上扣着一副大坨子墨镜，身上穿一件暗紫色的花格衫子，牛仔裤，屁股下的摩托车虽然停了却还在咚咚咚地响着。王老师还是认不出这人是谁。来人从摩托上慢腾腾下来，摘下墨镜，挂在胸前的纽扣上，腰里叉着一只手，有点奇怪地问：“王老师你怎么卖起冰棍儿来了？”

王老师看着中年人黑森森的串腮胡须，浓眉下一双深窝子眼睛，好面熟，却想不起名字：“唔！学校搞勤工俭学……”说了愈觉心里别扭了，明明是为了自个儿赚钱，却不好说出口。

“勤工俭学……也不该让你来卖冰棍儿。这样的年龄了，学校领导真混！”中年人说着，又反来问，“是派给每个老师的任务吗？”

“不是不是。”王老师狠狠心，再不能说谎，让人骂领导，“是老师们自己要卖的。”

中年人张了张嘴，把要说的话或者是要问的问题咽了下去，转而笑笑：“王老师你大概不认识我了，我是何社仓，何家营的。”

“噢噢噢，你是何社仓。”王老师记起来了。他教他的时候，他还是个细条条的小白脸哩，一双睫毛很长的眼睛总是现出羞怯的样子。他的学习和品行都是班里挑梢的，连年评为“三好”，而上台领奖时却羞怯得不敢朝台子底下去看。站在面前的中年人的睫毛依然很长，眼睛更深陷了，没有了羞怯，却有一股咄咄逼人的直往人心里钻的力量。他随意问：“社仓你而今做什么工作？”

“我在家办了个鞋厂。”何社仓说，“王老师你不晓得，我把出外工作的机会耽搁了。那年给大学推荐学生，社员推荐了我，支书却把他侄儿报到公社，人家上了大学现在在西安工作哩！当时社员们咄咄我到公社去闹，我鼓足勇气在公社门口转了三匝又回来了。咱自个儿首先羞得开不了口咯！”

王老师不无诧异：“还有这码事！”

何社仓把话又转到冰棍箱子上来：“王老师，我刚才一看见你卖冰棍儿，心里不知怎么就不自在，凭您老儿这一头白发，怎么能站在学校门口卖冰棍儿呢？失了体统了嘛！这样吧，你这一箱冰棍全卖给我了，我给工人降降温。我去打个电话，让家里来个人把冰棍带回去。你也甭站在学校门口受罪了。”说着，不管王老师分辩，径自走进学校大门打电话去了，旋即又出来，说：“说好了，人马上来。”何社仓蹲下来，掏出印有三个“5”字的香烟。

王老师谢了烟，仍然咕哝着：“你要给工人降温也好，你到学校冰棍厂去趸货，便宜。我还是在这儿慢慢卖。”

“王老师你甭不好意思。”何社仓说，“我在你跟前念书时，老是怕别人笑话自己。而今我练得胆子大了哩！不瞒王老师说，我这鞋厂，要是按我过去那性子一万年也办不起来。我听说原先在俺村下放的那个老吕而今是鞋厂厂长，我找他去了，想办个为他们加工的鞋厂。他答应了。二回我去他又说不好弄了。回来后旁人给我说‘那是要货哩！’我咬了咬牙给老吕送了一千块，而且答应鞋厂办起来三七分红，就是说老吕屁事不管只拿钱。三年来我给老吕的钱数你听了能吓得跌一跤！”

王老师噢噢噢地惊叹着。此类事他虽听到不少，仍是由不得惊叹。

“王老师，而今……哎！”何社仓摇摇头，“我而今常常想到你给我们讲的那些做人的道理，人的品行，现在还觉得对对的，没有错。可是……行不通了！”

王老师心里一沉，说不出话。对对的道理却行不通用不上了。可他现在仍然对他执教的六年级甲班学生进行着那样的道德和品行的教育，这种教育对学生是有益的还是有妨碍？

又一辆摩托车驰来，一个急转弯就拐上了学校门前的水泥路，在何社仓跟前停住。何社仓吩咐说：“把王老师的冰棍儿箱子带走。把冰棍分给大家吃，然后把钱和箱子一起送过来。”

来人是位长得壮实而精悍的青年，对何社仓说的每一句话都要点两下头，一副俯首帖耳唯命是从的神气。他把冰棍箱子抱起来往摩托车的后架上捆绑，连连应着：“厂长你放心，这点小事我还能办差错了？”

何社仓转而对王老师说："王老师你回去休息，我该进城办事去了。我过几天请你到家里坐坐，我有好多话想跟你说哩！你是个好人，好老师。"

那位带着冰棍箱子的小伙驱车走了。

何社仓重新架上大坨子墨镜，朝西驱车驰去了，留下一股刺鼻的油烟气味。

王老师望望消失了的人和车，竟有点怅然，心里似乎空荡荡的，脑子也有点木了。

四

中午放学以后，王老师卖了半箱冰棍儿。学生们出校门的时候早已摸出五分币，吵吵闹闹围过来。"王老师卖给我一根冰棍儿"的叫声像刚刚出壳的小鸡一样熙攘不休。他忙不迭地收钱付货，弄得应接不暇。往日里放学时他站在校门口，检查出门学生的衣装风纪，歪戴帽儿的，敞着衣服挽着裤脚的，一一被纠正过来，他往往有一种神圣的感觉，自幼培育孩子养成文明的生活习惯是小学教师重大的社会责任。现在，他已经无暇顾及这些了，收钱付货已经搞得他脑子里乱哄哄的，而且从每一个小手里接过硬币时心里总有点不受活，我在挣我的学生的钱！因为心里不专，往往找错钱或付错了货。这时候，他的六甲班班长何小毛跑过来："王老师，你收钱，我取冰棍儿。"王老师忙说："放学了你快回家吃饭吧！"何小毛执意不走，帮他卖起冰棍来。放学后的洪峰很快就要流过去，何小毛突然抓住一个男孩的肩膀，拽到王老师面前："你怎么偷冰棍儿？"

王老师猛然一惊，被抓住的男孩不是他的六甲班的学生，他叫不上名字。男孩强辩说："我交过钱了，交给王老师了。"小毛不松不饶："你根本没交！我看着王老师收谁的钱，我就给谁冰棍儿，你根本没交。王老师，他交了没？"

王老师瞅着那个男孩眼底透出一缕畏怯的羞色，就证明了这男孩交没交钱了。他说："交了。"那男孩的眼里透出一缕亮光，深深地又是慌匆地鞠了一躬，反身跑走了，刚跑上公路，就把冰棍儿扔到路下的荒草丛中去了。何小毛却努嘟起嘴，脸色气得紫红："王老师，他没交钱。"王老师说："我知道没交。"何小毛激烈地问："那你为什么要放走他？你不是说自小要养成诚实的品行吗？你怎么也说谎？"王老师说："是的。有时候……需要宽容别人。你还不懂。"

何小毛怏怏不乐地走了。

杨小光背着冰棍箱子来了，笑嘻嘻地说："王老师，换地方了，该我站前门了。”

王老师点点头，背了箱子进校门去了。回头一看，杨小光把板凳已经挪到公路边上，而且响亮地吆喝起来：“冰棍儿——白糖豆沙冰——棍儿——”他才意识到，自己在整整一个上午的时间里，连一声也未吆喝过。他匆匆回到宿舍，放下箱子，肚里空空慌慌却不想进食。他喝了一杯冷茶，躺倒就睡了。

王老师正在恍惚迷离中被人摇醒，睁开眼睛，原来是何小毛站在床前。何小毛急嘟嘟地说：“王老师快起来，同学们都上学来了，趁着没上课正好卖一茬冰棍儿！”王老师听了却有点反感，这么小年纪的学生热衷于冰棍买卖之道，叫人反感。他又不好伤了学生的热情，只好说：“噢……好……我这就去。”

何小毛更加来劲：“王老师你要是累了，我去替你卖一会儿，赶上课时你再来。”

王老师摇摇头：“你去做课前准备吧！我这就去卖。我不累。”

何小毛走到正在脸盆架前洗脸的王老师跟前，说：“王老师，我爸叫我后晌回去时再带一箱冰棍儿，你取来，我带走，你又可以多卖一箱。”

王老师似乎此时才把何小毛与何社仓联系到一起，他说：“你爸要买就到学校冰棍厂去买好了，又便宜。”

何小毛说:“俺爸说要从你手里买，让你多赚钱。”

王老师听了皱皱眉，闭了口，心里泛起一股甚为强烈的反感。这个自己执教的六甲班班长热情帮忙的举动恰恰激起的是他反感的情绪，这个年仅十二岁的孩子对于经营以及人际关系的热衷反而使他觉得讨厌，然而他又不忍心挫伤孩子，于是装出若无其事的口气再次劝说:“你去做课前准备吧！”

何小毛的热情没有得到发挥，有点扫兴地走出房子去了。临出房子门的时候，何小毛又不甘心地回过头来:“人家体育杨老师已经卖掉三箱了。王老师……你太……”

王老师冷冷地说:“你去备课吧！ 小孩子管这些事干什么？”

何小毛走了。王老师背着箱子朝后门口走去。后门口有一排粗大的洋槐树，浓密的叶子罩住了一片阴凉，清爽凉快。王老师坐在石凳上，用手帕儿扇着凉，脑子里却浮着何小毛父子的影像。这何小毛活脱就是多年前的何社仓，细条条的个头，白嫩嫩的脸儿，比一般孩子长得多的睫毛和深一点的眼睛，显得聪慧乖觉而又漂亮。他与他父亲一样聪明，反应迅速，接受能力强，在班里一直挑梢儿，老师们一直看好他将来会有大发展。现在，王老师才明显地感觉到何小毛和他父亲何社仓的显著差异来，他父亲何社仓眼里那种总是害羞的神光在何小毛眼里已经荡然无存了，反倒是有一缕比一般孩子精明也与他的年龄不大合拍的通晓世事的庸俗之气色……

“王老师，给我买冰棍儿！”

四五个小女孩儿已经围在跟前，伸向他的手里捏着钱。王老师中断了思想立即收钱付货。他从后门朝校园里一瞅，一串一溜的男女学生朝后门涌来，他的生意顿时红火起来。骤然升起高温的午休时分，正是冰棍以及冷饮走俏的黄金时间，孩子们趁着课前的自由活动时间来消费一只冰棍儿，是很惬意的。王老师忙不迭地收钱付货，头上脸上冒出豆大的汗珠来，也顾不得擦擦，眼看一箱冰棍儿就要卖完了。

“王老师生意好红火！”

王老师扬起汗津津的脸，看见杨小光站在一边，体育教员结实柔韧的身体有一种天然美感，然而王老师听着那话里带有一股馊味儿，透过那眼里强装的笑容，王老师看到了底蕴的敌意。他无法猜测来意，只是应答说：“唔！这会儿天气热，孩子们……”

杨小光却神秘地眨眨眼：“王老师，我引你看场西洋景儿——”说着就来拉王老师的手。

王老师莫名其妙：“有什么好看的！别开玩笑。”

杨小光执意拉住他的手：“你去看看就明白了，可有趣儿了！”

王老师已不能拒绝，那双体育教师的有劲的胳膊拉着拽着他，朝校园里走去。

当王老师站在一个教室窗外，看到教室里的一幕时，几乎气得羞得昏厥过去——

五

三年级丙班教室里的讲台上，站着六年级甲班班长何小毛，正在给三年级小学生做动员：“同学们要买冰棍儿快到后门去！后门那儿是我们班主任王老师卖冰棍儿。王老师有教学经验，年年都带毕业班，你们将来上六年级还是王老师给你们当班主任，教语文。现在王老师卖冰棍儿，大家都帮帮忙，行行好，让王老师多卖冰棍儿多赚钱……”

王老师吃惊地瞅着何小毛，眼前忽然一黑，几乎栽倒，这个学生的拙劣表演使他陷入一种卑污的境地。杨小光现在变了脸，露出本色本意：“王老师，你要是有兴趣，到各班教室都去看看，你们六甲班的班干部现在都给你当推销员广告员了……”

王老师手打抖索，嘴里说不清话：“杨老师……我不知……这些娃娃……竟这样…………”

杨小光撇撇嘴："王老师，我可想不到你有这一手哩！往日里我很尊敬你，你德高望重，修养高雅，想不到你竟是个……巧伪人！"

王老师立时煞白了脸，说不出话来。这时候何小毛已经跑出来，站在两个老师面前，毫不胆怯地说："我当推销员有什么不好不对？你上体育课硬把冰棍摊派给我们，一人一根不吃不行。你昨日上体育给同学们说今日轮你卖冰棍儿，要大家都一律买你的……"王老师听着就扬起了手，"啪"的一声响，打了何小毛一记耳光。何小毛冤枉委屈地瞪他一眼，捂着脸跑了。

杨小光愈加恼怒，大声吵嚷起来："太虚伪了嘛！王老师！学校开会讨论卖冰棍问题时，你说教师卖冰棍影响不好啦！不能向钱看啦！我以为你真是品格高尚哩！想不到你比我更爱钱，而且不择手段，发动学生搞阴谋活动……"

王老师看见已经有不少学生和教师围观，窘迫地张口结舌，有口难辩，恨不得一头碰到砖墙上去。杨小光更加得意地向围观的学生和教师羞辱他："我杨小光爱钱，可我赚钱光明正大。我心里想赚钱嘴里就说想赚钱，不像有些人心里想赚钱嘴里可说的是这影响不好那影响不佳，虚——伪！"

王老师再也支持不住，从人窝里出来，干脆回屋子里去。历史课教师刘伟一手摇着竹扇，脚尖上仍然挑着拖鞋走过来，挡住王老师不让他退场，然后懒洋洋扬起脸对杨小光说："杨小光你骂谁哩？六甲班的学生干部是我组织起来行动起来的，你有什么意见朝我提好了。"

杨小光忽然一愣："我……关你什么事？"

"我说过了是我组织六甲班干部动员学生买王老师的冰棍儿。"刘伟说，"你骂错了人，先向被你错骂的王老师赔礼道歉。然后你再来骂我。"

杨小光反而被制住了。

刘伟不紧不慢地重复："你先向王老师道歉，然后再跟我说你有什么想不通的！"

杨小光终于从突然打击里恢复过来："你刘伟甭充什么硬汉！谁使的花招谁做的手脚我完全清楚，你甭在这儿胡搅和……"

刘伟眼睛一翻也上了硬的："我是不是充得上硬汉搁一边儿。我倒是真想搅和搅和。你杨小光牛什么？不就是蹦了一下得了一块没有金子的金牌才混上个体育教师！你整日里骂这个训那个你凭什么要厉害？领导怕你我也怕你不成？"

杨小光被讽刺嘲笑得急了，拳头自然就攥紧了，朝刘伟走过去："就这我还不想当这破教师哩！你不怕我我什么时候怕过你？甭说这小小学校即就是本县我还没怕过谁哩！”

校长成斌正在睡午觉，最后被叫醒来到现场，先拉走了刘伟，再推走了杨小光，学生和教师们也各自散了。成斌只是嘟哝着：“刘老师快回房子里去，让学生围观像什么话！杨老师快去大门口卖你的冰棍儿，在学生面前吵架总是影响不好嘛！再有理也不该在学生场合吵嘛！”

王老师早在成斌到来之前已经逃回房子。

王老师坐在办公桌前，脑子里乱成一窝麻，那总是梳理得很好的银白头发有点散乱了。他没有料到卖冰棍儿会卖出这种不堪收拾的局面。他想到校务会讨论卖冰棍儿时自己说过影响不好的话，但没有坚持而放弃了，他随着教师们一样参加了轮流卖冰棍儿。他怕别的教师骂他不合群，清高，僵化，都什么时候了还拉不下面子……明年满六十本可以光荣退休了，最后一个毕业班毕业了他就该告老还乡了，临走却被一个年轻的体育教师骂成“巧伪人”！他已灰心至极，再三思虑，终于拔笔摊纸写下了“退休申请”几个字，心里铁定：提早退休！

放晚学的自由活动时间，校长成斌来了。成斌说问题全部调查清楚，何小毛和六甲班学生干部到各班动员学生买王老师冰棍儿的举动，完全属于何小毛的个人行为，既不是王老师策划的，也不是刘伟策划的。所以杨小光辱骂王老师是错误的。如果仅仅是这件事就简单极了，由杨小光向王老师赔礼道歉。问题复杂在王老师失手打了何小毛一个耳光，打骂体罚学生是绝对不允许的。成斌说他和吴主任研究过了，作出两条决定，王老师向被打学生家长赔情，争取何小毛的乡村企业家的父亲的谅解，然后再在本校教师会上检讨一下。如果上级不查则罢，要是查问起来，咱们也好交代，王老师也好解脱了。为此，成斌征求王老师的意见。

王老师把抽屉拉了两次又关上，终于没有把“申请退休”的报告呈给成斌校长，担心会造成要挟的错觉。对于成校长研究下的两条措施，他都接受了，而且说：“你和吴主任处理及时，本来我自己打算今晚去何小毛家，向家长赔情哩！”

六

成斌校长不放心，执意要陪着王老师一起去何小毛家，向那位在本乡颇具影响的企业家赔情，听说那人财大气粗，一个老夫子样儿的王老师单人去了下不来台怎么办？刘伟也执意要去，理由是与自己有关，六甲班他任副班主任，责无旁贷，另外也怀着为王老师当保镖的义勇之气。王老师再三说不必去那么多人，何小毛的父亲何社仓其实还是他的学生，难道会打他骂他不成！结果仍然是三个人一起去了。

这是乡村里依然并不常见的大庄户院。一家占了普通农家按规定划拨的三倍大的庄基，盖起了一座二层楼房，院子里停着一辆客货两用小汽车，散发着一股汽油味儿，院里堆积的杂物和废物已不具一般庄稼院的色彩，全是些废旧轮胎，汽油桶子，大堆的块煤以及裁剪无用的各色布头堆在墙角。何社仓闻声迎出来，大声喧哗着“欢迎欢迎”的话，把三位老师引进底层东头套间会客室，质地不错的沙发，已经适应时令的变化铺上了编织的透风垫子，落地扇呜呜呜转着。何社仓打开冷藏柜，取出几瓶汽水，揭了盖儿，送给三位老师一人一瓶。

成斌校长摇着瓶子没有喝，刚开口说了句“何厂长我们来……”就被何社仓挥手打断了，何社仓豪气爽朗：“成校长王老师刘老师，你们来不说我也知道为啥事。此事不提了，我已经知道了。我那个小毛不是东西。我刚刚训过他。咱们‘只叙友情，不谈其他’。”他最后恰当不恰当地引用了《红灯记》里鸠山的一句台词，随后就吩咐刚刚走进门来的女人说：“咱们小毛的老师也是我的老师，难得遇合，你弄几样菜，我跟我老师喝一点。”女人大约不放心孩子的事，只是开不了口，转身走出去了。

成校长企图再次引入道歉的话题，何社仓反而有点烦：“总是小毛不是东西。这小子太胆大，宠得什么事也敢做什么话也敢说。我像他那么大的时候，胆小得很，一到人多的地方就吓得像个小老鼠，一见生人就害羞——王老师一概尽知。这小子根本不知道害怕害羞……咱们不提他了，好好……”

王老师愈觉心里憋得慌，终于把自己要说的话说出来：“社仓，我打了小毛一个耳光，我来……”

何社仓腾地红了脸：“王老师，打了就打了嘛！我也常是赏他耳光吃。这孩子令人讨厌我知道。我在你的班上念了两年书，你可是没有重气呵过我……好了好了不提此事了。大家要么去参观参观我的鞋厂。”

何社仓领着三位教师去一楼的生产车间参观，房子里安着一排排专用缝纫机，轧制鞋帮，另一间屋子里是裁剪鞋帮的。夜班已经开始，雇来的农村姑娘一人一台机子，专心地轧着鞋帮头也不抬。

何小毛的母亲已弄好了菜，何社仓把三位老师重新领进会客室里，斟了酒，全是“五星”牌啤酒，而且再三说道谦让的话，“青岛”牌啤酒刚刚喝完。然后把筷子一一送到三位老师手里，敦促他们吃呀喝呀。

王老师喝了两杯啤酒，不大会儿就红了脸，头也晕了，脚也轻了，他今天只是吃了一顿早餐，空荡荡的肚子经不住优质名牌啤酒的刺激，有点失控了。

何社仓大杯大杯饮着酒，发着慨叹："我只有跟三位老师喝酒心里是坦诚的，哎哎哎！"

刘伟听不出其中的隐意，傻愣愣眨着眼。

何社仓说："王老师，我现在有时还梦见在你跟前念书的情景……怪不怪？多少年了还是梦见！我小时候那么怕羞！我而今不怕羞了胆子大了。我那个小子小毛根本不知道害怕害羞！我倒是觉得小孩子害点羞更可爱……"

王老师似乎被电火花击中，猛地饮干杯中黄澄澄的啤酒，扔下筷子，大声响应附和着说："对对对！何社仓，小孩子有点害羞更可爱！我讨厌小小年纪变得油头滑脑的小油条。"说着竟站了起来，左手拍了校长成斌一巴掌，右手在刘伟肩上重重拍了一下，然后瞅瞅这个，又瞅瞅那个，忽然鼻子一抽，两行老泪潸然而下，伸出抖抖索索的手，像是发表演说一样："其实何止小孩子！难道在我，在你们，在我们学校，在我们整个社会生活里，不是应该保存一点可爱的害羞心理吗？"

三个人都有点愣，怀疑王老师可能醉了。

1988年6月27日于白鹿园

/信任/

一

一场严重的打架事件搅动了罗村大队的旮旯拐角。被打者是贫协主任罗梦田的儿子大顺，现任团支部组织委员。打人者是四清运动补划为地主成分、今年年初平反后刚刚重新上任的党支部书记罗坤的三儿子罗虎。

据在出事的现场——打井工地——的目睹者说，事情纯粹是罗虎寻衅找碴闹下的。几天来，罗虎和几个四清运动挨过整的干部的子弟，漂凉带刺，一应一和，挖苦臭骂那些四清运动中的积极分子；参与过四清运动的贫协主任罗梦田的儿子大顺，明明能听来这些话的味道，仍然忍耐着，一句不吭，只顾埋头干活。这天后晌，井场休息的时光，罗虎一伙骂得更厉害了，粗俗的污秽的话语不堪入耳！大顺臊红着脸，实在受不住，出来说话了："你们这是骂谁啊？"

“谁四清运动害人就骂谁！”罗虎站起来说。

大顺气得呼呼儿喘气，说不出话。

罗虎大步走到大顺当面，更加露骨地指着大顺臊红的脸挑逗说:“谁脸发烧就骂谁！”

“太不讲理咧！”大顺说，“野蛮——”

大顺一句话没说完，罗虎的拳头已经重重地砸在大顺的胸口上。大顺被打得往后倒退了几步，站住脚后，扑了上来，俩人扭打在一起。和罗虎一起寻衅闹事的青年一拥而上，表面上装作劝解，实际是拉偏架。大队长的儿子四龙，紧紧抱住大顺的右胳膊，又一个青年架住大顺的左胳膊，一任罗虎拳打脚踢，直到大顺的脸上哗地蹿下一股血来，倒在地上人事不省……这是一场预谋的事件，目睹者看得太明显了。

一时间，这件事成为罗村街谈巷议的中心话题。那些参与过四清运动的人，那些四清运动受过整的人，关系空前地紧张起来了。一种不安的因素弥漫在罗村的街巷里……

二

春天雨后的傍晚，山清水秀，空气清新；块块云彩悠然漫浮；麦苗孕穗，油菜结荚；南坡上开得雪一样白的洋槐花，散发着阵阵清香。在坡下沟口的靠茬红薯地里，党支部书记罗坤和五六个社员，执鞭扶犁，在松软的土地上耕翻。

突然，罗坤的女人失急慌忙地颠上塄坎，颤着声喊：“快！不得了……了……”

罗坤喝住牛，插了犁，跑上前。

“惹下大……祸咧……”

罗坤脸色大变：“啥事？快说！”

“咱三娃和大顺……打捶，顺娃……没气……咧……”

“现时咋样？”

“拉到医院去咧……还不知……”

“啊……”

罗坤像挨了一闷棍，脑子嗡嗡作响，他把鞭子往地头一插，下了塄坎，朝河滩的打井工地走去，衣褂的襟角，擦得齐腰高的麦叶刷刷作响。

打井工地上，木柱、皮绳、鑁、锨胡乱丢在地上，临近的麦苗被攘践倒了一片，这是殴斗过的迹象。打井工地空无一人，井架悄然耸立在高空中。

从临时搭起的夜晚看守工具的稻草庵棚里，传出轻狂的说话声。罗坤转到对面一看，三儿子罗虎正和几个青年坐在木板床上打扑克哩。

罗坤盯着儿子:“你和大顺打架来?”

儿子应道:“嗯!”

罗坤问:“他欺负你来?”

儿子不在乎:“没有。”

“那为啥打架?”

于是，儿子一五一十地述说了前后经过，他不隐瞒自己寻事挑衅的行动，倒是敢做敢当。

罗坤的脸铁青，听完儿子的述说，冷笑着说:“是你寻大顺的事，图出气!”

儿子拧了一下脖子，翻了翻眼睛，没有吭声，算是默认。那神色告诉所有人，他不怕。

罗坤又问:“我在家给你说的话忘咧?”

“没!”儿子说，“他爸四清时把人害扎咧! 我这阵不怕他咧! 他……”

罗坤再也忍不住，听到这儿，一扬手，那张结满茧甲的硬手就抽到儿子白里透红的脸膛上——

“啪!”

儿子朝后打个闪腰，把头扭到一边去。罗坤转过身，大步走出井场，踏上了暮色中通往村庄的机耕大路。

这一架打得糟糕! 要多糟糕有多糟糕! 罗坤背着手，在绣着青草的路上走着，烦躁的心情急忙稳定不下来。

贫协主任罗梦田老汉在四清运动中，是工作组依靠的人物，在给罗坤补划地主成分问题上，盖有他的大印。在罗坤被专政的十多年里，他怨恨过梦田老汉：你和我一块耍着长大，一块逃壮丁，一块搞土改，一块办农业社，你不明白我罗坤是啥样儿人吗？你怎么能在那些胡乱捏造的证明材料上盖下你的大印呢？这样想着，他连梦田老汉的嘴也不想招了。有时候又一想，四清运动工作组那个厉害的架势，倒有几个人顶住了？他又原谅梦田老汉了。怨恨也罢，原谅也罢，他过的是一种被专政的日子，用不着和梦田老汉打什么交道。今年春天，他的问题终于平反了，恢复了党籍，支部改选，党员们一口腔又把他拥到罗村大队最高的领导位置上，他流了眼泪……

他想找梦田老汉谈谈，一直没谈成。倔得出奇的梦田老汉执意回避和他说话。前不久，他曾找到老汉的门下，梦田婆娘推说老汉不在而谢绝了。不仅老贫协对他怀有戒心，那些四清运动中在工作组“引导”下对干部提过意见的人，都对重新上台的干部怀有戒心。党支书罗坤最伤脑筋的就是这件事。想想吧，人心不齐，你防我，我防你，怎么搞生产？怎么实现机械化？正当他为罗村的这种复杂关系伤脑筋的时候，他的儿子又给他闯下这样的祸事……

三

罗坤径直朝梦田老汉的门楼走去。当他跨进木门槛的时候，心里做好了最坏的准备，准备承受梦田老汉最难看的脸色和最难听的话。

小院停着一辆自行车，车架上挂着米袋面包和衣物之类，大约是准备送给病人的。上房里屋里，传出一伙人嘈嘈的议论声：

"这明显是打击报复……"

"他爸嘴上说得好，'保证不记仇恨'，屁！"

"告他！往上告！这还有咱的活处……"

说话的声音都是熟悉的，是几个四清运动的积极分子和梦田的几个本家。罗坤停了步，走进去会使大家都感到难堪。他站在院中，大声喊："梦田哥！"

屋里谈话声停止了。

梦田老汉走出来，站在台阶上，并不下来。

罗坤走到跟前："顺娃伤势咋样？"

"死了拉倒！"梦田老汉气哼哼地顶撞。

"我说，老哥！先给娃治病，要紧！"罗坤说，"只要顺娃没麻达，事情跟上处理！"

"算咧算咧！"梦田老汉摇着手，"棒槌打人手抚摸，装样子做啥！”

说着，跨下台阶，推起车子，出了门楼。

罗坤站在院子当中，麻木了，血液涌到脸上，烧骚难耐，他是六十开外的人了，应当是受人尊重的年龄啊！他走出这个门楼的时光，竟然不小心撞在门框上。

走进自家门，屋里围了一脚地人，男人女人，罗坤溜了一眼，看出站在这儿的，大都是四清运动和自己一块挨过整的干部或他们的家属。他们正在给胆小怕事的老伴宽解：

“甭害怕！打咧就打咧！”

“谁叫他爸四清运动害了人……”

“他梦田老汉，明说哩，现时臭着咧！”

这叫给人劝解吗？这是煨火哩！罗坤听得烦腻，又一眼瞥见坐在炕边上的大队长罗清发，心里就又生气了：你坐在这里，听这些人说话听得舒服！他和大队长搭话，大队长却奚落他说：“你给梦田老汉回话赔情去了吧？人家给你个硬顶！保险！你老哥啊，太胆小咧，简直窝囊！”

罗坤坐在灶前的木墩上，连盯一眼也不屑。他最近以来对大队长很有意见：大队长刚一上任，就在自己所在的三队搞得一块好庄基地。这块地面曾经有好几户社员都申请过，队里计划在那儿盖电磨磨房，一律拒绝了。大队长一张口，小队长为难了，到底给了。好心的社员们觉得大队长受了多年冤屈，应该照顾一下，通过了。接着，社办工厂朝队里要人，又是大队长的女儿去了，社员一般地没什么意见，也是出于照顾……这该够了吧？你的儿子伙着我的三娃，还要打人出气，闯下乱子，你不收拾，倒跑来给女人撑腰打气。"把你当成金叶子，原来才是块铜片子！"

罗坤黑煞着脸，表示出对所有前来撑腰打气的好心人的冷淡。他不理睬任何人，对他的老伴说："取五十块钱！"

老伴问："做啥？"

"到医院去！"

大队长一愣，眼睛一瞪，明白了，鼻腔里发出一声重重的嘲弄的响声，跳下炕，径自走出门去了。屋里的男人女人，看着气色不对，也纷纷低着眉走出去了。

罗坤给缩在案边的小女儿说："去，把治安委员和团支书叫来！叫马上来！"

老伴从箱子里取出钱和粮票，交给老汉："你路上小心！"

罗坤安慰老伴："你放心！自个儿也要守怕！怕不顶啥！你该睡就睡，该吃就吃！"

治安委员和团支书后脚跟着前脚来了。

罗坤说："你俩把今日打架的事调查一下，给派出所报案。"

治安委员说："咱大队处理一下算咧！"

"不，这事要派出所处理！"罗坤说，"这不是一般打架闹仗！"

团支书还想说什么，罗坤又接着对她说："你叔不会写，你要多帮忙！"

说罢，罗坤站起身，拎起老伴已经装上了馍的口袋，推起车子，头也不回，走出门去。朦朦月光里，他跨上车子，上了大路。

四

整整五天里，老支书坐在大顺的病床边，喂汤喂药，端屎端尿，感动得小伙子直流眼泪。

梦田老汉对罗坤的一举一动都嗤之以鼻！做样子罢了！你儿子把人打得半死，你出来落笑脸人情，演的什么双簧戏！一旦罗坤坐下来和他拉话的时候，他就倔倔地走出病房了。及至后来看见儿子和罗坤亲亲热热，把挨打的气儿跑得光光，"没血性的东西！"他在心里骂，一气之下，干脆推着车子回家了。

大顺难受地告诉罗坤，说他爸在四清运动中被那个整人的工作组利用了。四清后，村里人在背后骂，他爸难受着哩！可他爸是个倔脾气，错了就错下去。四清运动的事，你要是和他心平气和说起来，他也承认冤枉了一些人，你要是骂他，他反硬得很："怪我啥？我也没给谁捏造喀！四清也不是我搞的！盖了我的章子吗？我的头也不由我摇！谁冤了谁寻工作组去……"

罗坤给小伙子解释，说梦田老汉苦大仇深，对新社会、对党有感情，运动当中顶不住，也不能全怪他。再说老汉一贯劳动好，是集体的台柱子……

第七天，伤口拆了线，大顺的头上缠着一圈白纱布出院了。罗坤执意要小伙子坐在自行车后面的支架上，小伙子怎么也不肯。"你的伤口不干净！医生说要养息！"罗坤硬把小伙子带上走了。

"大叔！"大顺在车后轻轻叫，声音发着颤，"你回去，也嫑难为虎儿……"

罗坤没有说话。

"在你受冤的这多年里，虎儿也受了屈。和谁家娃耍恼了，人家就骂'地主'，虎儿低人一等！他有气，我能理解……"

罗坤心里不由一动，一块硬硬的东西哽住了喉头。

在他被戴上地主分子帽子的十几年里，他和家庭以及孩子们受的屈辱，那是不堪回顾的。

小伙子在身后继续说："听说你和俺爸，还有大队长清发叔，旧社会都是穷娃，解放后一起搞土改，合作化，亲得不论你我…… 前几年翻来倒去，搞得稀汤寡水，娃儿们也结下仇……"

罗坤再也忍不住，只觉两股热乎乎的东西顺着鼻梁两边流下来，嘴角里感到了咸腥的味道。这话说得多好啊！这不就是罗坤心里的话吗？他真想抱住这个可爱的后生亲一亲！他跳下车子，拉住大顺的手："俺娃，说得对！"

"我回去要先找虎儿哩！他不理我，我偏寻他！"小伙子说，"我们的仇不能再记下去！"

俩人再跨上车子，沿着枝叶茂密的白杨大路，罗坤像得了某种精神激素，六十多岁的人了，踏得车子飞快地跑，后面还带着个小伙子哩。

可以看见罗村的房屋和树木了。

五

罗坤推着自行车，和大顺并肩走进村子的时候，街巷里，这儿一堆人，那儿一堆人，议论纷纷，气氛异常，大队办公室外，人围得一大伙。路过办公室的时候，有人把他叫去了。

办公室里，坐着大队委员会的主要干部，还有派出所所长老姜和两个民警。空气紧张。大队长清发须毛直竖，正在发言："我的意见，坚决不同意！这样弄的结果，给平反后工作的同志打击太大！他爸含冤十年……"

罗坤明白了，他瞥了一眼清发，说："同志，法就是法，那不认人，也不照顾谁的情绪！"

罗清发气恼地打住话，把头拧到一边。

罗坤对姜所长说："按法律办！那不是打击，是支持我工作！"

姜所长告诉罗坤，经上级公安部门批准，要对罗虎执行法律：行政拘留半个月。他来给大队干部打招呼，大队长清发坚持不服判处。

"执行吧，没啥可说的！"罗坤说，"法律不认人！"

民兵把罗虎带进办公室里来，小伙子立眉竖眼，直戳戳站在众人面前，毫不惧怕。直至所长拿出了拘留证，他仍然被一股气冲击着，并不害怕。

清发重重地在大腿上拍了一巴掌，把头歪到另一边，脖上青筋暴起，突突跳弹。

罗坤瞧一眼儿子，转过脸去，摸着烟袋的手，微微颤抖。

就在民警把虎儿推出门的一刹那，一直坐在墙角，瞪着眼、撅着嘴的贫协主任梦田老汉，突然立起，扑到罗坤当面，一扑踏跪了下去，哭了起来："兄弟，我对不住你……"

罗坤赶忙拉起梦田老汉，把他按坐在板凳上。梦田老汉又扑到姜所长面前，鼻涕眼泪一起流："所长，放了虎娃，我……哎哎哎……"

这当儿，在门口，大顺搂着虎儿的头流泪了。虎儿望着大顺头上的白纱布，眼皮耷拉下来，鼻翼在急促地扇动着。

虎儿挣脱开大顺的胳膊，转进门里，站在爸爸面前，两颗晶莹的泪珠滚了出来："爸，我这阵儿才明白，罗村的人拥护你的道理了！"说罢，他走出门去。

六

罗村的干部们重新在办公室坐下，抽烟，没人说话，又不散去。社员们从街巷里、大路上也都围到办公室门前和窗户外。他们挤着看党支部书记罗坤，那黑黑的四方脸，那搀着一半白色的头发和胡茬，那深深的眼眶，似乎才认识他似的。

罗坤坐在那里，瞧着已经息火而略显愧色的大队长，和干部们说：

“同志们，党给我们平反，为了啥？社员会又把我们拥上台，为了啥？想想吧？合作化那阵咱罗村干部和社员中间关系怎样？即便是三年困难时期，生活困苦，咱罗村干部和群众之间关系怎样？大家心里都清白！这十多年来，罗村七扭八裂，干部和干部，社员和社员，干部和社员，这一帮和那一帮，这一派和那一派，沟沟渠渠划了多少？这个事不解决，罗村这一摊子谁也不好收拾！想发展生产吗？想实现机械化吗？难！人的心不是操在正事上，劲儿不是鼓在生产上，都花到钩心斗角、你防备我、我怀疑你上头去了嘛！

“同志们，我们罗村的内伤不轻！我想，做过错事的人会慢慢接受教训的，我们挨过整的人把心思放远点，不要把这种仇气，再传到咱们后代的心里去！

“罗村能有今天，不容易！咱们能有今天，不容易！我六十多了，将来给后辈交班的时候，不光光给一个富足的罗村，更该交给他们一个团结的罗村……”

办公室门里门外，屏声静气，好多人，干部和社员，男人和女人，眼里蓬着泪花，那晶莹的热泪下，透着希望，透着信任……

1979年5月小寨

/ 日子 /

一

发源地周边的山势和地形，锁定了滋水向西的流向。那些初来乍到的外地人，在这条清秀的倒淌河面前，常常发生方向性迷乱。

在河堤与流水之间的沙滩上，枯干的茅草上积了一层黄土尘灰，好久好久没有降过雨了。北方早春几乎年年都是这种缺雨多尘的景象。

两架罗筛，用木制三角架撑住，斜立在掏挖出湿漉漉沙石的大坑里。男人一把镢头一把铁锨，女人也使用一把镢头一把铁锨；男人有两只铁丝编织的铁笼和一根水担，女人也配备着两只铁丝编成的铁笼和一根水担。

铁镢用来刨挖沉积的沙石。

铁锨用来铲起刨挖松散的沙石，抛掷到罗网上。石头从罗网的正面“哗啦啦”响着滚落下来，细沙则透过罗网隔离到罗网的背面。

罗网成为男人和女人劳动成果的关键。

铁丝编织的笼筐是用来装石头的。

水担是用来挑担装着石头的铁笼的。

从罗网上筛落下来的石头堆积多了，用铁锨装进铁笼，用水担的铁钩钩住铁笼的木梁，挑在肩上，走出沙坑，倒在十余米外的干沙滩上。

男人重复着这种劳作工序。

女人也重复着这种劳作工序。

他们重复着的劳动已经十六七年了。

他们仍然劲头十足地重复着这种劳动。

从来不说风霜雨雪什么的。

干旱的冬季和早春时节的滋水是水量最稳定的季节，也是水质最清纯的季节，清纯到可以看见水底卵石上悠悠摆动的絮状水草。水流上架着一道歪歪扭扭的木桥。一个青年男子穿着军大衣在收取过桥费，每人每次五毛。

我常常走过小木桥，走到这一对刨挖着沙石的夫妇跟前。我重新回到乡下的第一天，走到我的滋水河边就发现了河对面的这一对夫妇。就我目力所及，上游和下游的沙滩上，支着罗网埋头这种劳作的再没有第二个人了。

在我的这一岸的右边河湾里，有一家机械采石场，悬空的输送带上倾泻着石头，发出震耳挠心的响声。

沙坑里，有一个大号热水瓶，红色塑料皮已经褪色，一只多处脱落了搪瓷的搪瓷缸子。

二

早春中午的太阳已见热力，晒得人脸上烫烫的，却很舒服。

“你该到城里找个营生干，”我说，“你是高中生，该当……”

“找过。也干过。干不成。”男人说。

“一家干不成，再换一家嘛！”我说。

“换过不下五家主儿，还是干不成。”女人说。

“工作不合适？没找到合适的？”我问。

“有的干了不给钱，白干了。有的把人当狗使，喝来喝去没个正性。受不了啊！”他说。

“那是个硬熊。想挣人家钱，还不受人家白眼。”她说。

“不是硬熊软熊的事。出力挣钱又不是吃舍饭。”他说。

“凭这话，老陈就能听出来你是个硬熊。”女人说，

“他爷是个硬熊。他爸是个硬熊。他还是个不会拐弯的硬熊——种系的事。”

“中国现时啥都不缺，就缺硬熊。”他说。

“弓硬断弦。人硬了……没好下场。”她说。

“这话倒对。俺爷被土匪绑在明柱上，一刀一刀割，割一刀问一声，直到割死也不说银元在哪面墙缝里藏着。俺爸被斗了三天两夜，不给吃不给喝不准眨眼睡觉直到昏死，还是不承认‘反党’……我不算硬。”

“你已经硬到只能挖石头咧！你再硬就没活路了。硬熊——”“唤！好腰——”

我看见男人停住了劳作，一只手叉在腰间，另一只手拄着铁锨木把儿，两眼专注地瞅着河的上方。我转过头，看见木桥上走着一位女子。女子穿一件鲜红的紧身上衣，束腰绷臀，许是恐惧那座窄窄的独板桥，一步一扭，腰扭着，臀也扭着，一个S身段生动地展示在凌水而架的小木桥上。

“腰真好。好腰。”男人欣赏着。

“流氓！”女人骂了一句，又加一句，“流氓！”

那个被男人赞赏着被女人妒忌着的好腰的女子已经走过木桥，坐上男友摩托车的后座，“呜噜噜”响着驰上河堤，眨眼就消失了。

“好腰就是好腰。人家腰好就是腰好。”男人说，

“我说人家腰好，咋算流氓？”

“好人就不看女人腰粗腰细腰软腰硬。流氓才贼溜溜眼光看女人腰……”

“哈呀！我当初瞅中你就是你的腰好。”男人嘻嘻哈哈起来，“我当初就是迷上你的好腰才给你写恋爱信的。我先说你是全乡第一腰，后来又说中国第一腰，你当时听得美死了，这会儿却骂我流氓。”

女人羞羞地笑着。

男儿顺着话茬说下去。他首先不是被她的脸蛋儿而是被她的腰迷得无法解脱。他很坦率又不无迷津地悄声对我说，他也搞不清自己为什么偏偏注意女人的腰，一定要娶一个腰好的媳妇，脸蛋嘛，倒在其次，能看过去就行了。

他大声慨叹着，不无讨好女人的意思：“农村太苦太累，再好的腰都给糟践了。”

男人把堆积在罗网下的石子铲进笼里，用水担挑起来，走上沙坑的斜坡，木质水担“吱呀吱呀”响着，把笼里的石头倒在石堆上。折身返回来，再装再挑。

女人对我说：“他见了你话就多了。嘎杂子话儿也出来了。他跟我在这儿，整晌整晌不说一句话。猛不丁撂出一句，‘日他妈的！’我问他你日谁家妈哩？他说，‘谁家妈咱也不敢日，干乏了干烦了撒口气嘛！’”

男人朝我笑笑，不辩白也不搭话。

三

“把县委书记逮了。”

“哪个县的县委书记？”

“我妹子那个县的。”

“你怎么知道？”

“我晌午听广播听见的。”

“犯了啥事？”

“说是卖官得了十万。”

我已不太惊奇，淡淡地问：“就这事？还有其他事没有？”

“广播上只说了卖官得钱的事。”男人说，“过年时我到我妹子家去给外甥送灯笼，听人说这书记被‘双规’了。当时我还没听过‘双规’这名词。我妹家来的亲戚都在说这书记被‘双规’的事，瞎事多多了。广播上只说了受贿卖官一件事。”

“老百姓早都传说他的事了？”

“我给你说一件吧。县里开三级干部会，讨论落实全县五年发展规划。书记作报告。报告完了分组讨论，让村、乡、县各部门头头脑脑落实五年计划。书记作完报告没吃饭就坐汽车走了，说是要谈‘引资’去了。村上的头头脑脑乡上的头头脑脑县上各部局的头头脑脑都在讨论书记五年计划的报告。谁也没料到，书记钻进城里一家三星宾馆，打麻将。打了三天三夜。第三天后晌回到县里三干会上来作总结报告，眼睛都红了肿了，说是跟外商谈‘引资’急得睡不着觉……”

“有这种事呀？”

“我妹子那个县的人都当笑话说哩。你想想，报告念完饭都不吃就去打麻将。住在三星宾馆，打得乏了还有小姐给搓背洗澡按摩。听说‘双规’时，从他的皮包里搜出来的尽是安全套儿壮阳药。想指望这号书记搞五年计划，能搞个球……”

“你生那个气弄啥？”女人这时开了口。

“我听了生气，说了也生气。我知道生气啥也不顶。”

“那就甭说。”

“广播都说了，我说说怕啥。”

“广播上的人说是挣说的钱哩，你说是白说，没人给你一分钱。”

“你看看这人……”

“书记打麻将，你跟我靠捞石头挣钱；书记不打麻将不搞小姐，咱还是靠淘沙子捞石头过日子。你管人家做啥？”

男人翻翻白眼，一时倒被女人顶得说不上话来。闷了片刻，终于找到一个反驳的话头：“你呀你，我说啥事你都觉得没意思。只有……只有我说哪个女人腰好，你就急了躁了。”

“往后你说谁的腰再好我也不理识你了，”女人说，“我只操心自家的日子。”

“你以为我还指望那号书记领咱‘奔小康’吗？哈！他能把人领到麻将场里去。”男人说，“我从早到黑从年头到年尾都守在这沙滩上掏石头，还不是过日子么！我当然知道，那个书记打麻将与咱球不相干，人家就不打麻将还与咱球不相干喀！他被逮了与咱球不相干，不逮也球不相干喀！”

“咱靠掏挖石头过日子哩！”女人说。

“我早都清白，石头才是咱爷。”男人说。

听着两口子无遮无掩的拌嘴，我心里的感觉真是好极了。男人他妹家所在县的那个浪荡书记，不过是中国反腐风暴中荡除的一片败叶，小巫一个。我更感兴趣的，或者说更令我动心的，或者说最容易引发我心灵深层最敏感的那根神经的，其实是这两口子的拌嘴儿。

他们两口子拌嘴的话所涉及的内容和范围，我都不大在意。我只是想听一听本世纪第一个春天我的家乡的人怎样说话，一个高考落榜的男人和一个曾经有过好腰的女人组成的近二十年的夫妻现在进行时的拌嘴的话。我也只是到现在终于明白，我频频地走到河滩走过小木桥来到这两口子劳动现场的目的，就在于此，仅在于此。我头一次来到他俩的罗网前是盲目的，两回三回也仍然朦胧含糊，现在变得明白而又单纯了：看这一对中年夫妻日常怎样拌嘴儿。

“呢！这书记而今在劳改窑的日子可怎么过呀！”男人说。

“你看你这人！老陈你看他这人——就是个这！”女人说。

“刚才还气呼呼地骂人家哩，这会儿又操心人家在劳改窑里受苦哩！”

“享惯了福的人呀！前呼后拥的，提包跟脚的，送钱送礼的，洗澡搓背的，问寒问暖的，拉马神蹬的，这会儿全跑得不见人影了。而今在号子里两个蒸馍一碗熬白菜，背砖拉车可怎么受得了？”男人说。

“你是闲(咸)吃萝卜淡操心。”女人说。

“他这阵儿连我都不如。我在这河滩想多干就多干想少干就少干不想干了就坐下抽烟喝水，运气好时还能碰见一个腰好的女子过河，还能看上两眼。他这阵儿可惨了，干不动得干不想干也得干，公安警卫拿着电棍在尻子后头伺候着哩！享惯了福的人再去受苦，那可比没享过福只受过苦的人要难熬得多吧？”

没有人回答他的发问。我没有。他的她也没有。他突然自问自答——

“我说嘛人是个贱货！贱——货！”

太阳沉到西原头的这一瞬，即将沉落下去的短暂的这一瞬，真是奇妙无比景象绚烂的一瞬。泛着嫩黄的杨柳林带在这一瞬里染成橘红了。河岸边刚刚现出绿色的草坨子也被染成橘黄色了。小木桥上的男人和女人被这瞬间的霞光涂抹得模糊了，男女莫辨了。

四

应办了几件公务，再回到滋水河川的时候，小麦已经吐穗了。

我有点急迫地赶回乡下老家来，就是想感受小麦吐穗扬花这个季节的气象。我前五十年年年都是在乡村度过这个一年中最美好、最动人的季节的。我大约有七八年没有感受小麦吐穗扬花时节滋水河川和白鹿原坡的风姿和韵致了。

太阳又沉下西原的平顶了。河堤和石坝的丁字拐弯的水潭里，有三个半大小子在游泳戏水。我看见对岸的沙滩上支撑着一架罗网。女人正挥动铁锨朝罗网上抛掷着沙石。石头撞击的“唰啦唰啦”的声音时断时续，缺乏热烈，有点单调。

男人呢？

那个尤其喜欢欣赏女人好腰又被嗔骂为流氓兼硬熊的男人呢？

我脱了鞋袜，涉过浅浅的河水。水还是有点凉，河心的石头滑溜溜的。我走到她的罗网前的沙梁上，点燃一支烟。

“那位硬熊呢？”

“没来。”

我便把通常能想到的诸如病啦、走亲戚啦、出门办事啦这些因由一一询问。她只有一个字回答：没。

我就自觉不再发问了。她的脸色不悦。我随即猜想到通常能想到的诸如吵架啦与邻居村人闹仗啦亲戚家里出事啦等等这些令人烦心丧气的事，然而我不敢再问。

她轻轻叹了一口气。

我还是决定发问：“咋咧？ 出什么事了？”

她停住手中的铁锨，重重地深深地吁出一口气：“女子考试没考好。”

“就为这事？”我也舒了一口气，“这回没考好，下回再争取考好嘛！”

她苦笑一下：“这回考试不是普通考试。是分班考试。考好可进重点班，考得不好就分到普通班里。分到普通班里就没希望咧。”

这是我万万没有料想到的事。

她这时话多了：“女子自个儿不敢给她爸说。

“他听了就浑身都软了，连钁头铁锨都举不起来了。

“他在炕上躺了三天了，只喝水不吃饭，整夜整夜不眨眼不睡觉，光叹气不说话。我劝了千句万句，他还是一句不吭。”

“女子在哪儿念书？高中还是初中？”

“县中。念高一。这学期分出重点班。”

我也经历过孩子念书的事。我也能掂出重点班的分量。但我还是没有估计到这样严重的心理挫败。

她伤心地说：“这娃娃也是……平时学得挺好的，考试分数也总排前头，偏偏到分班的节骨眼上，一考就考……

“直到昨日晚上他才说了一句话：‘我现在还捞石头做啥！我还捞这石头做啥’……”

“你不是说他是个硬熊吗？这么一点挫折就软塌下来了？”我说。

“他遇见啥事都硬，就是在娃儿们上学念书的事上心太重。他高考考大学差一点分数没上成，指望娃儿们能……

“他常说，只要娃儿们能考大学，他准备把这沙滩翻个个儿……

“他现时说他还捞这石头做啥哩！”

“我去跟他说说话儿能不能行？”我问。

“你甭去，没用。”

我自然知道一个农民家庭一对农民夫妇对儿女的企盼，一个从柴门土炕走进大学门楼的孩子对于父母的意义。我的心里也沉沉的了。

“他来了！天哪！他自个儿来了——”

我听见女人的叫声，也看见她随着颤颤的叫声涌出的眼泪。

我瞬即看见他正向这边的沙梁走来。

他的肩头背着罗网，扛着镬头铁锨，另一只肩头挑着担子，两只铁丝编织的笼吊在水担的铁钩上。

他对我淡淡地笑笑。

他开始支撑罗网。

“天都快黑咧，你还来做啥！”她说。

“挖一担算一担嘛。”他说。

我想和他说话，尚未张口，被他示意止住。

"不说了。"他对我说。

女人也想对他说什么，同样被他止住了。

"不说了。"他对她说。

"再不说了。"他对所有人也对自己说。

"不说了。"他又说了一遍。

我坐在沙梁上，心里有点酸酸的。

许久，他都不说话。鑁头刨挖沙层在石头上撞击出刺耳的噪声，偶尔迸出一粒火星。

许久，他直起腰来，平静地说：

"大不了给女子在这沙滩上再撑一架罗网喀！"

我的心里猛然一颤。

我看见女人缓缓地丢弃了铁锨。我看着她软软地瘫坐在湿漉漉的沙坑里。我看见她双手捂住眼睛垂下头。我听见一声压抑着的抽泣。

我的眼睛模糊了。

2001年5月12日于原下

/ 李十三推磨 /

"娘……的……儿——"

一句戏词儿写到特别顺畅也特别得意处，李十三就唱出声来。实际上，每一句戏词乃至每一句白口，都是自己在心里敲着鼓点和着弦索默唱着吟诵着，几经反复敲打斟酌，最终再经过手中那支换了又半秃了的毛笔落到麻纸上的。他已经买不起稍好的宣纸，改用便宜得多的麻纸了。虽说麻纸粗而且硬，却韧得类似牛皮，倒是耐得十遍百遍的揉搓啊翻揭啊。一本大戏写成，交给皮影班社那伙人手里，要反复背唱词对白口。不知要翻过来揭过去几十几百遍，麻纸比又软又薄的宣纸耐得揉搓。

"儿……的……娘——"

李十三唱着写着，心里的那个舒悦那份受活是无与伦比的，却听见院里一声呵斥：

"你听那个老疯子唱啥哩？把墙上的瓦都蹭掉了……"

这是夫人在院子里吆喝的声音，且不止一回两回了。他忘情唱戏的嗓音，从屋门和窗子传播到邻家也传播到街巷里，人们怕打扰他不便走进他的屋院，却又抑制不住那勾人的唱腔，便从邻家的院子悄悄爬上他家的墙头，有老汉小子有婆娘女子，把墙头上掺接的灰瓦都扒蹭掉了。他的夫人一吆喝，那些脑袋就消失了，他的夫人回到屋里去纺线织布，那些脑袋又从墙头上冒出来。夫人不知多少回劝他，你爱编爱写就编去写去，你甭唱唱喝喝总该能成嘛！他每一次都保证说记住了再不会唱出口了，却在写到得意受活时仍然唱得畅快淋漓，甭说蹭掉墙头几页瓦，把围墙拥推倒了也忍不住口。

“儿……啊……”

“娘……啊……”

李十三先扮一声妇人的细声，接着又扮男儿的粗声，正唱到母子俩生死攸关处，夫人推门进来，他丝毫没有察觉，突然听到夫人不无烦厌倒也半隐着的气话：

“唱你妈的脚哩！”

李十三从椅子上转过身，就看见夫人不愠不怒也不高兴的脸色，半天才从戏剧世界转折过来，愣愣地问：“咋咧吗？出啥事咧？”

“晌午饭还吃不吃？”

“这还用问，当然吃嘛！”

“吃啥哩？”

这是个贤惠的妻子。自踏进李家门楼，一天三顿饭，做之前先请示婆婆，婆婆和公公去世后，自然轮到请示李十三了。李十三还依着多年的习惯，随口说：“黏（干）面一碗。”

“吃不成黏（干）面。”

“吃不成黏（干）的吃汤的。”

“汤面也吃不成。”

“咋吃不成？”

“没面咧。”

“噢……那就熬一碗小米米汤。”

“小米也没有了。”

李十三这才感觉到困境的严重性，也才完全清醒过来，从正在编写的那本戏里的生死离别的母子的屋院跌落到自家的锅碗灶堂之间。正为难处，夫人又说了：“只剩下一盆包谷糁子，你又喝不得。”

他确凿喝不得包谷糁子稀饭，喝了一辈子，胃撑不住了，喝下去不到半个时辰就吐酸水，清淋淋的酸水不断线地涌到口腔里。胃已经隐隐作痛几年了。想到包谷糁子的折磨，他不由得火了：“没面了你咋不早说？”

“我大前日格前日格昨日格都给你说了，叫你去借麦子磨面……你忘了。倒还怪我。”

李十三顿时就软了，说：“你先去隔壁借一碗面。”

“我都借过三家三碗咧……”

“再借一回……再把脸抹一回。”

夫人脸上掠过一缕不悦。却没有顶撞，刚转过身要出门，院里突响起一声嘎嘣脆亮的呼叫：“十三哥！”

再没有这样熟悉这样悦耳这样听来让人从头到脚从里到外都感觉到快乐的声音了，这是田舍娃嘛！又是在这样令人困窘得干摆手空跺脚的时候，听一听田舍娃的声音不仅心头缓过愉悦来，似乎连晌午饭都可以省去。田舍娃是渭北几家皮影班社里最具名望的一家班主，号称“两硬”班子，即嘴硬——唱得好，手硬——耍皮影的技巧好。李十三的一本新戏编写成功，都是先交给田舍娃的戏班排练演出。他和田舍娃那七八个兄弟从合排开始，夜夜在一起，帮助他们掌握人物性情和剧情演变里的种种复杂关系。还有锣鼓铙钹的轻重……直到他看得满意了，才放手让他们去演出。这个把他秃笔塑造的男女活脱到观众眼前的田舍娃，怎么掂他在自己心里的分量都不过分。

“舍娃子，快来快来！”

李十三从椅子上喊起来站起来的同时，田舍娃已走进门来，差点儿和走到门口的夫人撞到一起，只听“咚”的一声响，夫人闪了个趔趄，倒是未摔倒，田舍娃自己折不住腰。重重地摔倒在木门槛上。李十三抢上两步扶田舍娃的时候，同时看见摔撂在门槛上的布口袋，“咚”的沉闷的响声是装着粮食的口袋落地时发出的。他扶田舍娃起来的同时就发出诘问：“你背口袋做啥？”

“我给你背了二斗麦。”田舍娃拍打着衣襟上和裤腿上的土末儿。

“你人来了就好——我也想你了，可你背这粮食弄啥嘛！”李十三说。

“给你吃嘛！”

“我有吃的哩！麦子豌豆谷子包谷都不缺咯！”

田舍娃不想再说粮食的事，脸上急骤转换出一副看似责备实则亲畅的神气：“哎呀我的老哥呀！兄弟进门先跌个跟斗，你不拉不扶倒罢了，连个板凳也不让坐吗？”

李十三赶紧搬过一只独凳。田舍娃坐下的同时，李夫人把一碗凉开水递到手上了。田舍娃故作虚叹地说：“啊呀呀！还是嫂子对兄弟好——知道我一路跑渴了。”

李十三却以不容置疑的口气对妻子说：“快，快去擀面，舍娃跑了几十里肯定饿了。今晌午咥黏(干)面。”

夫人转身出了书房，肯定是借面去了。她心里此刻倒是踏实，田舍娃背来了二斗麦子。明天磨成面，此前借下的几碗麦子面都可以还清了。

田舍娃问：“哥呀，正谋算啥新戏本哩？”

李十三说：“闲是闲不下的，正谋算哩，还没谋算成哩。”

田舍娃说：“说一段儿唱几句，让兄弟先享个耳福。”

“说不成。没弄完的戏不能唱给旁人。”李十三说，“咋哩？馍没蒸熟揭了锅盖跑了气，馍就蒸成死疙瘩了。”

田舍娃其实早都知道李十三写戏的这条规矩，之所以明知故问，不过是无话找话，改变一下话题，担心李十三再纠缠他送麦子的事。他随之悄声悦气地开了另一个话头：“哥呀，这一向的场子欢得很，我的嗓子都有些招不住了，招不住还歇不成凉不下。几年都不遇今年这么欢的场子，差不多天天晚上有戏演。你知道喀——有戏唱就有麦子往回背，弟兄们碗里就有黏(干)面咥！”

李十三在田舍娃得意的欢声浪语里也陶醉了一阵子。他知道麦子收罢秋苗锄草施肥结束的这个相对松泛的时节，渭河流域的关中地区每个大小村庄都有“忙罢会”，约定一天，亲朋好友都来聚会，多有话丰收的诗蕴，也有夏收大忙之后歇息娱乐的放松。许多村子在“忙罢会”到来的前一晚，约请皮影班社到村里来演戏，每家不过均摊半升一升麦子而已。这是皮影班社一年里演出场子最欢的季节，甚至超过过年。待田舍娃刚一打住兴奋得意的话茬，李十三却眉头一皱眼仁一聚。问：“今年渭北久旱不雨，小麦歉收，你的场子咋还倒欢了红火咧？”

“戏好嘛！咱的戏演得好嘛！你的戏编得好嘛！”田舍娃不假思索张口就是爽快的回答，“《春秋配》、《火焰驹》一个村接着一个村演，那些婆娘那些老汉看十遍八遍都看不够，在自家村看了，又赶到邻村去看，演到哪里赶到哪里……”

“噢……”李十三眉头解开，有一种欣慰。

“我的十三哥呀，你的那个黄桂英，把乡下人不管穷的富的老的少的男的女的都看得迷格登登的。”田舍娃说，“有人编下口歌，‘权当少收麦一升，也要看一回黄桂英’。人都不管丰年歉年的光景咧！”

说的正说到得意处，听的也不无得意，夫人走到当面请示：“话说完了没？我把面擀好了。切不切下不下？”

“下。”李十三说。

“只给俺哥下一个人吃的面。我来时吃过了。”田舍娃说着已站起身来，把他扛来的装着麦子的口袋提起来，问，“粮缸在哪儿，快让我把粮食倒下。”

李十三拽着田舍娃的胳膊，不依不饶非要他吃完饭再走，夫人也是不停嘴地挽留。田舍娃正当英年，体壮气粗，李十三拉扯了几下，已经气喘不迭，厉声咳嗽起来，长期胃病，又添了气短气喘的毛病。田舍娃提着口袋跷进另一间屋子，揭开一只齐胸高的瓷瓮的木盖儿，吓了一跳，里边竟是空的。他把口袋扛在肩上，松开扎口，哗啦一声，二斗小麦倒得一粒不剩。田舍娃随之把跟脚过来的李十三夫妇按住，扑通跪到地上：“哥呀！我来迟了。我万万没想到你把光景过到盆干瓮净的地步……我昨日格听到你的村子一个看戏的人说了你的光景不好，今日格赶紧先送二斗麦过来……”说着已泪流不止。

李十三拉起田舍娃，一脸感动之色里不无羞愧：“怪我不会务庄稼，今年又缺雨，麦子长成猴毛，碌碡停了，麦也吃完了……哈哈哈。”他自嘲地撑硬着仰头大笑。夫人在一旁替他开脱：“舍娃你哭啥嘿？你哥从早到晚唱唱喝喝都不愁……”

田舍娃抹一把泪脸，瞪着眼说：“只要我这个唱戏的有的吃，咋也不能把编戏的哥饿下！我吃黏（干）面决不让你吃稀汤面。”随之又转过脸，对夫人说：“嫂子，俺哥爱吃黏（干）的汤的尽由他挑。过几天我再把麦背来。”

田舍娃抱拳鞠躬者三，又绽出笑脸：“今黑还要赶场子，兄弟得走了。”刚走出门到院子里，又折回身：“哥呀！我知道你手里正谋算一本新戏哩！我等着。”

“好！你等着。”李十三嗓门亮起来。说到戏，他把啥不愉快的事都掀开了，“有的麦吃，哥就再没啥扰心的事了。”

李十三和他的夫人运动在磨道上。两块足有一尺多厚的圆形石质磨盘，合丝卡缝地叠摞在一起，上扇有一个小孩拳头大小的孔眼，倒在上扇的麦粒，通过这只孔眼溜下去。在转动着的上扇和固定着的下扇之间反复压磨。再从磨口里流出来。上扇磨石半腰上捆绑一根结实的粗木杠子，通常是用牲口套绳和它连接起来，有骡马的富户套骡马拽磨，速度是最快的了；一般农户就用自养的犍牛或母牛拽磨，也很悠闲；穷到连一条狗都养不起的人家，就只好发动全家大小上套，不是拽而是推着磨盘转动了。人说“拽犁推磨打土坯”是乡村农活里头三道最硬茬的活儿，通常都是那些膀宽腰圆的汉子才敢下手的，再就是那些穷得养不起牲口也请不起帮手的人，才自己出手硬撑死扛。

年届六十二岁的李十三，现在把木杠抱在怀里。双臂从木杠下边倒钩上来反抓住木杠，那木杠就横在他胸腹交界的地方，身体自然前倾，双腿自然后蹬，这样才能使上力鼓上劲。把几百斤重的磨盘推动起来旋转起来。他的位置在磨杠的梢头一端，俗称外套，是最鼓得上力的位置，如果用双套牲口拽磨，这位置通常是套犍牛或二马子的。他的夫人贴着磨道的内套位置，把磨杠也是横夯在胸腹交界处，只是推磨的胳膊使力的架势略有差异，她的右手从磨杠上边弯过去，把木杠搂到怀里，左手时不时拨拉一下磨扇顶上的麦子，等得磨缝里研磨溜出的细碎的麦子在磨盘上成堆的时候，她就用小木簸箕揽了。离开磨道，走到箩柜跟前，揭开木盖，把磨碎的麦子倒入箩柜里的金丝箩子，再盖上木盖。然后扳动摇把儿，箩子就在箩柜里咣当咣当响起来，这是磨面这种农活的象征性声响。

“你也歇一下下儿。”

李十三听见夫人关爱的声音，瞅一眼摇着拐把的夫人的脸，那瘦削的肩膀摆动着。他抬起一只胳膊用袖头抹一抹额上脸上的汗水，不仅没有停歇下来，反倒哼唱起来了：“娘……的……儿——”一句戏词没唱完，似乎气都堵得拔不出来，便哑了声，喘着气，一个人推着磨扇缓缓地转动，又禁不住自嘲起来：“老婆子哎！你说我本该是当县官的材料，咋的就落脚到磨道里当牛做马使唤？还算不上个快马，连个蔫牛也不抵……唉！怕是祖上先人把香插错了香炉……"

"命……"夫人停住摇把，从箩柜里取出箩子，把箩过的碎麦皮倒进斗里，几步走过来，又回到磨道里她的套路上，习惯性地抱住磨杠推起来，又重复一遍，"命。"

李十三似接似拒的口吻，沉吟一声："命……"

李十三推着石磨。要把一斗麦子的面粉磨光箩尽，不知要转几百上千个圈圈，称得"路漫漫其修远兮"了。他的求官之路，类如这磨道。他十九岁考中秀才，令家人喜不自禁，也令乡邻羡慕；二十年后的三十九岁省试里考中举人，虽说费时长了点儿，却在陕西全省排在前二十名，离北京的距离却近了；再苦读十三年后到五十二岁上，他拉着骡子驮着干粮满腹经纶进北京会试去了。此时嘉庆刚主政四年，由纪昀任主考官，录取完规定的正编名额后，又拟录了六十四名作为候补备用的人。李十三的名字在这个候补名单里。按嘉庆的考制，拟录的人按县级官制待遇。却不发饷银，只是虚名罢了。等得牛年马月有了县官空缺，点到你的名字上，就可以走马上任做实质性的县官领取县级官饷了。李十三深知这其中的空间很大很深，猫腻狗骚都使得上却看不见。恰是在对这个“拟录”等待的深度畏惧发生的时候，失望同时并生了，做官的欲望就在那一刻断灭。是他的性情使他发生了这个人生的重大转折，凭学识凭本事争不到手的光宗耀祖的官衔，拿银子换来就等于给祖坟上泼了狗尿。

他依着渭河北部高原民间流行的小戏碗碗腔的种种板路曲谱，写起戏本来了。第一本名叫《春秋配》，交给田舍娃的皮影班社。得了田舍娃的好嗓子，也得了他双手绝巧的“耍杆子”的技艺，这个戏一炮打响，演遍了渭北的大村小庄……他现在迷在写戏的巨大兴趣之中，已有八本大戏两本小戏供那些皮影班社轮番演出……现在，他和夫人合抱一根木杠，在磨道里转圈圈，把田舍娃昨日晌午送来的麦子磨成白面，就不再操心锅里没面煮的事了……

“十三哥十三哥十三哥——”

田舍娃的叫声。昨日刚来过怎么又来了？田舍娃压抑着嗓门的连声呼叫还没落定，人已蹿进磨房喘着粗气。收住脚，与从磨道里转过来的李十三面对面站着，整个一副惶恐失措的神色。未等李十三开口，田舍娃仍压低嗓门说：“哥呀不得了咧……”

李十三喘着气，却不问，他和夫人在自家磨道推磨子，闭着眼也推不到岔道上去，能有什么了不得的祸事呢！那一瞬，他甚至料定田舍娃是虚张声势。虚张声势夸大事态往往是这些皮影艺人的职业习性。

“哥呀！皇上派人抓你来咧……”

李十三嘿的一声不着意地轻淡地笑：“你也算是当了爸的人了，咋还说这些没根没影的话……”

田舍娃见李十三不信，当下急得失了色变了脸，双手击捶出很响的声音，像道戏曲白口一般疾骤地叙说起来：“嘉庆爷派的差官已经到县上咧。我奶妈的三娃在县衙当伙夫，听到这事赶紧叫人把信儿传给我。我撂下饭碗赶紧跑过来给你透风报信。你还大咧咧地信不下……”

李十三打断田舍娃的话问：“说没说我犯了哪条王法？”

“‘淫词秽调’——”田舍娃说，“皇上爷亲口说你编的戏是‘淫词秽调’。如野草般疯长，已经传流到好多省去了。皇上爷很恼火，派专使到渭南，指名要‘提李十三进京’，还说连我这一帮演过你的戏的皮影客也不放手……”

田舍娃说着说着就自动打住口，哑了声。他叙述这个因由的过程，突出的眉棱下的两只燕尾形的眼睛一直紧盯着他亲爱的李十三哥，连扶着磨杠的嫂夫人一眼也顾不及看。他看着李十三由不信不屑不嗤的眼神脸色逐渐转换出现在这副吓人的神色，两眼瞪得一动不动一眨不眨，脸色由灰黄变成灰白，辨不清是气恨还是惧怕，倒吓得田舍娃不敢再往下说了。

李十三突然猛挺起身子，头往后一仰，又往前一倾，“噢”地叫了一声，从嘴里喷出一股血来。田舍娃眼见一道鲜亮如同朝阳的红光闪耀了一下，整个磨房弥漫起红色的光焰，又如同一条血的飞瀑，呼啸着爆响着飞溅出去，落在磨扇顶端已经磨碎的麦粒上，也泼洒在琢刻着石棱的磨扇上。磨盘上堆积着的尚未收揽的碎麦麸顷刻间也染红了，田舍娃噢呀惊叫一声，吓愣了。

李十三又挺起胸来，头先往后一仰，即刻再往前用力一倾，又一道血的光焰血的飞瀑喷洒出去，随之横跌在磨盘上，一只手垂下来。

田舍娃手足无措地站在一边，突然灵动过来，一把抱起李十三，轻轻地摆平仰躺在地上。夫人也早吓蒙了，忙蹲下身为李十三抚胸搓背，连声呼叫：“你不能走呀你甭走呀……”随之掐住了丈夫的鼻根。

许久，李十三终于睁开眼睛了，顺手拨开了夫人掐着他鼻根的手。稍停半刻，他两手撑地要坐起来。夫人和田舍娃急忙从两边帮扶着。李十三坐起来。田舍娃这时才哭出声来。夫人也哭了。

李十三舒了口气，看着田舍娃说：“你咋不跑还在这儿？”

“你是这样子，我咋跑呀！”田舍娃说，“让人家把咱俩一块提走，我好招呼着你。”

李十三摇摇头：“咱俩得跑。”

田舍娃忙接上说：“就等你这句话哩，快走。”

李十三站起来，走了两步试了试腿脚，还可以走动，便对夫人说：“你也甭操心了。你操心也是白操——皇上要我的命，你还能挡住？挡不住咯。我要是命大能跑脱，会捎话给你，会来取戏本的——这本戏刚写到热闹的当当儿，你给我藏好。”

两人装出无什么要紧事的做派，走出门，走过村巷，还和村人打着礼仪性的招呼。村人乡党打问今晚在哪个村子摆场子，舍娃说在北原上很远很远的一个寨子。乡党直惋叹太远太远了。两人出了村子，两人又从出村的这条宽敞的土路拐上一条一步多宽的岔路，两边是高过人头的包谷苗子。隐入无边无际的包谷绿秆之中，似乎有一种被遮蔽的安全感。两人不约而同又拐上一条岔道。岔道上铺满青草，泛着一缕缕薄荷的清香。两人又跷过水渠，清凌凌的水已经没有诗意了，渠沿上的白杨也没有诗意了。这渠水和这白杨是最容易诱发诗意的景致，他每一次踏过渠上的木桥或直接跷过这水渠的时候，都忍不住驻足品味，都忍不住撩起水来洗一把脸。现在只有奔逃的恓惶和恐惧了。李十三在用力跳过渠的时候，又一阵晕眩，眼睛黑了一瞬，驻足的同时，又吐出一口血来。稍作缓息，田舍娃搀扶着他继续走着。两边依旧是密不透风的包谷秆子，青幽幽闷腾腾的田野。走到这条小路的尽头，遇到一道土塄。分成又一个岔口。李十三站住脚，“咱俩该分手了。”

田舍娃愣了一下，头连着摇：“分手？谁跟谁分手？我跟你分手——我死都跟你不分手。”

李十三说：“咱俩总不能傻到让人家一搭儿抓了，再一窝端了一锅蒸了嘛！留下一个会唱会耍竿竿儿（支撑皮影的竹竿）的人嘛！”

“不成不成不成！”田舍娃的头摇得更欢了，“耍竿竿儿的人多，死了我还有那一大帮伙计，会编戏的只是你十三哥——死谁都不能死你。”

“是这样嘛——”李十三说，“咱俩谁都不该死。咱俩谁都不死当然顶好咧！现时死临头了，咱俩分开跑，逃过一个算一个，逃过两个更好。千万不能一锅给人家煮了蒸了。”

田舍娃还是听不进去：“你这么个病身子，我把你撂下撇下，我就是你戏里头写的那号负义的贼了。”

李十三说：“我的戏本都压在你的箱子里，旁人传抄的不全，有的乱删乱添，只有你拿的本子是我的原装本子。想想，把我杀了不当紧，我把戏写成了。要是把你杀了又抄了家，连戏本子都会给人家烧成灰了……你而今活着比我活着还当紧。”

田舍娃这下子不说话了。

李十三又说：“你活着就是顶替我活着。”

田舍娃出着粗气，眼泪涌出来了。

“你的命现在比我的命贵重。”李十三再加重说，“快走赶快跑，哥的戏本就指望你了。”

李十三转过身走了。

田舍娃急抢两步，堵在李十三面前，扑通跪在路上，连磕三个响头，站起来又抱拳作揖者三，瞪着眼睛说：“我的哥呀！你放心走，只要有我舍娃子一条命，你的戏本一个字都丢不了！”

“你的命丢了，本子也甭丢。”李十三也狠起来，“你先把戏本藏好再逃命。”

“记下了。”田舍娃跑走了，跑到一畛谷子地里，对着坡塄骂了一句，“嘉庆呀嘉庆，我没有你这个爷了。”

田野静寂无声。

李十三顺着这条漫坡路走着。他想到应该斜插到另一个方向的梯田里去，谁会傻到顺着一条上渭北高原的官路逃亡呢？他不想逃跑。又不想被抓住。他确凿断定自己活不了几个时辰了。他只不过不想死到北京，也不想活着看见那个受嘉庆爷之命前来抓他的差官的脸。他也不想死在磨道里或死在炕上，那样会让他的夫人更恓惶，活着没能让她享福，死时却可以不让她受急迫。他也不想死在田舍娃当面，越是相好的人越想死得离他远点。

莽莽苍苍的渭北高原是最好的死地。

李十三面朝着渭北高原背对着渭河平原，往前一步一步挪脚移步，他又吐出一口血。血把脚下被人踩踏成细粉一般的黄土打湿了，瞬间就辨不出是血是水了。

再挣扎到一个塄坎上的时候，他又吐血了。

当他又预感到要吐血的时候，似乎清晰地意识到这是最后一口所能喷吐出来的血了。他已经走出村子二十里路了，在这一瞬转过身来，眺望一眼被绿色覆盖的关中和流过关中的渭河。他吐出最后一口血，仰跌在土路上，再也看不见渭北高原上空的太阳和云彩了。

附　记

约略记得是上世纪五十年代末，我在周六从学校回家去背下一周的干粮，路上的男男女女老人小孩纷纷涌动，有的手里提着一只小木凳，有的用手帕包着馒头，说是要到马家村去看电影。这部电影是把秦腔第一次搬上银幕的《火焰驹》，十村八寨都兴奋起来。太阳尚未落山，临近村庄的人已按捺不住，挎着凳子提着干粮去抢占前排位置了。我回到家匆匆吃了饭，便和同村伙伴结伙赶去看电影了。“日行千里夜行八百”的火焰驹固然神奇，而那个不嫌贫爱富因而也不背信弃义更死心不改与落难公子婚约的黄桂英，记忆深处至今还留着舞台上那副顾盼动人的模样。这个黄桂英不单给乡村那些穷娃昼思夜梦的美好期盼，城市里的年轻人何尝不是同一心理向往。直到五十年后的今天我才弄清楚，《火焰驹》的原始作者名叫李十三。

李十三，本名李芳桂，渭南县蔺店乡人。他出生的那个村子叫李十三村。据说唐代把渭北地区凡李姓氏族聚居的村子，以数字编序排列命名，类似北京的××八条、××十条或十二条。李芳桂念书苦读一门心思为着科举高中，一路苦苦赶考直到五十二岁，才弄到个没有实质内容的“候补”空额，突然于失望之后反倒灵醒了，便不想再跑那条路了。这当儿皮影戏在渭北兴起正演得红火，却苦于找不到好戏本，皮影班社的头儿便把眼睛瞅住这个文墨深不知底的人。架不住几个皮影班头的怂恿哄抬，李十三答应“试火一下”。即文人们常说的试笔。这样，李十三的第一部戏剧处女作《春秋配》就“试火”出来了。且不说这本戏当年如何以皮影演出走红渭北，近二百年来已被改编为秦腔、京剧、川剧、豫剧、晋剧、汉剧、湘剧、滇剧和河北梆子等。这一笔“试火”得真是了得！大约自此时起，李十三这个他出生并生活的村子名称成了他的名字。李芳桂的名字以往只出现或者只应用在各级科举的考卷和公布榜上，民间却以李十三取而代之。民间对“李芳桂”的废弃，正应和着他人生另一条道路的开始——编戏。

李十三生于一七四八年，距今二百六十年了。我专意打问了剧作家陈彦，证实李十三确凿是陕西地方戏剧碗碗腔秦腔剧本的第一位剧作家，而且是批量生产。自五十二岁摈弃仕途试笔写戏，到六十二岁被嘉庆爷通缉吓死或气死（民间一说吓死一说气死，还有说气吓致死）的十年间，写出了八部本戏和两部小折子戏，通称十大本：《春秋配》、《白玉钿》、《火焰驹》、《万福莲》、《如意簪》、《香莲口》、《紫霞宫》、《玉燕钗》，《四岔》和《锄谷》是折子戏。这些戏本中的许多剧目，随后几乎被中国各大地方剧种都改编演出过，经近二百年而不衰。我很自然地发生猜想，中国南北各地差异很大的方言，唱着说着这位老陕的剧词会是怎样一番妙趣。不会说普通话更没听过南方各路口音的李十三，如若坐在湘剧京剧剧场里观赏他的某一本戏的演出，当会增聚起抵御嘉庆爷捉拿的几分胆量和气度吧，起码会对他点灯熬油和推磨之辛劳，添一分欣慰吧！

然而，李十三肯定不会料到，在他被嘉庆爷气吓得磨道喷吐鲜血，直到把血吐尽在渭北高原的黄土路上气绝而亡之后的大约一百五十年，一位秦腔剧作家把他的《万福莲》改编为《女巡按》，大获好评更热演不衰。北京有一位赫赫盛名的剧作家田汉，接着把《女巡按》改编为京剧《谢瑶环》，也引起不小的轰动。刚轰动了一下还没轰得太热，《谢瑶环》被批判，批判文章几成铺天盖地之势。看来田汉胆子大点儿气度也宽，没有吐血。

一切都已成为过去。过去了的事就成历史了。

我从剧作家陈彦的文章中，获得李十三推磨这个细节时，竟毛躁得难以成夜眠。在几种思绪里只有一点纯属自我的得意，即我曾经说过写作这活儿，不在乎写作者吃的是馍还是面包，睡的是席梦思还是土炕，屋墙上挂的是字画还是锄头，关键在于那根神经对文字敏感的程度。我从李十三这位乡党在磨道里推磨的细节上又一次获得确信，是那根对文字尤为敏感的神经，驱使着李十三点灯熬油自我陶醉在戏剧创作的无与伦比的巨大快活之中，喝一碗米粥咥一碗黏（干）面或汤面就知足了。即使落魄到为吃一碗面需得启动六十二岁的老胳膊硬腿去推石磨的地步，仍然是得意忘情地陶醉在磨道里，全是那根虽然年事已高依然保持着对文字敏感的神经，闹得他手里那支毛笔无论如何也停歇不下来。磨完麦子撂下推磨的木杠，又钻进那间摆置着一张方桌一把椅子一条板凳的屋子，掂起笔杆揭开砚台蘸墨吟诵戏词了……唯一的实惠是田舍娃捐赠的二斗小麦。

同样是这根对文字太过敏感的神经，却招架不住嘉庆爷的黑煞脸，竟然一吓一气就绷断了，那支毛笔才彻底地闲置下来。我就想把他写进我的文字里。

2007.5.9　二府庄

中篇

/康家小院/

一

没有女人的家，空气似乎都是静止的。

康田生三十岁上死了女人。把那个在他家小厦屋里出出进进了五年、已经和简陋破烂的庄稼院融为一体的苦命人送进黄土，康田生觉得在这个虽然穷困却无比温暖的小院里，一天也待不下去了。他抱起亲爱的亡妻留给他的两岁的独生儿子勤娃，用粗糙的手掌抹一抹儿子头顶上的毛盖头发，出了门，沿着村子后面坡岭上的小路走上去了。他走进老丈人家的院子，把勤娃塞到表嫂怀里，鼓劲打破蒙结在喉头的又硬又涩的障碍：

“权当是你的……”

勤娃大哭大闹，抡胳膊蹬腿，要从舅妈的怀里挣脱出来。他赶紧转过身，出了门，梗着脖子没有回头；再看一眼，他可能就走不了了。

走出丈人家所居住的腰岭村，下了一道塄坎，他双手撑住一棵合抱粗的杏树的黑色树干，呜的一声哭了。

只哭了一声，康田生就咬住了嘴唇，猛然爆发的那一声撕心裂肺的中年男人的粗壮的声音，戛然而止。他没有哭下去，迅即离开大杏树，抹去眼眶里的泪水，使劲咳嗽两声，沿着上岭来的那条小路走下去了。

三十年的生活经历，教给他忍耐，教给他倔犟，独独没有教会他哭泣。小时候，饿了时哭，父亲用耳光给他止饥。和人家娃娃玩恼了，他占了便宜，父亲抽他耳光；他吃了亏，父亲照样抽他的耳光。他不会哭了，没有哭泣这个人类男女皆存的强烈的感情动作了。即使国民党河口联保所的柳木棍打断了两根，他的裤子和皮肉粘在一起，牙齿把嘴唇咬得血流到脖子里，可眼窝里始终不渗一滴眼泪。

下河湾里康家村的西头，在大大小小高高矮矮拥挤着的庄稼院中间，夹着康田生两间破旧的小厦房，后墙高，檐墙低，陡坡似的房顶上，搀接得稀疏的瓦片，在阴雨季节常常漏水。他和他的相依为命的妻子，夜里光着身子，把勤娃从炕的这一头挪到那一头，避免潮湿……现在，妻子已经躺在南坡下的黄土里头了，勤娃送到表兄嫂家去了，残破低矮的土围墙里的小院，空气似乎都凝结了，静止了，他踏进院子的脚步声居然在后院围墙上发出嗡嗡的回音。灶是冷的，锅是冰的，擀面杖依旧架在案板上方的木橛上……妻子头上顶着自己织成的棉线布巾（防止烧锅的柴灰落到乌黑的头发里），拉着风箱，锅盖的边沿有白色的水汽冒出来。他搂着儿子，蹲在灶锅前，装满一锅旱烟。妻子从灶门里点燃一根柴枝，笑着递到他手上时，勤娃却一把夺走了，逞能地把冒着烟火的柴枝按到爸爸的烟锅上。他吸着了，生烟叶子又苦又辣的气味呛得勤娃咳嗽起来，竟然哭了，恼了。他把一口烟又喷到妻子被火光映得忽明忽暗的脸上，呛得妻子也咳嗽，流泪，逗得勤娃又笑了……一条长凳，一张方桌，靠墙放着；两条缀着补丁的粗布被子，叠摞在炕头的苇席上，一切他和妻子共同使用过的家具和什物，此刻都映现着她忧郁而温存的眼睛。

连着抽完两袋旱烟，康田生站起来，勒紧腰里的蓝布带子，把烟袋别在后腰，从墙角提起打土坯的木把青石夯，扛上肩膀，再把木模挂到夯把上，走出厦屋，锁上门，走过小院，扣上木栅栏式的院墙门上的铁丝扣子，头也不回地走出康家村了。

第二天清晨，当熹微的晨光把坡岭、河川照亮的时光，康田生已经在一个陌生的村庄旁首的土壕里，提着青石夯，砸出轻重有致、节奏明快的响声了。

三十岁，这是庄稼汉子的什么年岁啊！康田生丢剥了长衫，只穿一件汗褂，膀阔腰粗，胳膊上栗红色的肌肉闪闪发光。他抡着几十斤重的石夯，捶击着装满木模的黄土，劈里啪啦，一串响声停歇，他轻轻端起一块光洁平整的土坯，扭着犍牛一样强壮的身体，把土坯垒到一起，返回身来，给手心喷上唾液，又提起石夯，捶啊捶起来……

他要续娶。没有女人的小院里的日月，怎么往下过呢！他才三十岁。三十岁的庄稼汉子，怕什么苦吃不得吗？

十四五年过去了，康田生终于没有续上弦。

他在小河两岸和南塬北岭的所在村庄里都承揽过打土坯的活计，从这家那家农户的男主人或女当家的手里，接过一枚一枚铜元或麻钱，又整串整串地把这些麻钱和铜元送交给联保所的官人手里，自己也搞不清哪一回缴的是壮丁捐，哪一回又缴的是军马草料款了。

他早出晚归，仍然忙于打土坯挣钱，又迫于给联保所缴款，十四五年竟然糊里糊涂地过去了。人老虽未太老，背驼亦未驼得太厉害。而变化最大的是，勤娃已经长得和他一般高了，只是没有他那么粗，那么壮。他已经不耐烦用小碗频频到锅里去舀饭，换上一只大人常用的粗瓷大碗了；也不知什么时候学的，勤娃已经会打土坯了。

康田生瞧着和自己齐肩并头的勤娃，顿然悟觉到：应该给儿子订媳妇了呢！

二

勤娃在舅家，舅舅把他送给村里学堂的老先生。老先生一顿板子，打得他把好容易认得的那几个字全飞走了。他不上学，舅舅和舅母哄他，不行；拖他，去了又跑了；不得不动用绳索捆拿，他一得空还是逃走了。

“生就的庄稼坯子！”听完表兄表嫂的叙述，康田生叹一口气，“真难为你们了。”

勤娃开始跟父亲做庄稼活儿。两三亩薄沙地，本来就不够年富力强的父亲干，农忙一过，他闲下来。他学木匠，记不住房梁屋架换算的尺码。似乎不是由他选择职业，而是职业选择他，他学会打土坯，却是顺手的事。

在乡村七十二行手艺人当中，打土坯是顶粗笨的人干的了，虽不能说没有一点技术，却主要是靠卖力气。勤娃用父亲那副光滑的柿树木质的模子，打了一摞（五百数）土坯，垒了茅房和猪圈，又连着打了几摞，把自家被风雨剥蚀得残破的围墙推倒重垒了。这样，勤娃打土坯出师了。

活路多的时候，父子俩一人一把石夯，一副木模，出门做活儿。活路少的时候，勤娃就让父亲留在屋里歇着，自己独个去了。

他的土坯打得好。方圆十里，人家一听说是老土坯客的儿子，就完全信赖地把他引到土壕里去了。

这一天，勤娃在吴庄给吴三家打完一摞土坯，农历四月的太阳刚下源坡。他半后晌吃了晚饭，接过吴三递给他的一串麻钱，装进腰里，背起石夯和木模，告辞了。刚走出大门，吴三的女人迎面走来，一脸黑风煞气："土坯摞子倒咧！"

"啊？"吴三顿时瞪起眼睛，扯住他的夯把儿，"我把钱白花了，饭给你白吃了？你甭走！"

"认自个儿倒霉去！"勤娃甩开吴三拉拉扯扯的手说。按乡间虽不成文却成习律的规矩，一摞土坯打成，只要打土坯的人走出土壕，摞子倒了，工钱也得照付。勤娃今天给吴三家打这土坯时，就发觉土泡得太软了，后来想到四月天气热，土坯硬得快，也就不介意。初听到吴三婆娘报告这个倒霉事的时光，他咂了一下嘴，觉得心里不好受。可当他一见吴三变脸睁眼不认人的时候，他也来了硬的，“土坯不是倒在我的木模上……”

吴三和他婆娘交口骂起来。围观的吴庄的男女，把他推走了。骂归骂，心里不好受归不好受，乡规民约却是无法违背的。他回家了。

“狗东西不讲理！”勤娃坐在小厦屋的木凳上，给坐在门坎上的父亲叙述今天发生的事件，“他要是跟我好说，咱给他再打一摞，不要工钱！哼！他胡说乱道，我才不吃他那一套泼赖！”

康田生听完，没有吭声，接过儿子交到他手里来的给吴三打土坯挣下的麻钱，在手里攥着，半晌，才站起身，装到那只长方形的木匣里，那是亡妻娘家陪送的梳妆盒儿。他没有说话，躺下睡了。

勤娃也躺下睡了。父亲似乎就是那么个人，任你说什么，他不大开口。高兴了，笑一笑；生气了，咳一声。今天他既没笑，也没叹息。他就是那样。

勤娃听到父亲的叫声，睁开眼，天黑着，豆油灯光里，父亲已经把石夯扛到肩膀上了。他慌忙爬起，穿好衣裤，就去捞自己的那一套工具，大概父亲应承下远处什么村庄里的活儿了。

“你甭拿家具了。”父亲说，“你提夯，我供土。”

说罢，父亲扛着石夯出了门，勤娃跟在后头，锁上了门板。村庄里悄悄静静，一钩弯镰似的月牙悬浮在西源上空，河滩里蛙声一片。

“爸，去哪个村？”

“你甭问，跟我走。”

勤娃就不再说话。马家村过了，西堡，朱家寨……天麻明，走进吴庄村巷了。父亲仍不停步，也不回头，从吴庄的大十字拐过去，站立在吴三门口了。勤娃一愣，正要给爸爸发火，吴三从门里走出来。

“老三，还在那个土壕打土坯吗？”

吴三一愣，没好气地说：“我还打呀？”

“你只说准，还是那个土壕不是？”

“我另寻下土坯匠了。”

勤娃早已忍耐不住（这样卑微下贱），他忽地转过身，走了。刚走开几步，膀子上的衣服被急急赶上前来的爸爸揪住了。一句话没说，父子俩来到勤娃昨日打土坯的大土壕。

“提夯！”康田生给木模里装饱了土，命令说。

勤娃大声唉叹着，提起石夯，跳到打土坯的青石台板上。刚刚从夜晚沉寂中苏醒过来的乡村田野上，响起了有节奏的青石夯捶击土坯的声音。

太阳从东塬顶上冒出来，勤娃口渴难忍。往昔里，太阳冒红时光，主人就会把茶水和又酥又软的发面锅盔送到土壕来。今日算干的什么窝囊事啊！

乡村人吃早饭的时光到了，土壕外边的土路上，踽踽走过从源坡和河川劳动归来的庄稼汉，进入树荫浓密的吴庄村里去了。爷儿俩停住手，爸爸从口袋里取出自带的干馍，啃起来。勤娃嗓子眼里又干又涩，看看已经风干的黑面馍馍，动也没动，把头拧到一边，躲避着父亲的眼光，他怕看见爸爸那一双可怜的眼光。他第一次强烈感到了出笨力者的屈辱和下贱，憎恨甘做下贱行为的父亲了。

农历四月相当炎热的太阳，沿着塬塄的平顶，从东朝西运行，挨着西源坡顶的时光，五百数目为一摞的土坯整整齐齐垒在昨日倒坍掉的那一堆残迹旁边。父子俩收拾工具和脱掉扔在地上的衣衫，走出土壕了。

“给老三说，把土坯苫住，当心今黑有雨。”父亲在村口给一位老汉捎话，“我看今晚有雨哩。你看西河口那一层云台……”

“走走走走走！”勤娃走出老远，粗暴地呵斥父亲，“操那么些闲心做啥？”

勤娃回到家，一进门，掼下家具，就蹲在灶锅下，点燃了麦草，湿柴呛得鼻涕眼泪交流，风箱板甩打得劈啪乱响。他又饿又渴，虚火中烧。父亲没有吭声，默默地在案板上动手和面。要是父亲开口，他准备吵！这样窝窝囊囊活人，他受不了。

“康大哥！”

一声呼叫，门里探进一颗脑袋，勤娃回头一看，却是吴三，他一扭头，理也不理，照旧拉着风箱。父亲迎上前去了。

“康大哥！实在……唉！实在是……”吴三和父亲在桌前坐下来，“我今日没在屋，到亲戚家去了。回来才听说，你又打下一摞……”

“没啥……嘿嘿嘿……”父亲显然并不为吴三溢于言表的神色所动情，淡淡地应和着，“没啥。”

“你爷儿俩饿了一天，干渴了一天！”吴三越说越激动，“我跟娃他妈一说，就赶紧来看你。我要是不来，俺吴庄人都要骂我不通人性了。”

“噢噢噢……嗬嗬……”康田生似乎也动了情，“咱庄稼人，打一摞土坯也不容易，花钱……咱挣了人的麻钱，吃了人的熟食，给人打一堆烂货，咱心里也不安宁哩！”

“不说了，不说了。”吴三转过脸，“勤娃兄弟，你也甭记恨……老哥我一时失言……”

怪得很，窝聚在心胸里一整天的那些恶气和愤怨，一下子全都消失了，勤娃瞟一眼满脸憨笑着的吴三，不好意思地笑笑，表示自己也有过失。他低头烧锅，看来吴三是个急性子的热心人，好庄稼人！他把爸爸称老哥，把自己称兄弟，安顿的啥班辈儿嘛！反正，他是把自己往低处按。

“这是两把挂面。这是工钱。”吴三的声音。

“使不得！使不得！”父亲慌忙压住吴三的手。

“你爷儿俩一天没吃没喝……”

“不怎不怎……”

勤娃再也沉默不住，从灶锅间跳起来，帮着父亲压住吴三的手：“三叔……”

第二天，吴庄一位五十多岁的乡村女人走进勤娃家的小院，脸上带着神秘的又是掩藏着的喜悦，对康田生说，吴三托她来给勤娃提亲事，要把他们的二姑娘许给勤娃。乡村女人为了证实这一点，特别强调吴三托她办事时说的原话：“吴三说，咱一不图高房大院，二不图车马田地，咱图的康家父子为人实在，不会亏待咱娃的……”

按照乡间古老而认真的订婚的方式，换帖、送礼等等繁章缛节，这门亲事终于由那位乡村女人做媒撮合成功了。康田生把装在亡妻木匣里那一堆铜元和麻钱，用红纸捆扎整齐，交给五十多岁的媒婆，心里踏实得再不能说了——太遂人愿了啊！

婚事刚定，壮丁派到勤娃头上。

“跑！”康田生说，“我打了一辈子土坯，给老蒋纳了一辈子壮丁款，现时又轮着你了！”

勤娃拧着眉，难受而又惶恐：“我跑了，你咋办？”

“你跑我也跑！”康田生说，“哪里混不下一口饭？只要扛上木模和石夯！”

勤娃逃走了。半年后，他回来了，对村里惶惶不安的庄稼人说，解放了！连日来听到南山方向的炮声，是追打国民党军队的解放军放的。他向人们证实说，他肩上扛回来的那袋洋面，是在河边的柳林里拾的，国军失败慌忙逃跑时撂下的……

三

日日夜夜在心里挂牵着的日子，正月初三，给勤娃婚娶的这一天，在紧迫的准备、焦急的期待中就要来到了。明天——正月初三，寂寞荒凉了整整十八年的康田生的小庄稼院里，就要有一个穿花衫衫、留长头发的女人了。他和他的儿子勤娃，无论从田野里劳动回来，抑或是到外村给人家打土坯归来，进门就有一碗热饭吃了。这个女人每天早晨起来，用长柄竹条扫帚扫院子，扫大门外的街道，院子永远再不会有一层厚厚的落叶和荒草野蒿了，狐狸和猫豹子再也不敢猖獗地光临了。（有几次，康田生出外打土坯归来，在小院里发现过它们的爪迹和拉下的带着毛发的粪便，令人心寒哪！）肯定说，过不了几年，这个小院里会有一个留着毛盖儿或小辫的娃娃出现，这才算是个家哩！在这样温暖的家庭里，康田生死了，心里坦坦然然，啥事也不必担忧啰！

乡亲们好！不用请，都拥来帮忙了。在小院里栽桩搭席棚的，借桌椅板凳的，出出进进，快活地忙着。平素，他和勤娃在外的时间多，在屋的时间少，和乡亲乡党们来往接触少。人说家有梧桐招凤凰，家有光棍招棍光，此话不然。他父子一对光棍，却极少有人来串门。他爷儿俩一不会耍牌掷骰子，二不会喝酒游闲。谁到这儿来，连一口热水也难得喝上。可是，当勤娃要办喜事的时候，乡党们还是热心地赶来帮忙料理。解放了，人都变得和气了，热心了，世道变得更有人情风味了。

今天是正月初二，丈人家的表兄表嫂吃罢早饭就来了。他们知道妹夫一个粗大男人，又没经过这样的大喜事，肯定忙乱得寻不着头绪，甚至连勤娃迎亲的穿戴也不懂得。勤娃自幼在他们屋里长大，他们和娘老子一般样儿。他们早早赶来为自己苦命早殁的妹妹的遗子料理婚事。

康田生倒觉得自己无事可干了。他哪里也插不上手，只是忙于应付别人的问询：斧头在哪儿放着？麻绳有没有？他自己此刻也不知斧头扔到什么鬼旮旯里去了。麻绳找出来的时光，是被老鼠咬成一堆的麻丝丝。问询的人笑笑，干脆什么也不问，需要用的家具，回自家屋里拿。

康田生闲得坐不住，心里也总是稳不住。老汉走出街门，没有走村子东边的大路，而是绕过村南坡梁，悄悄来到村东山坡间的一条腰带式的条田上。那块紧紧缠绕着山坡的条田里，长眠着他的亡妻，苦命人哪！

坟堆躺在上一台条田的塄根下，太阳晒不到，有一层表面变成黑色的积雪，马鞭草、苍耳、芨芨草、蒿子，枯干的枝叶仍然保护着坟堆。丛生的枳树枝条也已长得胳膊粗了，快二十年了呀！

康田生在条田边的麦苗上坐下来，面对亡妻的坟墓，嗫嚅了半天，说："我给你说，咱勤娃明日要娶亲了……"

他想告诉亲爱的亡妻，他受了多少磨难，才把他们的勤娃养育大了。他给人家打下的土坯，能绕西安城墙垒一匝。他流下的汗水，能浇灌一分稻子地。他在兵荒马乱、疫病蔓生的乡村，把一个两岁离母的勤娃抓养成小伙子，够多艰难！他算对得住她，现在该当放心了……

他想告诉她，没有她的日月，多么难过。他打土坯归来的路上，不觉得是独独儿一个人，她就在他身旁走着，一双忧郁温存的眼睛盯着他。夜里，他梦见她，大声惊喜地呼叫，临醒来，炕上还是他一个人……

四野悄悄静静，太阳的余晖还残留在源坡和蓝天相接的天空，暮霭已经从南塬和北岭朝河川围聚。河川的土路上，来来往往着新年佳节时日走亲访友姗姗归来的男女。

康田生坐着，其实再没说出什么来。这个和世界上任何有文化教养的人一样，有着丰富的内心感情活动的庄稼汉子，常年四季出笨力打土坯，不善于使用舌头表达心里的感情了。

再想想，康田生有一句话非说不可："你放心，现在世事好了，解放了……"

他想告诉她，康家村发生了许多亘古闻所未闻的吓人的事。村里来了穿灰制服的官人，而且不叫官人叫干部，叫同志，还有不结发髻散披着头发的女干部。财东康老九家的房产、田地、牲畜和粮食，分给康家庄的穷人了。用柳木棍打过他屁股的联保所那一伙子恶人，三个被五花大绑着押到台子上，收了监。他和勤娃打土坯挣钱，挣一个落一个，再不用缴给联保所了……

他叹息着：你要是活着，现时该多好啊！

康田生发觉鼻腔有异样的酸溃溃的感觉，不堪回想了，扬起头来。

扬起头来，康田生就瞅见了站在身旁的儿子勤娃，不知他来了多久了。

“我舅妈叫我来，给我妈……烧纸。”勤娃说，“我给我爷和我婆已经烧过了，现在来给我妈……”

唔！真是人到事中迷！晚辈人结婚的前一天后晌，要给逝去的祖先烧纸告祷，既是告知先祖的在天之灵，又是祈求祖先神灵佑护。他居然忘记了让勤娃来给他的生母烧纸，而自个儿却悄悄到这里来了。

勤娃在墓堆前跪下了，点着了一对小小的漆蜡，插在坟堆前的虚土里；又点燃了五根紫红色的香，香烟袅袅，在野草和枳树的枯枝间缭绕；阴纸也点燃了，火光扑闪着。

勤娃做完这一切，静静地等待阴纸烧完。他并不显得明显的难受，像办普通的一件事一样，虽然认真，却不动情。康田生心里立即蹿起一股憎恶的情绪，想想又原谅自己的儿子了。他两岁离娘，根本记不得娘是什么模样，娘——就是舅母！

康田生看着闪闪的蜡烛，缭绕的香烟，阴纸蹿起的火光，心里涌动着，不管儿子动情不动情，他想大声告慰黄泉之下的亡灵：世道变了。康家的烟火不会断绝了。康田生真正活人的日子开始啰！祖先诸神，尽皆放宽心啊！

四

勤娃脸上泛着红光，处处显得拘束，因为乡村里对未婚男女间接触的严格限制，直到今天，结婚的双方连看对方一眼的机会也没有过，使人生这件本来就带着神秘色彩的喜事，愈加增添了神秘的色彩。平常寡言少语甚至显得逆愣的勤娃，农历正月初三日，似乎一下子变得随和了，连那双老是像恨着什么人的眼睛，也闪射出一缕缕羞涩而又柔和的光芒。

长辈人用手拍打他剃得干干净净的脑袋，表示亲昵的祝贺；同辈兄弟们放肆地跟他开玩笑，说出酸溜溜的粗鲁话，他都一概羞涩地笑笑，不还嘴也不介意。

舅母叫他换上礼帽，黑色细布长袍，他顺情地把借来的礼帽，戴在终年光着而只有冬季包一条帕子的头上，黑细布长袍不合身，下摆直扫到脚面。无论借来的这身衣着怎么不合身，勤娃毕竟变成一副新郎的装扮了。

按照乡村流行下来的古老的结婚礼仪，勤娃的婚事进行得十分顺利。

勤娃完全晕头昏脑了。他被舅家表哥牵着，跟着花轿和呜哇呜哇的吹鼓手，走进吴庄，到吴三家去迎亲。吴三还算本顺，没有惯常轿到家门口时的讲价还价。当勤娃再跟着伴陪的表兄起身走出吴三家门的时候，唢呐和喇叭声中忽闪忽闪行进的轿子，已经走到村口了。那轿子里，装着从今往后就要和他过日月的媳妇。

回到康家村，女人和娃娃把他和蒙着脸的新媳妇一同拥进小小的厦屋，他一把揭去媳妇脸上蒙着的红布，就被小伙子们挤到门外去了，没有看清楚，只看见一副红扑扑的圆脸膛，他的心当时忽地猛跳一下，自己已经眼花了。

媳妇娶到屋了，现时就坐在小厦房里，那里不时传出小伙子和女人们嘻嘻哈哈的笑闹。所有亲戚友人，坐过午席，提上提盒笼儿告别上路了。一切顺顺当当。只是在晚间闹新房耍新娘的时候，出了一点不快的风波。

勤娃和新娘被大伙拥在院子里，小伙子们围在他俩周围，女人们挤在外围，小院里被拥挤得水泄不通。

新婚三天里不论大小，不管辈分，任何人有什么怪点子瞎招数儿，尽都可以提出来，要新娘新郎当众表演。这些不断翻新花样，几乎带有恶作剧的招数儿，不文明，甚至可以说野蛮，可是，乡村里自古流传不衰，家家如此，人人皆然。老人们知道，对于两个从来未见过面的男女，闹新房有一层不便道破的意思：启发挑逗两个陌生的男女之间的情欲。

勤娃还不是了知这层道理的年龄的人。人家要他给新娘子灌酒，他做了。人家要新娘子给他点烟，他接受了。人家叫他“糊顶棚”，他迟疑了。

勤娃知道，所谓“糊顶棚”，就是在舌尖上粘一块纸，再贴到媳妇的口腔上腭里。他看过别人家耍新娘时这么玩过，临到自己，他慌了。

有人打他的戴礼帽的头。谁把礼帽一把摘掉了，光头皮上不断挨打。哄哄闹闹的吼声，把小院吵得要抬起来了。有人把纸拿来了，有人扭他的胳膊了。他把纸粘在舌尖上，只挨到媳妇的嘴唇上……总算一回事了。

一个新花样又提出来：“掏雀儿”。要勤娃把一条手帕儿从新娘的右边袖口塞进去，从左边袖筒拉出来。他觉得，这比“糊顶棚”好办多了。他刚动手，新娘眼里闪出一缕怨恨他的眼光。勤娃愣愣地想，这有什么关系呢？于是就有人夹住新娘的两条胳膊……勤娃的两只手在新娘胸前交接手帕的时候，他触到了乳房，脸上轰的一热，同时看见新娘羞得流出眼泪了。勤娃难受了，他此刻才意识到自己太傻了。

“掏着雀儿没？”

“雀大雀小啊？”

勤娃低下头，羞愧得抬不起头来，哄闹声似乎很遥远，他听不见了。

他猛地抬起头，掼下手帕儿，挤出人堆去了……

忽地一下，人们“哗”的一声走散了，拥挤着朝门外走了，小伙子们骂着，打着唿哨，院子里只留下新娘，呆呆地站在那里。

“啊呀，勤娃！你真傻！”舅母怨他，“闹新房耍媳妇，都是这样！你怎的就给众人个搅不起！”

“这娃娃！愣得很！”父亲也惶惶不安，“咱小家小户，怎敢得罪这么多乡党？人家来闹房，全是耍哩嘛！你就当真起来？”

“去！快去！把乡党叫回来，赔情！”舅母说，“把酒提上去请！”

“算哩。”舅舅说，“夸不过三日，笑不过三日。只要往后待乡党好，没啥！明日，勤娃把酒提上，走一走，串串门，赔个情完事……”

勤娃进了自己的新房。父亲已经在小灶房里的火炕上安息了。舅舅和舅母也安睡了。小院的街门和后门早已关严，喧闹了一天的小院此刻显得异常静寂。

媳妇坐在炕沿上，低眉颔首，脸颊上红扑扑的，散乱的两绺鬓发垂吊在耳边，新挽起的发髻上，插着一支绿色的发针，做姑娘时被头发覆盖着的脖颈白皙而细腻。勤娃早已把闹房引起的不快情绪驱逐干净了。他不像舅母和父亲那样担心失掉乡党情谊，他要保护他的媳妇不受难堪，乡党情谊能比媳妇还要紧吗？屁！

他坐在椅子上，说什么呢？他找不到一个可以和她搭讪的话茬儿，而心里却想和她说说话儿。久久，他问："你……冷不？"

她头没抬，只摇一摇。

"饿不饿？"

她仍然摇摇头。

他又没词儿了。他想过去和她坐在一块，搂住她的肩膀，却没有勇气。

"你怎么，……刚才就躁了呢？"

她仍然没有抬头。

"我……我看他们，太不像话！"他说，"怕你难受。"

“你……傻！”她抬起头来，爱抚地挖了他一眼，“你该当和他们……磨。你傻！”

他似乎一下子醒悟了。他在村里也看过别人家闹新房的场景，好多都是软磨硬拖，并不按别人出的瞎点子做的，滑过去了。他没有招架众人哄闹的能力……直杠人啊！“你傻！”新娘这样说他，他心里却觉得怪舒服的。男人跟女人怎样好呀？他猛地把媳妇搂到怀里。

“啊哟！”媳妇低低地一声叫，压抑着的痛苦。

他放开手，媳妇的左臂吊着，一动不动。他把她的胳臂握了吗？天啊，她是泥捏的呢，还是他打土坯练出了超凡出众的臂力？他吓坏了。

“一拉一送。”媳妇把胳膊递给他，“我这胳膊有毛病，不要紧的，安上就好。拉啊——”

胳膊又安上了。他站在一边，不敢动了。

她却在他眉心戳了一指头：“你……傻瓜……”

五

农历正月里的太阳，似乎比以往千百年来所有正月里的热量都要充足，照耀着秦岭山下南源坡根的小小的康家村的每一座院落，勤娃家的小院——康家村里最阴冷荒凉的死角，如今也和康家村大大小小的庄稼院一样，沐浴在和煦温暖的早春的阳光下了。

新婚之夜过去了，微明中，勤娃没有贪恋温适的被窝，爬起来，动手去打扫茅厕和猪圈了。笼罩在两性间的所有神秘色彩化为泡影，消逝了。昨天结婚的冗繁的仪式中，自己的拘束和迷乱，现在想起来，甚至觉得好笑了。他把茅厕铲除干净，垫下干土，又跳进猪圈，把嗷嗷叫着的黑克郎赶到一边，把粪便挖起，堆到圈角，然后再盖上干黄土，这样使粪便窝制成上等肥料，不致让粪便的气息漫散到小院里去。

做着这一切，他的心里踏实极了。站在前院里，他顿时意识到：过去，父亲主宰着这间小院，而今天呢？他是这座庄稼院的当然支柱了。不能事事让父亲操持，而应该让父亲吃一碗省心饭啰！他的媳妇，舅母给起下一个新的名字叫玉贤，夫勤妻贤，组成一个和睦美满的农家。他要把屋外屋内一切繁重的劳动挑起来，让玉贤做缝补浆洗和锅碗瓢勺间的家事。他要把这个小院的日子过好，让他的玉贤活得舒心，让他的老父亲安度晚年，为老人和为妻子，他不怕出力吃苦，庄稼人凭啥过日月？一个字：勤！

他拄着铁锨，站在猪圈旁边，欣赏着那头体壮毛光的黑克郎，心里正在盘算，今日去丈人家回门，明天就该给小麦追施土粪了，把积攒下的粪土送到地里，该当解冻了，也是他扛上石夯打土坯的最好的时月了。

他回到院里，玉贤正在捉着稻黍笤帚扫院子，花袄，绿裤，头顶一块印花蓝帕子。他的心里好舒服啊，呆呆地看着这个已经并不陌生的女人扫地的优美动作。怪得很啊！她一进这小院，小院变得如此地温暖和生机勃勃。

“勤娃！”

听见父亲叫他，勤娃走进父亲住的屋子，舅舅和舅母都坐在当面，他问候过后，就等待他们有什么指教的话。

“勤娃。”父亲掂着烟袋，说，“你给人家娃说，早晨……甭来给我……倒尿盆……”

勤娃笑了。

“这是应该的。”舅母说，“你爸……”

“咱不讲究。咱穷家小院，讲究啥哩！”父亲说，“我自个儿倒了，倒畅快。我又不是瘫子……”

勤娃仍然笑笑，能说什么呢，爸是太好了。

太阳冒红了，他和玉贤相跟着，提着礼物，到丈人吴三家去回门。

走出康家村，田野里的麦苗渐渐变了色，温暖的阳光照耀着坡岭、河川，阴坡里成片成片的积雪只留下点点残迹，柳条上的叶苞日渐肥大了。

“玉贤——”

“哎——”

“给你……说句话……”

“你说呀！”

“咱爸说……”

“说啥呀？”她有点急，老公公对她到来的第一天有什么不好的印象吗？

“咱爸说……”

“说啥呀？你好难场！”

“咱爸说，你往后……甭给他……倒尿盆！”

“噢呀！”玉贤释然嘘出一口气，笑了，“怎哩？”

“不怎。”勤娃说，“他说他自个儿倒。”

“俺娘给俺叮嘱再三，要侍奉老人，早晨倒盆子，三顿饭端到老人手上，要双手递。要扫院扫屋，要……”玉贤说，“俺妈家法可严哩！”

“俺爸受苦一辈子，没受过人服侍。”勤娃说，“他倒不习惯别人服侍他。”

“咱爸好。”玉贤说。

两人朝前走着，可以看见吴庄村里高大的树木的光秃秃的枝梢了。

六

平静的和谐的生活开始了。院子里的榆树枝上，绣织着一串串翡翠般的榆钱，一只花喜鹊在枝间叫着。玉贤坐在东院根西斜的阳光里，纳着鞋底。后门关着，前门闭着，公公和丈夫，一人一把石夯，天不明就到什么村里打土坯去了，晚上才回来。她一个人在小院里，静得只能听见麻绳拉过布鞋鞋底的“嗞嗞”声。有点寂寞，她想和人说说闲话；不好，过门没几天的新媳妇，走东家串西家，那是会引起非议的。她就坐着，纳着，翻来覆去想着到这个新的家庭里的变化。感觉顶明显的，是阿公比亲生父亲的脾气好。父亲吴三，一见她有不顺眼的地方，就骂。阿公可是随和极了。他从来不要求儿媳妇对自己照顾和服侍，打土坯晚上回来，锅里端出什么就吃什么。平时在家，她请示阿公该做啥饭？宽面还是细面？干的还是汤的？阿公总是笑笑，说：“甭问了，你们爱吃啥做啥。”她在这个庄稼院里，似乎比在亲生娘老子跟前更畅快些。人说新媳妇难熬，给勤娃做媳妇，畅快哩！

勤娃也好，勤快，实诚，俭省，真正地道的好庄稼人。她相信在结婚前，母亲给她打听来的关于勤娃的人品，没有哄她。他早晨出门去，晚间回来，有时到十几里以外的村里去打土坯，仍然要赶回来。他在她的耳边说悄悄话："要是屋里没有你，我才不想跑这冤枉路哩！"

昨天晚上发生的事，很不寻常。

勤娃打土坯回来，照例，把当日挣的钱交给老人。老人接住钱，放在桌上，叫勤娃把媳妇唤来。玉贤跟着勤娃来到阿公的住屋。

阿公坐在炕上，看一眼勤娃又看一眼玉贤，磕掉烟灰，说："从今往后，勤娃挣下钱，甭给我交了，交给贤娃。"

老人不习惯叫玉贤，叫贤娃，倒像是叫自己的女儿一样的口吻。玉贤心里忽然感动了，连忙说："爸，那不行！你老是一家之主……"

"一家人不说生分话。"老人诚恳地解释，"我五十多岁了，啥也不图，只图得和和气气，吃一碗热饭。这日月，是你们的日月，好了坏了，穷了富了，都是你们的。日子怎么过，家事怎样安排，你们要思量哩！勤娃前日说，想盖三间瓦房，好，就该有这个派势！三间房难也不难。爸一辈子打土坯挣下的钱，盖十间瓦房也用不完，临到而今还是这两间烂厦房。怎哩？挣得多，国军收税要款要得多。现时好了，咱爷儿俩闲时打土坯，不过三年，撑起三间瓦房！”

“爸，还是把钱搁到你跟前……”勤娃说。

“你俩都是明白娃嘛！爸要钱做啥？还不是给你攒着，干脆放你们箱子里，省得我操心。”老人把亡妻留下的那只梳妆匣儿，一家人的金库，一下子塞到勤娃怀里，作为权力的象征，毫不迟疑地移交给儿子了，“小子，日月过不好，甭怪你爸噢！”

勤娃流泪了，说：“爸，你迟早要用钱，你说话，上会，赶集……”

“嗨！不知道吗？”老人爽快地笑着，“爸一辈子只会打土坯，挣汗水钱，不会花钱。”

现在，那只装着爷儿俩打土坯挣来的钱的梳妆匣儿，锁在箱子里的角落里。玉贤觉得，这个家，真是自己的家了。她在娘家时，村里的媳妇们，要用一块钱，先得给女婿说，再得给阿公阿婆说，一家人常常为花钱闹仗。她刚过门两月，阿公一下子把财权交给她手上了，是老人过于老好呢？还是……

她看看太阳已经上了东墙墙头，小院里有点冷了，也该当去做晚饭了，勤娃和阿公晚间来，都想喝一碗玉米糁糁暖胃肠的。

街门“吱”的一响，妇女主任金嫂探进头来。

“玉贤，政府号召妇女认字学习哩。乡上派先生来扫除文盲，办冬学，你上不上？”

玉贤早就听人说要办冬学扫除文盲的传言，今天证实了。她觉得新鲜，人要是能认识字，该多有意思哟。心里虽然这样想，嘴里却说：“这事……我得问一下俺爸。”

“你爸不挡将，勤娃也不挡。”金嫂说话办事都是干脆利落，“人民政府的号召，哪个封建脑瓜敢拉后腿？”

“挡不挡也得给老人说一下。”玉贤矜持而又自谦地说，“咱不能把老人不当人敬。”

“好媳妇，真个好媳妇。”金嫂笑说，“我先给你报上名，谁要是拉后腿，你寻我！”

金嫂像旋风一样卷出门去了。

“好事嘛！认字念书，好事咯！”康田生老汉吃着儿媳双手递上前来的玉米糁糁，对站在桌边提出识字要求的玉贤说，“我不识字，勤娃小时也没念成书，有一个人会认字了，谁哄咱也哄不过了。”

阿公虽然不识字，并不像村里特别顽固的那些老汉们封建。玉贤并不立刻表现出迫不及待的样子，故意装出对上冬学的冷漠，免得老人说她不安分在小庄稼院过生活了，心野了。“要上让他去上。我一个女人家，认不认得字，没关系……”

“啥话！新社会，把妇女往高看哩！”老公公大声说，“我和勤娃忙得不沾家，想学也学不成。”

她达到目的了，服侍阿公吃饭，给勤娃把饭温在锅里。勤娃得到天黑才能回来。春三月，正是翻了身的庄稼人修屋盖房的季节，打土坯的活儿稠，勤娃把远处村庄里的活儿干了，临近村庄的活儿，让老阿公去干。真的学会了读书识字，那该多有意思啊……

康田生喝着热乎乎的玉米糁糁，伴就着酸凉可口的酸黄菜，心里很满意。对新媳妇过门两三个月的实地观察，他庆幸给儿子娶下了一个好媳妇，知礼识体，勤勤快快，正是本分的庄稼人过日月所难得的内掌柜的。日常的细微观察中，他看出，媳妇比儿子更灵醒些。这样一个心性灵聪的女人，对于他的直性子勤娃，真是太好了。他心甘情愿地把财权过早地交给下辈人，那不言自明的含义是：你们的家当，你们的日月，你们鼓起劲来干吧！他爽快地同意儿媳去上冬学，也是出于这样的考虑，让聪明的玉贤学些文化，日后谁也甭想捣哄勤娃了。保证在他过世以后，勤娃有一个精明的管家。俗话说，男人是扒扒，管挣；女人是匣匣，管攒；不怕扒扒没刺儿，单怕匣匣没底儿。庄稼人过日月，不容易哩！

七

在一个陌生的村庄外边的土壕里，勤娃丢剥了棉衣，连长袖衫也脱掉了，在阳春三月的阳光下，提着二三十斤重的青石夯，一下重砸，又一下轻间，青石夯捶击潮湿的土坯的有节奏的响声，在黄土崖上发出回响。打土坯，这是乡村里最沉重的劳动项目之一。对于二十出头的康勤娃，那石夯在他手中，简直是一件轻巧自如的玩具。他打起土坯来，动作轻巧，节奏明快；打出的土坯，四棱饱满，平整而又结实。在他打土坯的土壕塄坎上，常常围蹲着一些春闲无事的农民，说着闲话，欣赏他打土坯的优美的动作。

勤娃整天笑眯眯，对打土坯的主人笑眯眯，对围观的庄稼人笑眯眯；不管主人管待他的饭食是好是糟，他一概笑眯眯。活儿干得出奇的好，生活上不讲究，人又和气好说话。他的活儿特别稠，常常是给这家还没打够数，那一家就来相约了。

他心里舒畅。在喝水歇息的时候，他常常奇怪地想，人有了媳妇，和没有媳妇的时光大不一样了。身上格外有劲，心里格外有劲，说话处事，似乎都觉得不该莽撞冒失了，该当和人和和气气。人生的许多道理，要亲身经历之后，才能自然地醒悟；没有亲身经历的时光，别人再说，总觉得蒙着一层纸。

打完土坯，他吃罢晚饭，抹一把嘴，起身告辞。

“明天还要打哩，隔七八里路，你甭跑冤枉路了。”主人诚心相劝，实意挽留，“咱家有住处。你苦累一天，早早歇下。”

“不咧！”他笑着谢绝，“七八里路，脚腿一伸就到了。你放心，明日不误时。”

他定了，心想：我睡在你家的冷炕上，有我屋的暖和被窝舒服吗？

他在河川土路上走着，夜色是迷人的，坡岭上的杏花，在朦朦月光里像一片白雪，夜风送来幽微的香味。人活着多么有意思！

“你吃饭。”玉贤招呼说。

“吃过了。”他说。

“今日怎么回来这样迟？”玉贤问。

他笑而不答，从贴身的衬衣口袋里掏出一摞纸币来，交到玉贤手上。

玉贤数一数，惊奇地问：“这么多？”

“我两天打了三摞。”他自豪地笑着，“这下你明白我回来迟的原因了吧！”

“甭这么卖命！甭！”她爱怜地说，一般人一天打一摞（五百块），已经够累了，他却居然两天打了三摞，“当心挣下病！”

“没事。我跟耍一样。”他轻松地说。她愈心疼他，体贴他，他愈觉得劲头足了，“春天一过，没活儿了。再说，我是想早点撑起三间瓦房来。”

春季夜短，两口睡下了。

他忽然听到里屋传来父亲的咳嗽声，磕烟锅的声音。回来晚了，父亲已经躺下，他没有进里屋去。他问：“你给咱爸烧炕了没？”

“天热了，爸不让烧了。”她说，“你怎么天天问？”

“我怕你忘了。”

“怎么能忘呢。”

“老人受了一辈子苦。”他说，“咱家没有外人，你要多操心爸。”

“还用你再叮嘱吗？”玉贤说，“我想用钱给老人扯一件洋布衫子，六月天出门走亲戚，不能老穿着黑粗布……”

“该。你扯布去。”他心里十分感动。

静静的春夜，温暖的农家小院，和美的新婚夫妻。

“给你说件事。”玉贤说，“金嫂叫我上冬学哩。我不想去，女人家认那些字做啥！村长统计男人哩，叫你也上冬学，说是赶收麦大忙以前，要扫除青年文盲哩！”

“我能顾得坐在那儿认字吗？哈呀！好消闲呀！”他嘲笑地说，“要是一家非去一个人不可，你去吧。认俩字也好，认不下也没啥，全当应付差事哩！”

八

吴玉贤锁上围墙上的木栅栏门，走在康家村的街道里了。结婚进了勤娃家的小院，她很少到村子中间的稠人广众中走动过。地里的活儿，父子俩不够收拾，用不上她插手。缸里的水不等完，勤娃又担满了。她恪守着母亲临将她嫁出前的嘱咐：甭串门，少说是非话，女人家到一个村子，名声倒了，一辈子也挽不回来。在娘家长人哩，在婆家活人哩！

她到康家村两三个月来，渐渐已经获得了乖媳妇的评价。她走在仍然有些陌生的街道里，似乎觉得每一座新的或旧的门楼里，都有窥视自己的眼光。做媳妇难。她缓缓地大大方方地走过去，总不可避免拘谨；总算走到村庄中心的祠堂门前了，这是冬学的校址。门口三人一堆，五个一伙，围着姑娘和媳妇们，全是女人的世界。

她走进祠堂的黑漆剥落的大门了，勤娃给她介绍康家村人事状况的时候说，这是财东康老九家的祠堂，历来是财东迎接联保官人的地方。康家村的穷庄稼人路过门口，连正眼瞧一眼的勇气也没有。一旦被传喝进这里，就该倒霉了。这是一个神秘而阴森的所在，那些她至今记不住名字的康家村的老庄稼人，好多缴不起税款和丁捐，整夜整夜被反吊在院中那棵大槐树上……现在，男人和女人在这儿上冬学了，男人集中在晚上，女人集中在后晌。

祠堂里摆着几张方桌和条桌，这是临时从这家那家借来的。玉贤在最后边一张条桌前坐下了，听着妇女们叽叽喳喳说笑，她笑笑，并不插嘴。

金嫂和村长领着一位先生进来了。她从坐在前边的两位女人的肩头看过去，看见一位年轻小伙儿白净的脸膛，略略一惊，印象里乡村私塾里的先生，都是穿长袍戴礼帽的老头子，这却是个二十左右的年轻娃娃，新社会的先生是这样年轻！只听村长介绍说先生姓杨，并且叫妇女们以后一律称呼杨老师。

村长说他有事，告辞了。金嫂也在一张方桌边坐下来，杨老师讲课了。

玉贤坐在后面，她有一种难以克服的羞怯心理，不敢像左右那些女人们扬着头，白眨白眨着眼睛仔细观看新来的老师的穿着举动，窃窃议论他的长相。她一眼就看见，这是一张很惹人喜欢的小白脸，五官端正，眼睛喜气，头上留着文明头发，有一绺老是扑到眼睛上头来，他一说话，就往后甩一甩，惹得少见多怪的乡村女人们哧哧地笑。玉贤只记得爷爷后脑勺上有一排齐刷刷的头发，父亲这一辈男人，一律是剃光头。文明人蓄留一头黑发，比剃得光光亮亮的头是好看多了。

老师讲话了，和和气气，嘴角和眼梢总带着微笑，讲着新社会妇女翻身平等的道理，没有文化是万万不行的，讲着就点起名字来了。

他在点名册上低头看一眼，扬头叫出一个名字，那被叫着的女人往往痴愣愣地坐着不应，经别人在她腰里捅一拳，她才不好意思地忸怩着站起——她们压根儿没听人叫过自己的名字，到是听惯了“牛儿妈”、“六婶”、“八嫂”的称呼，自己也记不得自己的名字了——引起一阵哗笑。

在等待中，听到了一个陌生的而又柔声细气的男子的呼叫“吴玉贤”的声音，她的心忽地一跳，低着头站起来，旋即又坐下。

点过名之后，杨老师在黑板上写下“妇女解放，男女平等”八个字，转过身来领读的时候，那一双和气的眼睛越过祠堂里前排的女人的头顶，端直瞅到玉贤的脸上，对视的一瞬，她忽地一下心跳，迅即避开了。她承受不了那双眼光里令人说不出的感觉……教的什么字啊，她连一个也记不住！

……

不过十天，杨老师和康家村冬学妇女班上的女人们，已经熟悉得像一个村子的人一样了。除了教字认字，常常在课前课后坐在一起拉家常，说笑话，几个年龄稍大点的婶子，居然问起人家有媳妇没有，想给他拉亲做媒了。

杨老师笑笑，说他没有爱人，但拒绝任何人为他提媒。他大声给妇女们教歌，“妇女翻身”啦，“志愿军战歌”啦。课前讲一些远离康家村甚至外国的故事，苏联妇女怎样和男人一样上大学，在政府里当官，集体农庄搭伙儿做庄稼，简直跟天上的神话一样。

玉贤仍然远远地坐在后排的那张条桌旁，她不挤到杨老师当面去，顶多站在外围，默默地听着老师回答女人问长问短的话，笑也尽量不笑出声音来。她知道，除了自己年纪轻，又是个新媳妇这些原因以外，还有什么迷迷离离的一种感觉，都限制着她不能和其他女人一样畅快地和杨老师说话。

杨老师教认字完毕，就让妇女们自己在本本上练习写字，他在摆着课桌间的走道里转，给忘了某个字的读音的人个别教读，给把汉字笔画写错了的人纠正错处。玉贤怎么也不能把“翻身”的“翻”字写到一起，想问问杨老师，却没有开口的勇气。一次又一次，杨老师从她身边走过去了。

“这个字写错了。”

杨老师的声音在她旁边响起，随之俯下身来，抓住她捉着笔的手，把“翻”字重写了一遍。她的手被一双白皙而柔软的手紧紧攥着，机械地被动地移动着，那下腭擦着她耳朵旁边的鬓发，可以嗅着陌生男人的鼻息。

“看见了吗？这一笔不能连在一起！”

杨老师走开了，随之就在一个长得最丑的婆娘跟前弯下身，用同样的口气说：“你把这字的一边写丢了，是卖给谁了吗？”

婆娘女子们哄笑起来，玉贤在这种笑声中，仿佛自己也从紧张的窘境里解脱了。

……

年轻的杨老师的可爱形象，闯进十八岁的新媳妇吴玉贤的心里来了……

她坐在小院里的槐树下，怀里抱着夹板纳鞋底，两只唧唧鸟儿在树枝间追逐，嬉戏。杨老师似乎就站在她的面前，嘤嘤地多情地笑着。他在黑板上写字的潇洒的姿势，说话那样入耳中听，中国和外国的事情知道得那么多，歌儿唱得好听极了，穿戴干净，态度和蔼，乡村里哪能见到这样高雅的年轻人呢！

相比之下，她的男人勤娃……唉，简直就显得暗淡无光了。结婚的时候，她虽然没有反感，也绝没有令人惊心动魄。他勤劳，诚实，俭省；可他也显得笨拙，粗鲁，生硬；女人爱听的几句体贴的话，他也不会说……唉，真如俗话说的，人比人，难活人哪！

新社会提倡婚姻自由，坚决反对买卖包办，这是杨老师在冬学祠堂里讲的话。她长了十八岁，现在才听到这样新鲜的话，先是吃惊，随之就有一种懊悔心情。嫁人出门，那自古都是父母给女儿办的。临到她知道婚姻自主的好政策的时候，已经是康勤娃的媳妇了。要是由自己去选择女婿的话，该多好哇……那她肯定要选择一个比勤娃更灵醒的人。可惜！可惜她已经结婚了，没有这样自由选择的可能了……

杨老师为啥要用那样的眼神看她呢？握着她的手帮她写"翻"字的印象是难忘的，似乎手背上至今仍然有余温。唔！昨日后晌，杨老师教完课，要回桑树镇中心小学去，路过她家门口，探头朝里一望，她正在院子的柴禾堆前扯麦秸，准备给公公做晚饭。杨老师一笑，在门口站住。她想礼让杨老师到屋里坐，却没有说出口。公公和勤娃不在家，把这样年轻的一个生人叫到屋里，会让左邻右舍的人说什么呢？她看见杨老师站住，断定是有事，就走到门口，招呼一声说："杨老师，你回去呀？""回呀。"杨老师畅快地应诺一声，在他的手提紧口布兜里翻着，一把拉出一个硬皮本子来，随之瞧瞧左右，就塞到她的怀里，说："给你用吧！"她一惊，刚想推辞，杨老师已经转身走了。那行动举止，就像他替别人给她捎来一件什么东西，即令旁人看见，也无可置疑。她不敢追上去退还，那样的话，结果可能更糟。她当即转过身，抱起柴禾进屋去了。应该把本本还给人家，这样不明不白的东西，她怎么能拿到上冬学的祠堂里去写字呢？

他对她有意思，玉贤判断。康家村那么多女人去上冬学，他为啥独独送给她一个本本呢？他看她的眼神跟看别的妇女的眼神不一样。他帮她写字之后，立即又抓住那个长得最丑的媳妇的手写字，不过是做做样子，打个掩护罢了。

已经有了几个月婚后生活的十八岁的新媳妇吴玉贤，尽管刚刚开始会认会写自己的名字，可是分析杨老师的行为和心理，却是细致而又严密的。她又反问自己，人家杨老师那样高雅的人，怎么会对她一个粗笨的乡村女人有意思呢？况且，自己已经结过婚了…… 蠢想！纯粹是胡猜乱想。

肯定和否定都是困难的。她隐隐感到这种紊乱思想下所潜伏的危险性，就警告自己：不要胡乱猜想，自己已经是康家小院里的人了，怎么能想另一个男人呢？婚姻自由，杨老师嘴巴上讲得有劲，可在乡村里实行起来，不容易……

事情的发展，很快把农家小媳妇吴玉贤推向一个可怕而又欣喜的地步——

轮着玉贤家给杨老师管饭了。她的丈夫勤娃给二十里远的关家村应承下二十摞土坯，说他不能天天往回赶，路太远了。公公在邻近的村庄里打土坯，晚上才能回来。他早晨出门时，叮嘱说："把饭做好。人家公家同志，几年才能在咱屋吃一回饭，甭吝啬！"她尽家里有的，烙了发面锅饼，擀下了细长的面条。辣子用熟油浇了，葱花也用铁勺炒了，和盐面、酱醋一起摆在院中的小桌上。

杨老师走进来，笑笑，坐在院中的小桌旁边，环顾一眼简陋而又整洁的小院，问她屋里都有什么人，怎么一个也不见。她如实回答了公公和丈夫的去处，发觉杨老师顿时变得坦然了，眼里闪射出活泼的光彩，盯着她笑说："那你就是掌柜的了。"她似乎接受不了那样明显地挑逗的眼光，低头走进灶房里，捞起勺子舀饭。

这时候，她的心在夹袄下怦怦跳，无法平静下来。

她端着饭碗走到小院里，双手递到杨老师面前。杨老师急忙站起，双手接碗的时候，连同她的手指一起捏住了。她的脸一阵发热。抽回手来，惊觉地盯一眼虚掩着的木栅门，好在门口没有什么人走动。杨老师不在意地笑笑，似乎是无意间的过失；坐在小凳上，用筷子挑起细长的面条，大声夸奖她擀面的手艺真是太高了，他平生第一次吃到这样又薄又韧的细面。

“杨老师，你自个儿吃。俺到外屋，没人陪你。”玉贤说着，就转过身走去了。

“你把饭也端来，咱们一块吃。”杨老师说，“男女平等嘛！怕啥？”

“不……”玉贤停住脚，他居然说“咱们”……

“哈呀！咱们成天讲妇女要解放，还是把你从灶房里解放不出来。”杨老师感慨地说，“落后势力太严重了……”

她已经走进自己的小厦屋，从箱子的包袱里取出那天傍晚杨老师塞给她的硬皮本本，现在是归还它的最好时机了。她接受这样一件物品意味着什么呢？她走到杨老师跟前，把那光滑的硬皮本放到杨老师面前的小桌上，说：“俺用不上……”

“唔……”杨老师一愣，扬起头看她，眼里现出一缕尴尬的神色，脸也红了，愧了，解释说，“我看你的作业本用完了……就买了这；你不……喜欢的话……”

“俺用不上。”玉贤看见杨老师尴尬的样子，意识到自己的行为太唐突了。她不想回答自己究竟喜欢不喜欢这个硬皮本本，只是把交还它的动机说成是用不上，“你们文化人……才当用。”

“哈呀！好咧好咧！”杨老师听罢，已经完全体察到一个自尊的农家女人的心理，脸上和眼里恢复了活泼的神态，“没有关系……”

玉贤走进小灶房，坐在木墩上，等待着杨老师吃完饭，她再去舀。在娘家的时候，屋里来了客人，总是由父亲和哥哥陪着吃饭，她和母亲呆在灶房里，这是习惯，家家都是这样。

她坐着，心里忐忑不安，浑身感到压抑和紧张，当她越来越明晰地觉察出杨老师一系列举动的真实含意时，她倒有些怕了，警告自己：拿稳！可是，心里却慌得很，总是稳不住……

这当儿，小灶房里一暗。玉贤一抬头，杨老师走进小灶房窄小的门道，手里端着吃光喝净了面条的空碗，自己舀饭来了。

“咦呀！让客人自己舀饭，失礼了。”玉贤慌忙从灶锅下的木墩上站起，伸手接碗，“你去坐下，我给你送来。”

“新社会，不兴剥削人嘛！”杨老师抓着碗不放，笑着，盯着她的眼睛笑着，“自己动手，吃饱喝足。”

“使不得……让我舀……”

“行啦行啦……自己舀……”

两只手在争夺一只碗，拉来扯去。

玉贤的腰部被一只胳膊搂住了，“不……”声音太柔弱了，没有任何震慑力量，忽地一下涌到脸上来的热血，憋得她眼花了，想喊，却没有力气，也没有勇气，嘴唇很快也被紧紧地挤压得张不开了……她的一双戴着石镯的手，不由自主地勾到陌生男子的肩膀上……

九

又是一钩弯镰似的月牙儿。田野迷迷蒙蒙，灰白的土路，隐没在齐膝高的麦田里。远处秦岭的群峰现出黑幢幢的雄伟的轮廓。早来的布谷鸟的动情的叫声，在静寂的田地和村庄的上空倏然消失了。岭坡的沟畔上，偶尔传来两声难听的狐狸的叫声。

勤娃甩着手，在春夜温馨空气的包围中跨着步子。他谢绝了打土坯的主人诚心实意的挽留，吃罢夜饭，撂下饭碗，往家赶路了。他有说不出口的一句话，因为路远，三四天没有回家，他想见玉贤了。二十里平路，在小伙子脚下，算得什么艰难呢！屋里有新媳妇的热炕，主人家给他临时搭排的窝铺，那显得太冷清了。他走着，充满信心地划算着，自开春以来，已经打过近百摞土坯了，父亲交给玉贤掌管的那只小梳妆匣儿里，有一厚扎人民币了。这样干下去，只要一家三口人不生疮害病，三年时光，勤娃保准撑起三间大瓦屋来。那时光，父亲就绝对应该放下石夯，只管管家里和田里的轻活儿了，或者，替他们管管孩子……新社会不纳捐，不缴壮丁款，挣下钱，打下粮食全归自己，只要不怕吃苦，庄稼人的日月红火得快哩！

勤娃走进康家村熟悉的村巷，月牙儿沉落到山岭的背后去了，村庄笼罩在黑夜的幕帐之中了。惊动了谁家的狗，干吠了几声。

他站在自家小木栅栏门外，一把黑铁锁上凝结着湿溜溜的露水，钥匙在父亲的口袋里。他老人家大约刚刚睡下，要是起来开门，受了夜气感冒了，糟咧。不必惊动老人……勤娃一纵身，从矮矮的土围墙上，跳进自己的小院里了。

他轻轻地拍击着小厦屋门板上的铁栓儿。深更半夜叫门，不能重叩猛砸，当心吓惊了女人，勤娃心细着哩！

“来咧……”女人玉贤在窸窸窣窣穿衣服，好久，才开了门。

“怎么不点灯？”勤娃走进屋，随口说。

“省点……煤油……”玉贤颤颤地说。

“嗨呀！”勤娃笑了，“黑咕隆咚，省啥油吗？”随之啪的一声划着了火柴。

屋里亮了。勤娃坐在炕边，嘘出一口气，他觉得累了。

“你还吃饭不？”玉贤坐在炕上，问。

“吃过了。”勤娃说，盯着玉贤的煞白的脸，惊得睁大眼睛，“你……病咧？”

“没……”玉贤低下头，“有些不舒服……”

他伸手摸摸她的额头，说：“不见得烧……”

“不怎……”

他略为放心。脱鞋上炕的当儿，他一低头，脚地上有一双皮鞋。他一把抓起，问：“这是谁的？”

玉贤躲避着他的眼睛，还未来得及回答，装衣服的红漆板柜的盖儿“哗”的一声自动掀起，冒出一个蓄留着文明头发的脑袋。

“啊……”

勤娃倒抽一口气，迅即明白了这间厦屋里发生过什么事情了。他一步冲到板柜跟前，揪住浓密的头发，把冬学教员从柜子里拉出来。啪——一记耳光，啪——又一记耳光，鼻血顿时把那张小白脸涂抹成猪肝了；咚——当胸一拳，咚——当胸再一拳，冬学教员软软地躺倒在脚地，连呻吟的声息都没有；勤娃又抬起脚来。

冬学教员挣扎着爬起来，“扑通”一声，双膝跪倒在勤娃脚下了。

勤娃已经失去控制，抬起脚，把刚刚跪倒的杨先生踢翻了。他转身从门后捞起一把劈柴的斧头，牙缝里迸出几个字来：“老子今黑放你的血！”

猛然，勤娃的后腰连同双臂，死死地被人从后边抱住了，他一回头，是父亲。

老土坯客听到厦房里不寻常的响动，惊惊吓吓地跑来了，不用问，老汉就看出发生了什么事了。他抱住儿子提着斧头的胳膊，一句话也不说，狠劲掰开勤娃的手指，把斧头抽出来，“咣当”一声扔到院子的角落里去了。他累得喘着气，把癫狂状态的儿子连拽带拖，拉出了厦房，推进自己住的小灶屋。

“你狗日杀了人，要犯法！”

“我豁上了！”

“你嚷嚷得隔壁两岸知道了，你有脸活在世上，我没脸活了！”老汉抓着儿子胸前敞开的衣襟，“你只图当时出气，日后咋收场哩！”

这是一声很结实也很厉害的警告。勤娃从本能的疯狂报复的情绪中恢复理智，愣愣地站住，不再往门外扑跳了。

“把狗日的收拾一顿，放走！”老土坯匠说，“再甭高喉咙大嗓子吼叫！”

“我跟那婊子不得毕！”勤娃记起另一个来。

“那是后话！”

父子二人走到厦屋的时候，冬学教员已经不见了踪影，玉贤也不见了。临街的木栅门敞开着，两人私奔了吗？勤娃窝火地“嗯”了一声，怨愤地瞅着父亲。他没有出足气，一下子跌坐在炕边上。

老汉转身走到前院，一眼瞅见，槐树上吊着一个人。他惊呼一声，一把把那软软的身子托起，揪断草绳，抱回厦屋，放到炕上。忽闪忽闪的煤油灯光下，照出玉贤一张被草绳勒聚得紫黑的脸，嘴角涌出一串串白色的泡沫，不省人事了。

勤娃看见，立时煞白了脸，唉的一声怨叹，跌倒在厦屋脚地，也昏死过去了。

“我的天哪……”康田生看着炕上和脚地的媳妇和儿子，不知该当咋办了，绝望地扑到儿子身上，泪水纵横了。

十

勤娃躺在炕上，瞪着眼珠，一声连一声出着粗气。父亲已经给打土坯的主人捎过话去，说儿子病了，让人家另寻人打土坯。

他没有病，只是烦躁，心胸里源源不断积聚起恶气，一声吁叹，放出来，又很快地积聚起来。

真正的病人现在强打起身子，倒不敢沾一沾炕边。玉贤头疼，恶心，走一步心就跳得噔噔噔。她用一条黑布帕子围着脖子，遮盖着被草绳勒出一圈血印的脖颈，默默地扫院，悄悄地在前院柴禾堆前撕扯麦秸，默默地坐在灶锅前烧火拉风箱。

红润润的脸膛变得灰白，低眉耷眼地走到公公跟前，递上饭碗，声音从喉咙里挤不出来。她又端起一碗饭，送到勤娃跟前："吃饭……"

勤娃翻过身，一拳把碗打翻了，破碎的碗片，细长的面条，汤汤水水在脚地上泼溅。

他恨她恨得咬牙，打她的耳光，撕扯她的头发。晚上，脱了衣服，他在她的身上乱打。打得好狠，那双自幼打土坯练得很有功力的胳膊，在她的身上留下一坨坨黑疤和红伤。他不心疼，觉得一阵疯狂的发泄之后，心里稍稍畅缓一些了。她不躲避，忍受着应该忍受的一切报复，这是应该的。她只是捂着脸，不要让那双铁锨一样硬邦的手给她脸上留下伤痕，身上任何地方，有衣服遮着，让他打好了。

康田生坐在自己的小屋里，听着前边厦屋里儿子抽打媳妇的响声，坐不住了，那每一声，就像敲在他的心口。他走出门，蹲在门前的小碌碡上，躲避那不堪卒听的响声。可是，一袋烟没有抽完，他又跳下碌碡，走进小院了，他不敢离远，万一闹出意外的事来就更怕人了。

春光是明媚的，阳光是灿烂的，房屋上空的榆树和椿树的叶子绿得发青，岭坡上的桃花又接着败落的杏花开得灿红了。而这个岭坡下的庄稼小院里，空气清冷，阳光惨淡，春风不至。

整整三天过去了。

儿子和媳妇都失了脸形，康田生本人也因焦虑和减食而虚火上升，眼睛又黏又红，像胶锅一样睁巴不开了。他愈加想到这个破裂的家庭里，自己所负的支撑者的责任了。怎么劝儿子，又怎么劝媳妇呢？他一看见儿子痛不欲生的脸相，自己已经难受得撑挂不住，哪里还有话说得出来呢？他知道儿子遇到的不幸在人生中有多重的分量。对于儿媳，那张他曾经十分喜欢的红润的脸膛，如今连正眼瞧一瞧的心情也没有，看了叫人恶心！老汉抽着烟，睁巴着黏乎乎的眼睛，寻思怎么办。对儿媳再恨再厌，他不能像儿子那样不顾后果地愣下去。他想和什么人讨讨对策，然而不能，即使村长也不能商量，这样的丑事，能说给人听吗？他终于想到了表兄和表嫂，那是自己的顶亲的亲戚，勤娃的养身父母，最可信赖的人了。

他仍然觉得不敢离开这个时刻都可能出事的家，让顺路上岭去的人把话捎给表兄，无论如何，要下岭来一趟，勤娃病了，病中想念舅舅……

十一

“就这。”康田生把家中发生的不幸从头至尾叙说一遍，盯着表兄的长眉毛下的明智的眼睛，问，“你说现时咋办呀？”

“好办。”表兄一扬头，“把勤娃叫来。”

勤娃走进来了，眼睛跌到坑里了，一见舅舅，扑到当面，“呜”的一声哭了。田生老汉把头拧到一边，不忍心看儿子丧魂落魄的颓废架势。

“头扬起来！甭哭！”舅父严厉地说，“二十岁的大人了，哭哭溜溜，啥样式嘛！”

“我……我不活了……”勤娃一见舅舅，心里的酸水就涌流不止，用拳头砸着自己的脑袋，“我……唉……”

舅父伸开手，啪啪，两记耳光，抽到勤娃鼻涕眼泪交流着的扭曲的脸上，厉声骂：“指望我来给你说好话吗？等着！”

勤娃哭不出来了，呆呆地低着头站着。

康田生吃惊了，瞅着表兄下巴上一撅一撅的花白胡须，没见过表兄这样厉害呀！他忙把勤娃拉开，按坐在小木墩上。

“你妈死得早，你爸咋样把你拉扯这大？亲戚友人为你操了多少心？你长得成人了，人高马大了，不说成家立业，倒想死！”舅父训斥起来，“死还不容易吗？眼一闭，跳到河里就完了。值得吗？”

父子二人默声静息，不敢插言。

“那——算个屁事！”舅父把那件丑事根本不当一回事，“大将军也娶娼门之妻！我在河北财东家杂货铺当相公，掌柜的婆娘就和人私通，掌柜的招也不招，只忙着生意赚钱！咱一个乡村庄稼汉，比人家杂货铺掌柜还要脸吗？”

勤娃似乎一下子才醒悟，这样的丑事绝不是他康勤娃一个人遇到了，比他更体面的人也遇到了。他讷讷地说：“我心里恶心……像吃了老鼠……”

“事情……当然不是好事。”舅父把话转回来，“这号丑事，张扬出去，于你有啥光彩？庄稼人，娶个媳妇容易吗？那不是一头牛，不听使唤，拉去街上卖了，换一头好使唤的回来。现时政府里提倡婚姻自由，允许离婚，你离了她，咋办？再娶吗？你一个后婚男人，哪儿有合适的寡妇等着你娶？即使有，你的钱在人家土壕里，一时三刻能挣来吗？啊？遇到事了，也该前后左右想想，二十岁的人啦，哭着腔儿要寻死，你算啥男子汉……”

“对对对！实实在在的话。”康田生老汉叹服表兄一席切身实际的道理，自愧自己这几天来也是糊涂混乱了，劝儿子说，“听着，你舅的话，对对的。”

“吃了饭，出去转一转，心眼就开畅了。”舅父说，“明天把石夯扛上，出去打土坯！舅不死，就是想看见你把瓦房撑起来。”

勤娃苦笑一下，这是他近日来露出的头一张笑脸，尽管勉强又苦楚，仍然使老父亲心里一亮啊！

“记住——”舅舅瞅瞅勤娃，又瞅一眼康田生，压低声音叮嘱，“再甭跟任何人提起这事。你祖祖辈辈子子孙孙都在康家村，门面敢倒吗？”

康田生连连点头。

“勤娃，”舅舅叫他的名字，悄声郑重地说，“在外人面前概不提起，在屋里可不敢松手！女人得下这号瞎毛病，头一回就要挖根！此病不除，后祸无穷！”

听着舅舅前后不大统一的话，勤娃这阵儿才真正感服了，睁着苦涩的眼睛，盯着舅父花白胡须包围中的薄嘴唇，等待说出什么拯救他拔出苦海的好法子来。

“你——再甭打她了。你打得失手，她寻了短见，咋办？再说，打得狠了，她记恨在心，往后怎样过日子？”舅父说，“你去找他娘家人，让她爹娘老子收拾她，治她的瞎毛病。省得……”

“唔唔唔，好好好！”康田生老汉对于表兄的所有谈话都钦服，一生只会摔汗水出笨力的老土坯客，对于精明一世的表兄一直尊为开明的生活的指导者，“我当初想过这一招儿，又怕伤了亲戚间的和气……”

“他女子做下伤风败俗的事，他还敢嘴硬！”舅父说着，特别叮嘱勤娃，“这件事，不能松饶了她；可跟人家爹娘说话，话甭伤人……”

勤娃点点头，感激地盯着舅父，这个养育他长大、至今还为他的不幸费心劳神的长辈人，似乎比粗笨的亲生父亲更可亲近了。

舅父站起来，在门口朝前院喊：“玉贤——”

玉贤轻手轻脚走到舅父面前，低头站住，声音柔弱得像蚊子："舅——你老儿……来咧！"

"快去给舅做饭。"他像什么事也不知道，也或者是什么都知道了而毫不介意，倚老卖老地说，"吃罢饭，你爸和勤娃还要劳动哩！"

十二

半缺的月亮挂在河湾柳林的上空，河滩稻田秧圃里，蛙声此起彼伏，更显出川道里夜晚的幽静。勤娃迈开大步，跳过一道道灌溉水渠，沿着河堤走着。他避开土路，专门选择了行人罕至的河滩，要是碰见熟人，问他夜晚出村做啥，可能要引起猜疑的。

他憋着一口闷气，想着见了丈人和丈母娘，该如何开口说出他们的女儿所做下的不体面的丑事？舅父教给他的处理此事的具体措施，似乎是一种束缚，按他的性儿，该是当着她家老人的面，狠狠骂一顿他们的女儿辱没了家风。他走进熟悉的吴庄村了。

这样的夜晚赶到亲戚家里去，本身就是一种不祥的征兆。丈人吴三、丈母娘和丈人家哥，一齐围住他，三双眼睛在他脸上转，搜寻和猜测着什么，几乎一齐开口问：屋里出了什么事？这么晚赶来，脸色也不好……

勤娃看着老人担惊受怕的样子，心里忽地难受了。因为给吴三打土坯而订下了他的女儿，婚前婚后，两位老人对他这个女婿是很疼爱的。常常在他面前说，玉贤要是有不到处，你要管她，打她骂她都成。他们是正直的庄稼人，喜欢勤娃父子的勤劳和本分，很满意地把自己的小女儿嫁给他了。往常里，丈母娘时不时地用竹条笼提来自己做下的好吃食……现在，事情却弄到这样的地步，他们听了该会怎样伤心！

勤娃看着两位老人惊恐的眼色，说不出口了，路上在心里聚起的闷气，跑光了。他猛地双手抱住头，长长地唉叹一声，几乎哭了。

“有啥难处，说呀！”丈母娘急切地催促。

“唉——”勤娃又叹出一声，实在太难出口了。

丈人吴三坐在一边，不再催问。他从勤娃的神色和举动上，判断出了什么，就吩咐站在一边的儿子说：“你去，把你妹叫回来！”

丈人家哥走出门，他觉得话好说了，这才哽哽巴巴，把玉贤和冬学教员的事说了。丈母娘羞惭得骂起来，老丈人吴三却气得浑身颤抖，跌坐在椅子上，说不出话了。

“我回呀！”勤娃告辞，“女儿出门，怪不了老人。

我不怪你二老，你们对我好……”

“甭走！”丈人拉住他，“等那不要脸的回来再说！”

勤娃坐下了。

“你狗日的做下好事了！”吴三一看见走进门来的女儿，火爆性子就发作了，“你说……”

玉贤站在当面，勾着头，不吭声。

这种不吭声的行为本身，就证明了勤娃说出的那件丑事的可靠性。吴三火起，两个巴掌就把女儿打倒了。

“甭打！爸……”勤娃拉住丈人的胳膊。

“不争气的东西！”丈母娘在一旁狠着心骂，“在娘家时，我给你说的话，全当刮风……”

“狗日的至死再甭进俺家的门！”丈人家哥骂。

玉贤没有同情者。在这样的家庭里，她不指望任何人会替她解脱。她的父母，都是要脸面的正经庄稼人。她做下辱没他们门庭的丑事，挨打受骂是当然的。她躺在地上，又挣扎着站起。

“跪下！”吴三吼着。

玉贤太屈辱了，当着勤娃和父母哥哥的面，怎么跪得下去呢？这当儿，父亲吴三一脚把她踢倒，她的腿腕疼得站不起来了。

吴三从墙上取下一条皮绳，塞到勤娃手里："勤娃，你打……"

勤娃接住皮绳，毫不迟疑地重新挂到墙上的钉子上，劝慰吴三："算哩……"

丈母娘向勤娃暗暗投来受了感动的眼光。

吴三又取下皮绳，一扬手，抽得只穿了件夹衣的玉贤在地上滚翻起来，惨痛而压抑的叫声颤抖着。

勤娃自己在打玉贤的时候，似乎只是被一股无法平息的恶火鼓动着。当他看着丈人挥舞皮绳的景象，他的心发抖了。看着别人打人，似乎比自己动手更觉得残忍。他抱住吴三的手。

"甭拉！让我把这丢人丧德的东西打死！"吴三愈加上火，扑跳得更凶，"你不要脸，我还要！"

勤娃猛然想到，他刚才不该留在这儿。丈人留他，就是要当着他的面，教训女儿，以便在女婿面前，用最结实的行为，洗刷父母的羞耻。他要是不在当面，吴三也许不至于这样手狠。他劝劝吴三，就硬性告别了。

十三

玉贤吹了昏黄的煤油灯，脱完衣服，就钻进被窝里了，她怕母亲看见她身上的不体面的伤痕。母亲似乎察觉了她的行为的用心，从炕的那一头爬起来，“嘣”的一声划着了火柴，煤油灯冒着一柱黑烟的黄焰，把屋子里照亮了。

母亲揭开她盖的被子，“哎哟”一声，就抱住她的浑身四处都疼痛的身子，哭了。她的身上、腿上，有勤娃的拳头留下的乌蓝青紫的淤血凝固的伤迹，又摞上了父亲用皮绳刚刚抽打过的印痕，渗着血。她是母亲身上掉下来的肉，母亲心疼自己的骨肉，哭得很伤心。

玉贤没有想流眼泪的心情，疼是难以忍受的疼啊！凡是被拳头或皮绳抽击过的皮肉，一挨着褥子，就腩褥想翻身，翻过去，那边仍然疼得不能支撑身体的重压。可她没有哭。那天晚上勤娃的突然敲门，她吓蒙了，此后所发生的一切，似乎是在梦中，直到她的阿公粗手笨脚地把一根生锈的大号钢针从鼻根下直插进牙缝，她才从另一个世界回到她觉得已经不那么令人留恋的庄稼小院。现在，母亲的胸部紧紧贴着她的肥实的臂膀，眼泪在她的脖根上流着。她不想再听母亲给她什么安慰。她想静静地躺着，静静地想想，她该怎么办。在和勤娃住了近半年的新房里，她不能冷静地想，时时提心那铁块一样硬的拳头砸过来，甚至在夜晚睡熟之际，他心里怄气，会突然跳起，揭开被子，把她从梦中打醒。现在，她的父亲吴三当着勤娃的面，打了，也骂了，给自己挽回脸面了。她应该承受的惩罚已经过去，她想静静地想一想，往后怎么办？

“唉……嗨嗨嗨嗨嗨……”母亲低声饮泣，胸脯颤动着。她生下这个女儿，用奶水把她养得长出了牙齿，就和大人一样啃嚼又硬又涩的玉米面馍馍了。她和吴三虽则都疼爱女儿，却没有惯养。自幼，她教女儿不要和男娃娃在一起耍；长大了，她教女儿做针线，讲女人所应遵从的一切乡俗和家风。一当她和吴三决定以三石麦子的礼价（当时顶小的价格），约定把女儿嫁给土坯客的儿子的时候，她开始教给女儿应该怎样服侍公婆，特别是没有婆婆的家里，应该怎样和阿公说话，端饭，倒尿盆，应该怎样服侍丈夫，应该怎样和隔壁邻居的长辈相处，甚至，平辈兄弟们少不了的玩笑和戏闹，该当怎样对付……家内家外，内务外事，她都叮嘱到了，而且不止一次。“教女不到娘有错。”她教到了，玉贤也做到了。在玉贤婚后几次回娘家来，她都盘问过，很满意。从康家村的熟人那里打听来的消息，也充分证明土坯客家的新媳妇是一个贤惠的好媳妇。可是，怎么搞的，突然间冒出来了这样最糟不过的丑事……母亲流完了眼泪，就数落起来："你明明白白的灵醒娃嘛，怎的就自己往泥坑屎坑里跳？"

已经跳下去了，后悔顶啥用呢？玉贤躺在母亲身边，心里说，我死都死过一回了，现在还想用什么后悔药治病吗？

"你上冬学的事，为啥不给我说？"母亲追根盘底，"你个女人家，上学做啥？认得俩字，能顶饭吃，能当衣穿？人自古说，戏房学堂，教娃学瞎的地方……你上冬学上出好名堂来咧！"

她仍然不吭声。她需要自己想想，别人谁也不了解她的心情和处境。

"给你订亲的时光，我托你姨家大姑在康家村打听了，说勤娃父子都是好人。老汉老好，过不了十年八载，过世了，全是你和勤娃的家当。勤娃老实勤谨，家事还不是由你？这新社会，不怕孬人恶鬼，政府爱护老实庄稼人。你哪一样不满意？胡成精？"母亲开始从心疼女儿的口气转换为训诫了，"人嘛！图得模样好看，能当饭吃？我跟你爸过伙的时候，总看他崩豆性子不顺心，一会躁了，一会笑了。咋样跟这号人过日月？时间长了，我揣摸出来，你爸人心好，又不胡乱耍赌纳宝，为穷日子卖命。我觉得这人好哩！娃家，你甭眼花，听妈说，妈经的世事……”

她不分辩，也不应诺，静静地躺着。

“在咱屋养上十天半月，高高兴兴回家去，给你阿公赔不是，给勤娃说说好话。”母亲说，“往后，安安生生过日子，一年过去，没事了。人心都是肉长的嘛！”

母亲不再说话，唉叹着，久久，才响起鼾息声。

玉贤轻轻爬起，移睡到炕的那一头。

屋里很黑，很静，风儿吹得后院里的树叶嚓嚓地响。

当她被蒙着眼脸抬到一个陌生的地方，被陌生的女人搀进一个陌生的新的住屋，揭去盖脸红布，她第一眼看见了将要和她过一辈子日月的陌生的男人。她心跳了，却没有激动。这是一个长得普普通通的男人，不好看也不难看。不过高也不过矮。几个月来的夫妻生活，她看出，他不灵也不傻。她对他不是十分满意，却也不伤心命苦。对给她找下这样的女婿的父母，不感激也不憎恶。他跟麦子地里一根普通的麦子一样，不是零星地高出所有麦子的少数几棵，也不是夹在稠密的麦棵中间那少数的几枝矮穗儿。他像康家村和吴庄众多的乡村青年一样普普通通。她也将和那许多普普通通的青年的媳妇一样，和勤娃过生活。自古都是这样，长辈和平辈人都是这样订亲，这样撮合一起，这样在一个炕上睡觉，生孩子……

她第一眼看见杨老师的时候，心里就惊奇了。世上有穿戴得这样合体而又干净的男人！牙齿怎么那样白啊！知道的事情好多好多啊！完全不像乡村青年小伙们在一起，除了说庄稼经，就是说粗俗的男人和女人之间的酸话。杨老师留着文明头发的扁圆脑袋里，装着多少玉贤从来也没听说过的新鲜事啊！苏联用铁牛犁地，用机器割麦，蒸馍擀面都是机器，那是说笑话吗？烂嘴七婶当面笑问：生娃也用机器吗？杨老师就把那些能犁地能割麦的照片摊给大家看，并不计较七婶烂嘴说出的冒犯的话。他总是笑眯眯的，笑脸儿，笑眼儿，讲话时老带着笑，唱歌时也像在笑。

她对他没有邪心。她根本不敢想象这样高雅的文明人，怎么会对她一个乡村女人有“意思”呢？她第一次感受到他的不寻常的目光时，他捉着她的手写翻身的“翻”字时，她都没敢往那件事上去想。直到他接饭碗时连她的手指一起捏住，她也只想到他是无意的。直到他一把搂住她的腰，她瞬息间就把这些事统一到一起了。她没有拒绝。因为突然到来的连想也不敢想的欢愉，使她几乎昏厥了。

“我爱你，妹妹……”

他说了这句话，就把嘴唇压到她的嘴唇上。那声音是那样动人的心，她颤抖着，本能地把自己戴着石镯的手勾到他的肩头上。

她从来没有听一个男人这样亲昵地把她叫妹妹，也没人说过“爱”这个字。勤娃只说过“我跟你好”这样的话，没有叫过她“妹妹”。勤娃抚摸她身体的手指那么生硬。杨老师啊……

她挨勤娃的拳头，咬牙忍受了。她是他的女人，他打她是应该的。父亲打她，也咬牙忍受了，她给他和母亲丢了脸，打她也是应该的。可是，她虽然浑身青痕红斑，却不能把自己再和勤娃连到一起。她为可亲的杨老师挨打，她没有眼泪可流。

她如果能和勤娃离婚，和杨老师结婚的话，她才不考虑丢脸不丢脸。婚姻法喊得乡村里到处都响了，宣传婚姻法的大黑体字写在庄稼院房屋的临街墙壁上，好些村子里都有被包办婚姻的男女离婚的事在传说。她和杨老师一旦正式结合，那么还怕谁笑话什么呢？如果不能和杨老师结婚，继续和勤娃当夫妻，那就一辈子要背着不能见人的黑锅了。

她得想办法和杨老师再见一面，把话说准，之后她就到乡政府去提出离婚。现在无法再上冬学了，和杨老师见一面太难了，但总得见一面。不然，她心里没准儿，怎么办呢？

在康家村要找到和杨老师见面的机会，是不可能的。在娘家，比在阿公和勤娃的监视下要自由得多。杨老师是行政村的中心小学教员，在桑树镇上，想个借口到镇上去，越早越好……

十四

爷儿俩半年来又第一次自造伙食了。老土坯客看着儿子蹲在灶锅前点火烧锅，沤出满屋满院的青烟，重手重脚绊磕得碗瓢水桶乒乓响，心里好难受。昨晚，他坐在炕头上。等见勤娃从丈人家告状回来，叙说了经过。他对吴三的仗义的行为很敬佩，心里又暗暗难过。相亲相敬的亲家，以后见了面，怎么说话呢？他痛恨这个外表看来腼腆、内里不实在的媳妇，给两个安生本分的庄稼院平生出一场祸事。他更恨那个总是见人笑着的杨先生。你狗日的为人师表，嘴里讲什么男女平等，婚姻自由，难道就是让你自由地去霸占老实庄稼人的女人吗？他恨得咬牙！三五天来家庭剧烈的变化，给饱经过孤苦的老土坯客的刺激太沉重了。他一生中命运不济，性情却硬得近乎麻木，对于一切不幸和打击，不哭也不哀叹。可是，当生活已经充满希望的时候，完全不应出现的祸事却出现了的时候，老汉简直气得饭量大减，几天之间，白发增多了。他恨那个给他们家庭带来灾难的白脸书生！后悔那天晚上拦阻勤娃太早了；虽然不敢打死，至少应该砸断狗日的一条腿！

他活到五十多了，不图什么，只图得有吃有穿，儿辈可靠。可是，如今却成了这样不酸不甜的苦涩局面了。

勤娃烧好开水，把两个蒸溜得热透的馍馍送到老汉面前，老汉忽然想到自己在刚刚死了女人以后，不习惯地烧锅做饭的情景，难道儿子勤娃又要钻厨房拉一辈子“二尺五”了吗？啊啊！老汉看见儿子愁苦的面容，几乎流下泪来。

勤娃拿了一个馍馍，夹了辣椒，远远地蹲在门外的台阶上，有味没味地慢腾腾地嚼着。

他担心勤娃，比自己要紧。他迅即抑制住自己的感情波动，用五十多岁老人的理智和儿子说话：

“勤娃——”

“嗯！”勤娃应着。

“明天出门打土坯去。”老汉说，“她爸她妈指教过她了，算咧！只要日后好好过日月，算咧。”

“……”

“人么，错了要能改错，甭老记恨在心。”他劝慰，

“咱的家当还要过。你舅的话是明理。”

勤娃没有吭声。老汉从屋里走出来，想告诉儿子，他已经给他在南围墙村应承下打土坯的活路了。这时村长走进门来，后面跟着一位穿制服的女干部，胸膛上两排大纽扣。

“老哥，这是县文教局程同志，想跟你拉一拉家常。”村长说，“你们谈，我走了。”

“我叫程素梅。”程同志笑着介绍自己，很大方地坐到老汉的炕边上，态度和蔼，和蔼得令见惯了旧社会官人们凶相的老土坯客反倒不知如何是好了。她说，“我想来和你老儿坐坐。”

老汉心里开始在猜摸，程同志究竟找他来做啥？一般乡上县上的干部来了，总是和村长接手，和他一个只会打土坯的老汉有啥家常好拉的呢？

她问他家里都有什么人，分了几亩地，和谁家互助，老汉都答了。最后，程同志把弯儿绕到老汉最担心的那件事上来了，果然。

“没有啥！”老汉的嘴很有劲地回答，“杨先生教妇女识字有没有啥问题，咱不知道喀！咱一天掮上石夯打土坯，谁给管饭就给谁家卖力，咱没见过杨先生的面，光脸麻子都不知……”

“勤娃同志，你没听人说什么吗？”程干部转脸问，

“甭怕。”

勤娃摇摇头。

“康大叔，你老心放开。”程同志说，“新社会，咱们把恶霸地主打倒了，穷人翻了身，可不能允许坏人再欺侮庄稼人，糟蹋党的名誉。咱们的干部，有纪律，不准胡作非为……”

这些话说得和老汉的心思刚刚吻合，他觉得这个清素淡雅的女干部完全是可以信赖的，可以倾诉自己一生的不幸和意料不到的祸事。可是，他的话出口的时候，完全是另外的意思：

“杨先生胡作非为不胡作非为，咱不知道嘛！他在哪里胡作来，在哪里非为来，你到那里去查问。咱不知情喀！”

老汉忽然瞧见，勤娃的脸憋得紫红，咬着嘴唇，担心儿子受不住程同志诚恳的劝导，一下子说出那件丑事，就糟了。新社会共产党的纪律虽然容不得杨先生的胡作非为，可自己一家的名声也就彻底臭了！他急中居然不顾礼仪，把儿子支使开：

“南围墙侯老七等你去打土坯。快去，再迟就要误工了。”

勤娃猛地站起，恨恨地瞅了父亲一眼，走出门去，撞得旧木板门咣啷一声响。

“这娃性子倔……”老汉不自然地掩饰说，盼他快点走。横在老汉心头的这一块伤疤，无论是恶意地撞击，抑或是好心地抚慰，都令人反感，任何触及都是难以忍受的痛苦。

“没关系。回头我再来。”程同志很耐心地说。

“甭来了。”老汉很不客气地拒绝，心里说，你一个穿戴和庄稼院女人明显不同的公家干部，三天五天往我屋跑，那还不等于告诉康家村人，康田生屋里出了啥事啊？老汉今天一见到她，心里的负担又添了一层，意识到这件丑事，尽管尽力掩盖，还是闹出去了，要不，县上的这位女干部怎么会来到他的小院呢？即使外面有风传，他们一家也要坚决捂住。“咱庄稼人忙。实在是……我跟勤娃，啥也不知道喀！”

程同志脸上明显现出失望的神色，失望归失望，却不见反感或厌恶。她是做党的干部纪律的监督工作的。严肃的职业使她年纪轻轻儿就已经养成严肃而又和蔼的禀性。此类问题在她的工作中，不是第一次，不说庄稼人吧，即使觉悟和文化都要高一级的工人和干部，在这样的丑事临头的心理矛盾中，往往也是同样首先顾及自己和儿女的名声，这样，就把造成他们家庭不幸的人掩蔽起来了。

十五

紧张的体力劳动，给心里痛苦痉挛着的庄稼汉勤娃以精神上极大的解脱。他走进侯七家打土坯的土壕，胳膊无力，腿脚懒散，浑身的劲儿叫不起来。侯七在一旁给木模装土，不断投来怀疑的不太满意的眼光。勤娃像受了侮辱——勤劳人的自尊。他暗暗骂自己一声，提起石夯，砸了下去，一切烦恼暂时都被连珠炮似的石夯撞击声冲散了。

劳动完了，烦恼的烟云又从四面八方朝他的心里围聚。吃罢晚饭，他快快地告诉侯七，自个儿有病了，另找别人来打土坯吧！侯七盯着面色郁闷的勤娃，没有强留。他扛着木模和石夯走出村来。

勤娃懒散地移着步子，第一次不那么急迫地往家赶了；赶回家去干什么呢？甭说玉贤不在家，即使在，那间小厦屋也没有温暖的诱惑力了。

浪去！勤娃鼓励自己，一年四季，除了种庄稼，农闲时出门打土坯，早晨匆匆去，晚上急忙回，挣那么几块钱，从来舍不得买一个糖疙瘩，一五一十全都交到她手里，让她积攒着，想撑三间瓦房……太可笑了！你为人家一分一文挣钱，人家却搂着野汉睡觉……去他妈的吧！

勤娃已经岔开通康家村的小路，走上官路了。

这样恼人的丑事，骂不能骂，说不敢说；和玉贤关系好不能好，断又断不了，这往后的日月怎么过？既然程同志赶到家里来查问，证明他的父亲和舅舅要他包住丑事的办法已经失败，索性一兜子倒出来，让公家治一治那个瞎熊教员，也能出口气，可是，他爸却一下把他支使开了。

勤娃开始厌恶父亲那一副总是窝窝囊囊的脸色和眼神。窝囊了一辈子，而今解放了，还是那么窝囊。他啥事都首先是害怕。不敢高声说话，不敢跟明显欺侮自己的人干仗，自幼就教勤娃学会忍耐，虽然不识字，还要说忍字是"心上能插刀刃"！他现在有些忍不住了！

沿着官路，踽踽走来，到了桑树镇了。

夜晚的乡村小镇，街道两边的铺店的门板全插得严严的，窗户上亮着灯光，街上行人稀少。勤娃终于找到了可以站一站的地方，那是客栈了。

门里的大梁上吊着一盏大马灯，屋里摆着脚客们的货包。大炕上，坐着或躺着一堆操着山里口音的肩挑脚客。

"啊呀！这是勤娃呀？"客栈掌柜丁串串吃惊地睁大着灵活的小眼睛，"来一碗牛肉泡，还是荤油臊子面？”

“二两酒。”勤娃说，“晚饭吃过了。再来一碟花生豆儿。”

“啊呀，勤娃兄弟！”丁串串愈加吃惊了，“好啊！我知道，这两年庄稼人翻身了，村村盖房的人多了，你打土坯挣钱的路数宽了！好啊！庄稼人不该老没出息，攒钱呀，聚宝呀！临死时一个麻钱，一页瓦片也带不到阴间！吃到肚里，香在嘴里，实实在在……掌柜的，给康家勤娃兄弟看酒……”

丁串串长得矮小、精瘦，声音却干脆响亮，说话像爆豆儿，没得旁人插言的缝隙。他唤出来的，是他的婆娘，一个胖墩墩的中年女人，同样笑容满面地把酒壶和花生摆到勤娃的面前了：“还要啥？兄弟。”

“吃罢再说。”勤娃坐下来。

花生米是油炸的，金红，酥脆，吃到嘴里，比自家屋里的粗粮淡饭味儿好多了。酒也真是好东西，喝到口里，辣刺刺的，进入肚里以后，心里热乎乎的。接连灌了三大盅，勤娃觉得心里轻松多了。怪道有钱人喜时喝酒，闷时也喝酒！他觉得那股热劲从心里蹿起，进入脑袋了，什么野汉家汉，丑事不丑事，全都模糊了，也不显得那么重要了。

“再来二两！”勤娃的声音高扬起来，学着丁串串的声调，呼唤女掌柜，“掌柜的，买酒！”

女掌柜扭动着肥大的臀部，送上酒来，紧绷绷的胖脸上总是笑着。勤娃从腰里掏出一卷票子，抽出两张来，摔到桌上，好大的气派！女掌柜伸手接住钱，眼睛却直勾勾地盯着他把那一卷票子塞到腰里去。

“还有床位么？”勤娃干脆捉住白瓷细脖酒壶，直接倒进喉咙，咂咂嘴，问着还站在旁边的女掌柜。

“有啊！”女掌柜满脸开花，“要通铺大炕？还是单间？兄弟倒是该住单间舒服。”

“好啊！我住单间。”勤娃满口大话，一壶酒又所剩不多了，支使女掌柜，“给我开门去！”

他妈的，我康勤娃也会享福嘛！酒也会喝，花生豆儿也会吃。往常里倒是太傻了哩！

“勤娃兄弟，床铺好了——”女掌柜在很深的宅院里头喊。

“来了——”勤娃手里攥着酒壶，朝院里走去。脚下有些飘，总是踩踏不稳，又撞到什么挡路的东西上头了，胳膊也不觉得疼。那些坐着或躺在通铺大炕上的山里脚客，在挤眉弄眼说什么，勤娃不屑一顾地撇撇嘴角。这些山地客，可怜巴巴地肩挑山货到山外来卖钱，只舍得花三毛票儿躺大炕，节省下钱来交给山里的婆娘。可他们的婆娘，说不定这阵也和谁家男人睡觉哩……

“在哪儿？”勤娃走进昏黑的狭窄的院道，看着一方一方相同的黑门板。

“在这儿。”女掌柜走到门口，“我给你铺好被子了。”

勤娃走到跟前，女掌柜站在窄小的门口，勤娃晃荡着膀臂进门的时候，胳膊碰到一堆软囊囊的东西，那大概是女掌柜的胸脯。

女掌柜并不介意，跟脚走进来：“新被新床单，你看……”

勤娃一看，女掌柜穿着一件对门开襟的月白色衫子，交近农历四月的夜晚，已经很热，她半裸开胸脯上的纽扣，毫不在乎地站在当面。勤娃一笑：“好大的奶子！”

“想吃不？”女掌柜嘻嘻一笑，一把扯开胸脯，露出两只猪尿泡一样肥大的奶头，“管你一顿吃得饱！”一下子搂住了勤娃。

勤娃本能地把脸贴到那张嬉笑着的脸上。

“瞎熊！”女掌柜又嘻嘻一笑，嗔声骂着，转过身，走出门去。

丁串串正好走到当面，站住脚。

“勤娃喝多了，在老嫂子跟前耍骚哩！”女掌柜说。

丁串串哈哈一笑，忙他的事情去了。

勤娃往腰里一摸，啊，那一卷票子呢？啊呀！脑子里轰的一下，一瞬间的惊恐之后，他就完全麻木了，糊涂了。

“哈哈哈……啊哈哈哈哈！”勤娃从门里蹦出，站在院子里，“一把票子，几十块！只摸了一把奶！太划不来了……哈哈哈哈……”

他豁脚扬手，笑着喊着，从后院蹦到前房，又冲到门外。

“这瓜熊醉咧！”女掌柜也哈哈笑着说。

“大概屋里闹仗，生闷气。”男掌柜丁串串给那些山地脚客说，“这是方圆十多里有名的土坯客，一个麻钱舍不得花的人。今日一进门就不对窍嘛！大半是家事不和，看起来闹得很凶……”

丁串串说着，吩咐女掌柜：“你去倒一碗醋来，给灌下去……”

十六

月亮半圆了，村外的田地里明亮亮的，似乎天总是没有黑严。玉贤匆匆沿着宽敞的官路走着，希望有一块云彩把月亮遮住，免得偶尔从官路上过往的熟人认出自己来。

经过一夜一天的独自闷想，她终于拿定主意：要找杨老师。在娘家屋比在勤娃家里稍微畅快些。一直到喝毕汤，帮母亲收拾了夜饭的锅灶，她才下定决心，今晚就去。

父亲一看见她就皱眉瞪眼，扔下碗就出门去了，母亲说到隔壁去借鞋样儿，她趁机出了门，至于回去以后怎样搪塞，她顾不得了。

桑树镇的西头，是行政村的中心小学，杨老师在那儿教书。月光下，一圈高高的土打围墙，没有大门，门里是一块宽大的操场，孤零零立起一副篮球架。操场边上长着软茸茸的青草。夜露已经潮起，她的脸面上有凉凉的感觉。

一排教室，又一排教室。这儿那儿有一间一间亮着的窗户，杨老师住在哪里呢？问一问人，会不会引起怀疑呢？黑夜里一个年轻女人来找男教员，会不会引起人们议论呢？

左近的一间房门开了，走出一位女教员，臂下夹着本本，绕下台阶过来了。她顾不得更多的考虑，走前两步，问："杨老师住哪里？"女教员指指右旁边一个亮着的窗户，就匆匆走了。

走过小院，踏上台阶，站在紧闭着的木门板外边，玉贤的心腾腾跳起来。她知道她的不大光明的行动潜藏着怎样不堪设想的危险结局，没有办法，她不走这一步是不行的。

她压一压自己的胸膛，稳稳神儿，轻轻敲响了门板。

“谁？”杨老师漫不经心的声音，“进。”

玉贤轻轻推开门，走进去，站在门口。杨老师坐在玻璃罩灯前，一下跳起来，三步两步走过来，把门闭上，压低声音问：“你怎么这时候来了？”

他怎么吓成这样了呢？脸色都变了。

“见谁来没有？”杨老师惊疑不定地问。

“见一个女先生来。”玉贤说，“我问你的住处。”

“她没问你是谁吗？”

“问了。”

“你怎样说的？”

“我说……是我哥哥……”

“啊呀！瞎咧！人家都知道，我就没有妹妹嘛！”杨老师的眼睛里满是惊恐不安，“唔！那么，要是再有人撞见问时，说是表妹，姨家妹妹……”

玉贤看见杨老师这样胆小，心里不舒服，反倒镇静了，问：“杨老师，我明白，这会儿来你这儿不合适，我没办法了。我是来跟你商量，咱俩的事情咋办呀？”

“你说……咋办呢？”杨老师坐下来了。

“你要是能给我一句靠得住的话……”玉贤靠在一架手风琴上，盯着杨老师，认真地说，“我就和勤娃离婚！”

“那怎么行呢！”杨老师胡乱拨拉一把头上的文明头发，恐惧地说，“县上教育局，这几天正查我的问题哩！”

“我知道。”玉贤说，“今日后晌一位女干部找到我娘家，问我……”

“你咋样回答的？”杨老师打断她的话。

“我又不是碎娃，掂不来轻重……”

“噢！”杨老师稍微放心地吁叹一声，刚坐下，又急忙问，“不知到勤娃那里调查过没有？”

“问了。”玉贤说，“听她跟我说话的口气，他也没给她供出来……”

“好好好！”杨老师宽解地又舒一口气，眼里恢复了那种好看的光彩，走到她面前来，“真该感谢你了……好妹妹……”

“要是目下查得紧，咱先不要举动。”玉贤说，“过半年，这事情过去了，我再跟他离！”

“你今黑来，就是跟我商量这事吗？”

“我跟他离了，咱们经过政府领了结婚证，正式结婚了，那就不怕人说闲话了，政府也不会查问了。”玉贤说，“我想来想去，只有这条路。”

“使不得，使不得！”杨老师又变得惊慌地摇摇手，“那成什么话呢！”

“只要咱们一心一意过生活，你把工作搞好，谁说啥呢？”玉贤给他宽心，“笑，不过三日；骂，不过三天！”

“你……你这人死心眼！”杨老师烦躁地盯她一眼，转过头去说，“我不过……和你玩玩……”

“你说啥？”玉贤腾地红了脸，几乎不相信自己的耳朵，“这是你说的话？”

“玩一下，你却当真了。”杨老师仍然重复一句，没有转过头来，甚至以可笑的口吻说，“怎么能谈到结婚呢！”

玉贤的脑子里轰然一响，麻木了，她自己觉得已经站立不住，一句话也说不出来，嘴唇和牙齿紧紧咬在一起，舌头僵硬了。

“甭胡思乱想！回去和勤娃好好过日月！他打土坯你花钱，好日月嘛！”杨老师用十分明显的哄骗的口气说着，悄悄地告诉她，“我今年国庆就要结婚了，我爱人也是教员……”

他和她“不过是玩玩！”她成了什么人了？她至今身上背着丈夫勤娃和父亲吴三抽击过的青伤紫迹，

难道就是仅仅想和他玩一玩吗？她硬着头皮，含着羞耻的心，顶过了县文教局女干部的查问，就是要把他包庇下来，再玩一玩吗？玉贤可能什么也没有想，却是清清楚楚看见那张曾经使她动心的小白脸，此刻变得十分丑陋和恶心了。

“我不会忘记你的好处，特别是你没有给调查人说出来……”杨老师这几句话是真诚的，“我……给你一点钱……你去买件衣衫……”

玉贤再也忍受不住这样的侮辱，一口带着咬破嘴唇的血水，喷吐到那张小白脸上，转身出了门……

十七

月亮正南，银光满地，田野悄悄静静。

玉贤坐在一棵大柳树下，缀满柳叶的柔软的枝条垂吊下来，在她头上和肩上摆拂。面前是一口装着木斗框架的水井，应该结束自己的生命了！一低头，一纵身，什么都不要想了！

也许明天早晨，菜园的主人套上牲畜车水的时候，立即就会发现她……十里八村的男人女人，就该有闲话好说了。啊啊！她将作为一个坏女人永远留在村民们的印象里……

她忽然想到了阿公，那个在她过门不到两月时光就把“金库”交给儿媳掌管的老人，小河一川能数出几个这样老好的老人呢！多少家庭里娶下媳妇，父子、兄弟、姑娌闹仗分家，不都是为着家产和金钱吗？她太对不住阿公了，如果能见一面，她会当面跪下，请求老人打她。那样，她死了，会轻松一些。

她想到勤娃了。他笨手笨脚，可搂起她的双臂是那样的结实。他讷口拙舌，可说出的话没有一句是空的。他从外村打土坯回来，嘿嘿笑着，从粗布衫子的大口袋里头掏出钱来，很放心地交到她手上，看着她再装到阿公交给她的那只梳妆盒子里……

她对不起阿公和勤娃。她没脸面再去盯一眼这样诚心实意待她的人。她应该立即跳进井里去！

她对不住阿公和勤娃。应该在离开阳世的时候，对自己已经觉悟到的错事悔过，补一补心，再死也不迟啊！

她站起来，冷漠地盯一眼透着月光的井水，离开了。她从田间的小路重新走上官路，从桑树镇上穿过去，直接回家，免得回到娘家，父亲没完没了地责问，死了也该是康家的鬼！

玉贤走到桑树镇上了，街上已经空无人迹。经过客栈门前的时候，门口围着一堆人，嘻嘻哈哈，哄哄闹闹。她不想转过头去，这个客栈，早听人说过，是个乌七八糟的地方，丁串串开客栈挣钱。婆娘卖身子挣钱。

“哎呀！喝了醋就醒酒了！”

“灌！”

“把鼻子捏住！”

又是什么人喝醉了，玉贤走过去了。

“我——不——喝！”

玉贤听到被灌着醋的喝醉了的人的吼声，猛然刹住脚，怎么像是勤娃的声音呢？

“毒——药——”

这回听真切了，是勤娃。天哪！他怎么跑到这个鬼栈里来了呢？她的心紧紧地收缩下沉，意识到她害得勤娃变成什么人了！

玉贤折回身，跑到人堆前，拨开围观的人堆；从门里射出的马灯的亮光里，看见勤娃被一个人紧紧夹住，丁串串正给他嘴里灌醋。勤娃咬着牙，闭着眼，醋水撒了一脸一胸膛，满身泥土。玉贤一下扑上去，抱住勤娃，哭喊出来：“我的你呀……”

丁串串和众人停住手，议论纷纷。

玉贤扯起衣襟，擦了勤娃的脸，抓住一只胳膊，架在她的脖子上，另一只手紧紧搂住勤娃的腰，几乎把那沉重的身躯背在身上，拽着拖着，离开丁家栈子，走上了官路……

1982年9月18日至11月3日写改于灞桥

/四妹子/

上 篇

一

从延安发往西安的长途汽车黎明时分开出了车站的铁栅大门。四妹子额头贴着落了一层黄土尘屑的窗玻璃，最后看了送她出远门上长路的大大和妈妈一眼——妈跟着车跑着哭着喊着甚叮嘱的话，大也笨拙地跑了几步，用袖头擦着眼泪——脑子里却浮现出妈给她从尻子里掏屎的情景。

妈把碾过小米的谷糠再用石磨磨细，就成了黄沓沓的糠面儿，跟生长谷子的黄土的颜色一模一样。妈给糠面里儿掺上水，拍拍捏捏，弄成圆圆的饼子，在锅里烙熟的时光，四妹子爬在锅台上就闻到一股诱人的香味。待她把糠面饼儿咬到嘴里，那股香味就全然消失了，像嚼着一口细沙子，越嚼越散，越嚼越多，怎么也咽不下去。妈就耐心地教给她吃糠饼子的要领；要咬得小小一点儿，慢慢地嚼，等口里的唾液将糠面儿泡软了，再猛乍一咽。她一试，果然咽得顺当了，尽管免不了还是要伸一伸脖子。糠饼子难吃难咽倒也罢咧，顶糟的是吃下去拉不出来，憋得人眼发直，脸红青筋暴突，还是拉不下来。拉屎成了人无法克服的困难，无法卸除的负担，无法解脱的痛苦。无奈，她只好撅起屁股，让妈用一只带把儿的铁丝环儿一粒一粒掏出来，像羊羔子拉出的小粪粒。

妈妈一边给她掏着，一边叮嘱她，糠饼子一次不能吃得太多，多了就塞住了。而且一定要就着酸菜吃，酸菜性凉下火：她不相信。既然妈妈能教给她合理吃糠的办法，妈自己为啥还要大给她掏屎呢？有一次，在窑洞旁侧的茅房里，她看见妈撅着白光光的屁股，双手撑着地，大大嘴里叼着烟袋，捏着那只带把儿的铁丝环儿，一边掏着，一边说着什么怪话，逗得妈哭笑不得，狠声咒骂着大。大一看见她，忽地沉下脸，厉害地呵斥她立马滚远。又有一回，她又看见妈给大掏屎的场面，大的架式很笨，双手拄在地上，光脑袋顶着茅房矮墙上的石头，撅着黑乎乎的屁股，大声呻唤着。她已经懂得不该看大人的这种动作，未及妈发现，就悄悄躲开了。

小时候，让母亲给她掏屎倒也罢了，甚至觉得妈那双手掌抚摸着屁股蛋儿时有一种异常温暖的感觉，及至她开始懂得羞丑的时候，就在母亲面前脱不下裤子来了。她找到邻居的娥娥姐姐，俩人躲到山旮旯里，让娥娥姐给她帮忙，娥娥姐也有需要她帮忙的时候。

公共汽车在山谷中疾驰。四妹子一眼就能看出，车上的乘客大致可以分成两类，一种是穿戴干净的公家人，一种是本地庄稼人，倒不完全是服装的差异，也有几个穿四个兜干部装的农村小伙子，一搭眼就可以辨出也是吃糠的角色。那些干部或者工人，总之是公家人的那一类乘客，似乎比庄稼人这一类乘客消化能力强，从一开车不久，这类人就开始嚼食，有的嚼点心、蛋糕、面包，有的啃苹果啃梨，嚼着啃着还嘟哝着不满意的话，延安的点心没有油，是干面烧饼啦！延安的蛋糕太次毛，简直比石头还硬啦！那些和四妹子一样的庄稼汉乘客，似乎都吃得过饱，吃得太满意，不嚼食也不埋怨，只是掂着旱烟袋，吐出呛人的烟雾。

四妹子自然归属不嚼不怨的这一类。看别人吃东西是不体面的，听别人嚼蛋糕（尽管硬似石头）和苹果的声音却是一种痛苦，再听那些嘟嘟哝哝的埋怨的话简直使人要愤怒了，她就把眼睛移向窗玻璃。秃山荒梁闪过去，树蓬子闪过去，贴在地皮上的黑羊白羊也闪过去了。

她能记得的头一件事是替妈抱娃娃。娃娃总是抱不完，刚抱得弟弟会跑了，母亲又把一个妹妹塞到她手里；她刚教得妹妹会挪步，炕上又有一个猴娃娃哭出声来了，等着她再抱。生长在农民家里的老大，尤其是女孩子，谁能免得了替妈妈抱引弟弟妹妹的劳举呢！当妹妹能抱更小的弟弟的时候，大把一只小背篓套在她的肩膀上，装上灰粪上山，装着谷穗下山，晚上躺在炕上，肩膀疼得睡不下。妈说，时间长了就好了。背了两年，她的肩膀还是疼。大说，背过十年二十年就不疼了，而且亮出自己的肩膀。四妹子一看，大的两边肩膀上，隆起拳头大两个黑疙瘩，用手一摸，比石头还硬。大说，只有让背篓的套环勒出这两块死肉疙瘩来，才能背起二百多斤重的灰粪上山。四妹子很害怕，肩膀上要是长出那样两个又黑又大的死肉疙瘩真是难看死了。

她的贴身同座是一位中年女人，属于爱嚼的那一类，特别爱说话，不停地询问四妹子是哪个县哪个公社哪个村的人，又问她到西安去做什么，问得四妹子心里发怵了，会不会是派出所穿便衣的警察呢？她只说到西安找亲戚，再就支吾不语了。

在她背着妹妹在小学校里念五年级的那年，家里来了一个陌生的跛子，说一口可笑的外乡话，第二天就引着二姑走了，妈叫她把跛子叫姑夫。她瞧不起那个跛子，凭那熊样就把可亲可爱的二姑引跑了。她也瞧不起二姑了，再嫁不下什么人，偏偏就要嫁给那个一条腿高一条腿低的跛子吗？这年春节前，跛子姑夫来了，带来了满满三袋白面，四妹子平生第一次给肚子里装满了又细又韧的面条，引着跛子姑夫满山满沟去逛景，再不叫跛子了，只是亲热地叫姑夫。姑夫告诉她，他们那儿一马平川，骑自行车跑两三天也跑不到头；平川里净产麦子，麦秆儿长得齐脖高，麦穗一拃长，一年四季全吃麦子，半拃厚的锅盔，二尺长的宽面条，算是平常饭食。左邻右舍那些曾经讥笑二姑嫁了个跛子的婆姨们，纷纷串到窑里来，求妈给二姑捎话，让二姑在一年净吃麦子的关中平原地方给她们的女子找个婆家，跛子也成，地主富农成分也成。即使是两条长腿的贫农后生能咋？还不是伸长脖子咽糠，撅着尻子让人掏屎！四妹子十八九岁了，现在搭乘汽车到西安，二姑和跛子姑夫在西安的汽车站接她，然后再转乘汽车，到二姑家住的名叫杨家斜的村子去，由二姑给她在那儿的什么村子找一个婆家……为着这样一个卑微的目的，四妹子怎么好意思开口说给同座那位毫不相干的中年女干部呢？

同座的女干部不仅爱嚼食，而且爱嚼舌，听口音倒是延安本地人。她说她离开延安二十几年了，想延安呀，梦延安呀，总是没得机会回来看一看。这回回来，真是重新温习了革命传统，一辈子也忘记不了。四妹子却听得迷迷糊糊，不知这位女干部何以会有这样奇怪的心情。四妹子知道，单他们刘家峁百十户人家中，现在在外做县长以上的官儿的人就有三十多个，他们回到刘家峁的时候，也说着和这位女干部相像的话。四妹子却想，如果现在让他们吃糠饼子，撅着尻子让人给掏屎，他们就……

车过铜川以后，四妹子猛然惊叫一声——哦呀！在她眼前，豁然展开一个广阔无际的原野，麦苗返青，桃花缀红，杨柳泛绿。这就是跛子姑夫吹嘘的那个一年四季净吃麦子的关中平原吗？呀——麦苗多稠！呀——村庄多大！呀——多高的瓦房！唔！老家那些沿着崖畔排列的一孔孔土窑，在这平川地带连个影子也寻不到了……

二

四妹子在杨家斜二姑家住下来，没出半月，相继有四家托人来提亲。

对每一位跨进门槛来的提亲说媒的男人或女人，二姑一律都笑脸相迎，热情招呼，款声软气地探问男方的家庭成分、兄弟多少、住房宽窄、身体状况，结果却没有一家中意的。四家被提起的对象中，一户地主，一户富农，成分太高。另两户倒好，都是目下农村里最吃香的贫农成分，其中一个是单眼儿，一只眼蒙着萝卜花。对前三户有着无法掩饰的缺陷的家庭，二姑当面对媒人回答清楚，不留把柄儿，然而谢绝的语言是婉转的，态度十分诚切。结亲不成人情在，用不着犯恼。第四户人家是贫农，又是独子，男娃也没有什么大缺陷，二姑动心了，专门出去到一位亲戚家打问了一下，才知那男娃是个白脸瓜呆子，顶多有八成，人叫二百五，小时候害过脑膜炎。二姑回到家，当下就恼了，当着跛子姑夫的面发泄恶气："尽给俺侄女提下些啥货呀？地主富农，瞎子瓜呆子，乌龟王八猴的货嘛！俺侄女这回寻不下好对象，就不嫁……"

听到这些候选者的情况，四妹子难过地哭了，太辱贱人了！二姑转过脸，换了口气，安慰四妹子说，物离乡贵，人离乡贱哪！要不是图得杨家斜村一年有夏秋两料收成，她才不愿意嫁给跛子姑夫做媳妇呢！跛子姑夫咂着旱烟袋，听着二姑毫不隐讳的奚落他的话，也不恼，反而在喉咙里冒出得意的"哼哼唧唧"的笑声，斜眼瞅着二姑笑着，那意思很明显，说啥难听话也没关系，反正是两口子了。

二姑告诉四妹子，关中这地方跟陕北山区的风俗习惯不一样，人都不愿意娶个操外乡口音的儿媳妇，也不愿意把女子嫁给一个外乡外省人，人说的关中十八怪里有一怪就是：大姑娘嫁人不对外。近年间乡村里运动接连不断，无论啥运动一开火，先把地主富农拉上台子斗一场。这样一来，地主富农家的娃子就难得找下媳妇了，人家谁家姑娘爱受那个窝囊气呀！高成分的子弟在当地寻不下媳妇，也不管乡俗了，胡乱从河南、四川、甘肃以及本省的陕北、陕南山区找那些缺粮吃的女人。这些地方的姑娘不择成分，甚至不管男方有明显的生理缺陷，全是图的关中这块风水地。四妹子听着，心里就觉得渗入一股冷气，怪道给她提亲说媒的四家，不是高成分，就是人有麻达。既然关中这地方的人有这样的风俗，她最后的落脚怕是也难得如意。想到这儿，四妹子低头伤心了。

二姑说，事情也不是死板一块，需得慢慢来。二姑表示决心说，反正绝不能把侄女随便推进那些地主富农家的火坑，也不能推给那些缺胳膊少眼睛的残废人。有二姑做靠山，有吃有住，侄女儿尽可放心住下去，等到找下一个满意的主儿。跛子姑夫也立即表态，表示他绝不怕四妹子夺了口粮，大方地说："甭急！忙和尚赶不下好道场。这事就由你二姑给你办，没麻达！你在咱屋就跟在老家屋里一样，随随便便，咱们要紧亲戚，跟一家人一样，甭拘束……"姑夫倒是诚心实意，四妹子觉得二姑嫁给这个人，虽然腿脚不美，心肠倒还是蛮好的。

此后，又过了十来天，居然没有谁再来提亲。二姑说，村里已经传开，新来的四妹子眼头高，不嫁有麻达的人。甚至说，不单地主富农成分的人不嫁，条件不好，模样不俊的贫农后生也不嫁。这显然是以讹传讹，歪曲了二姑和四妹子的本意。二姑倒不在乎，说这样也好，免得那些乌龟王八猴的人再来攀亲，也让村人知道，陕北山区的女子也不是贱价卖的！四妹子心里却想，再这样仨月半年拖下去，自己寻不下个主家，长期在二姑家白吃静等，即使跛子姑夫不厌弃，自个儿也不好受。口粮按人头分，虽然关中产粮食，也有标准定量。她却苦于说不出口。

焦急的期待中，第五个媒人走进门楼来了。

连阴雨下了三天，滴滴答答还不停歇。四妹子正跟二姑在小灶房里搭手做饭，跟二姑学着用擀面杖擀面，有人在院子里喊跛子姑夫。二姑探身从窗口一看，就跑出灶房，笑着说："刘叔，你来咧，快坐屋里。"随之就引着那人朝上房走去。四妹子低头擀面，预感到又是一个说媒的人来到，心里就咚咚咚跳起来，那擀杖也愈加不好使。在陕北老家，虽然有个擀杖，却长年闲搁着，哪里有白面擀呀！年下节下，弄得一点白面，妈怕她糟践了，总是亲手擀成面条。现在，二姑教她擀面，将来嫁给某一户人家，不会擀面是要遭人耻笑的。关中人吃面条的花样真多，干面、汤面、柳叶面、臊子面、方块面、雀舌头面、旗花面、麻食子、碱面、乒乓面、棍棍面……

四妹子擀好了面，又坐到灶锅下点火拉风箱，耳朵不由得支棱着，听着从上房里传来的听不大清楚的谈话声，耳根阵阵发烧，脸蛋儿阵阵发热，心儿咚咚咚跳，浑身都热躁躁的了。

“四妹子，你来一下下！”

四妹子脑子里“嗡”的一声，手脚慌乱了。往常有媒人来，都是二姑接来送走，过后才把情况说给侄女儿。今日把她喊到当面，够多难为情！她拉着风箱，说：“锅就要开了——”

“放下！”二姑说，“等会儿再烧……”

她从灶锅下站起来，走出小灶房的门，拍打拍打襟前落下的柴灰，走进上房里屋了，不由得低下头，靠在炕边上。

二姑说："这是冯家滩的刘叔，费心劳神给你瞅下个对象，泥里水里跑来……你听刘叔把那娃的情况说一下，你自个儿的事，你自个儿尺谋，姑不包办……"

"我把那娃的情况给你姑说详尽了，让你姑缓后给你细细说去，我不说了。"刘叔在桌子旁边说，口气嘎巴干脆，"这是那娃的相片，你先看看是光脸还是麻子。"

四妹子略一抬头，才看见了刘叔的脸孔，不由一惊，这人的模样长得好怪，长长的个梆子脸，一双红溜溜的红边烂眼，不住地闪眨着，给人一种极不可靠的感觉，那不停地闪眨着的红眼里，尽是诡秘和慌气。她急忙低下头。

二姑把一张相片塞到她手里："你看看——"

四妹子的手里像捏着一块燃烧着的炭，眼睛也花了，她低头看看那照片，模样不难看，似乎还在笑着，五官尚端正，两条胳膊有点拘促地垂在两边，两条腿一样长，不是跛子……她不敢再细看，就把那相片送到二姑手里。

"等我走了，再细细地看去！"刘叔笑着说，"就是这娃，就是这个家当，你们全家好好商量一下，隔三两天，给我一句回话。愿意了，咱们再说见面的事；不愿意了，拉倒不提，谁也不强逼谁。大叔我说媒，全是按新婚姻法办事，自由性儿……"

"好。刘叔，我跟娃商量一下，立马给你回话。"二姑干脆地说，"不叫你老等。"

"那好，把咱娃的相片给我一张。"刘叔说，"也得让人家男方一家看看……"

唔呀！四妹子居然没有单人全身的相片。二姑哀叹自己也太马虎了，四妹子到来的一个多月里，竟然忘记了准备下一张全身单人照片。叹息中，二姑忽然一拍手，记起来去年她回娘家时，和哥哥嫂嫂以及四妹子照的全家团圆的相片来，问媒人，能行不能行？

"行行行！"刘叔说，"只要能看清楚都成！"

二姑迅即从厦屋里的镜框中掏出相片，交给刘叔。四妹子很想看看这张相片，又不好意思再从刘叔手里要过来，记得自个儿傻乎乎地站在母亲旁边，笑得露出了门牙……

刘红眼吃了饭，又踩着泥水走了。

二姑这才告诉她，刘叔说的这门亲事，是下河沿吕家堡的吕克俭的老三。家庭上中农，兄弟三个，老大教书，老二农民，有点木工手艺，老三今年二十二三岁，农民。

姑婆这阵儿插言说："吕家堡的吕老八呀，那是有名的好家好户，人也本顺。"

四妹子想听听二姑的意见。

二姑说："上中农成分，高是高了点，在农村不是依靠对象（作者按：依靠贫农，团结中农，斗争地主富农），也不是斗争对象，不好也不坏，只要不挨斗也就没啥好计较的了。反正，咱们也不指望好成分吃饭。这个娃嘛！从相片上看，也不难看，身体也壮气。农业社就凭壮实身体挣工分。你看咋样？"

四妹子已经听出话味儿，二姑的倾向性是明显的。她琢磨一下，这个成分和这个没有生理缺陷的青年，已经是提起过的几个对象中最好的一位，心里也就基本定下来。她说："姑，你看行就行吧！"

"甭急。"二姑说，"待我明日到吕家堡背身处打听一下，回来再说，可甭再是个二百五！"

第二天傍晚，二姑汗流浃背地回来了，说："我实际打问了一程，那家虽然成分稍高点，那娃他爸人缘好，德行好，确是个好主户。那娃也不瓜，听说是弟兄仨里顶灵气的一个……"

四妹子看着二姑高兴的样子，溢于眉眼和言语中的喜气，心里就踏实了几分，羞羞地说："二姑要是说好，那就好……"

"咱先给刘叔回话，约个见面的日子。"二姑说，"见了面，谈谈话，要是看出他有甚毛病，瓜呆儿或是二愣，不愿意也不迟！”

当晚，二姑就把跛子指使到冯家滩去了，给刘红眼叔叔回话，约定见面的日子。

三

二姑说，头一回跟男方见面，叫做背见。

四妹子这才明白了关中乡村里目下通行的订亲的程序。背见是让男女双方互相看一眼，谈一谈，如果双方对对方的长相基本满意，同意定亲，随后就举行正式的见面仪式。因为头一次见面的实际目的只是使双方能够直观一下，带有更多的试探的性质，成功的把握性不大。所以，背见时不声张，不待亲朋好友，不许左邻右舍的人来凑热闹，也不管饭招待，只是青茶一杯，香烟一包，悄悄来，悄悄去，时间一般都选择在晚上，以免谈不拢时反而造成风风雨雨，于男女双方都不好听。

背见虽然不声不响，却是顶关键的一步，一当男女双方都给介绍人说声“愿意”以后，终身大事就这样定下来了，随后的订婚和结婚的仪式，虽然热闹，终究只是履行一种形式或者说手续罢了。四妹子感到了紧张，压抑，甚至莫名的慌慌张张，和她前来见面的会是怎样一个人呢？

二姑一家人也都显出紧张和神秘的气氛。天擦黑时，二姑早早地安顿一家大小吃罢夜饭，洗了碗，刷了锅，把案板上的油瓶醋瓶擦拭得明明亮亮，给两只暖水瓶里灌满开水，就着手扫了里屋，又扫了前院。从前院到后院，从地上到案板上，全都干净爽气了，一扫平日里满地柴禾、鸡屎的邋遢景象。

跛子姑夫从二姑手里接过一块票儿，摸黑到村子里的代销点买回来一盒大雁塔牌香烟，连同剩余的零票儿一齐交给二姑，就坐在木凳上吸旱烟。二姑把零票儿装进口袋，就对姑夫说："你也要看一眼呀？"那口气是排斥的，很明显，二姑不希望跛子姑夫在这种场合绊手绊脚。跛子姑夫也不在意，憨厚地笑笑，叮嘱二姑说："我看啥哩！只要四妹子愿意，我看啥哩！虽说婚事讲个自由，年轻人没经验，你好好给娃把握一下，甭弄得日后吃后悔药，让乡党笑话，就这话。我到饲养场去了。"二姑也意识到事情的分量，诚心诚意对跛子姑夫点点头。姑夫掂着烟袋，低一脚高一脚地走到院子里，出街门的时候，沉稳地咳嗽了两声。

姑婆也不甘心被排除在这件重要的事情之外，浑浊的眼珠里闪出温柔慈爱的光来，对四妹子叮咛着，像是对自己亲孙女一样说："娃家，这是你一辈子的大事，不敢马虎。会挑女婿，不挑那些油头粉面的二流子，专挑那些实诚牢靠的后生，跟上这号后生过一辈子，稳稳当当，不惹邪事。你看哩么！实诚人和滑滑鱼儿，一眼就能看出来……”四妹子羞涩地笑笑，低下头，心中更加慌惶，一眼怎能辨出实诚人或是滑头鬼呢？

“妈吔！”二姑亲切地喊，又明显地显示出逗笑的口气，“你有这好的眼头，好呀！今黑请你给看看，是实诚人还是滑滑鱼儿……”

“看就看，当我看不来！”姑婆噘噘皱纹密麻麻的嘴唇，回头却叫孙子和孙女，“铁蛋儿，花儿，跟婆睡觉！没你俩的事，甭蹦来蹦去尽绊搅人！让人家生人见了，说咱家娃娃没规矩……”

铁蛋和花儿正蹦得欢，不听姑婆的话。二姑在每个屁股上狠狠地扇了两下，厉声禁斥：“滚！跟你婆睡去！胡蹦跶啥哩！刚扫净的地，又弄脏了！刚收拾整齐的桌面，又拉乱咧……”

姑婆把孙子和孙女牵到里屋火炕上去了。

二姑坐下来，瞅着四妹子的脸，像不认识侄女似的，愣愣地瞅着。四妹子看出，二姑眼里有一种异常沉重，甚至是担心的神色。这种神色，四妹子很少发现过。自到二姑家近乎俩月里，她明显地可以看出，二姑精明强干，早已熟知关中乡村的一切风俗习惯，连说话的口音也变了，夹杂着关中和陕北两地的混合话语，她在这个家庭里完全处于支配者地位。钱在二姑手里攥着，一家人的穿衣和吃饭以及日常用度，统由二姑安排。跛子姑夫一天三晌回家来吃饭，吃罢饭就回饲养室去了，晚上也歇息在那里。姑婆一天牵着两个孙子和孙女，像母鸡引护着小鸡儿，在村子里转，任一切家务和外事，都由二姑决定，去应酬。二姑已经变成一个精明强干的家庭主妇了，许多事都是干干脆脆，很少有优柔寡断的样子。

二姑压低声儿，对侄女说："四妹子，今黑定你的大事，姑心里扑扑腾腾的，总也搁不稳定。你看，你妈你大远在山里，把你送到姑这儿，姑想跟谁商量也没法商量。这事要是定下，日后好了瞎了，咋办？好了大家都好，瞎了我可怎样给你大你妈交代……"

"姑！"四妹子当即说，"我来时，跟俺大俺妈把啥话都说了，不会怨你的。我也不是三岁五岁的鼻涕娃娃……你放心……"

"四妹子！"二姑更加动情地说，"话说到这儿，姑就放心了。一会儿人家来了，你大大方方跟他说话，甭让人家小瞧了咱山里人。那娃我也没见过，你看姑也看，你愿意姑也就愿意，你不愿意姑也不强逼你……”

“二姑，我知道……”四妹子有点难受了，像面临着生死抉择似的，而又完全没有把握，为了不使二姑心里难受，她说，“我知道……”

“好。”二姑说，“去！把你的头发梳一梳，把那件新衫子换上，甭让人说咱山里人穷得见面也穿补丁衫子……”

四妹子有点不好意思，忸怩了一下。

“去！洗洗脸，搽点雪花膏。”二姑催促她，“怕也该来了。”

四妹子走进二姑的厦屋，洗了手脸，从一只小瓶里挖出一点儿雪花膏，搽到脸上，感觉到脸发烧。她找出化学梳子，梳刺上糊着黑乌乌的油垢，就把它擦净，化学梳子又现出绿色来。镜子上落了一层尘灰，也擦掉了，她坐在电灯下，对着这只小圆镜，看着映现在镜片里的那个姑娘，嘴角颤颤地笑着。

她像是第一次发现自己长得这样好看，眼睛大大的，双眼皮虽不那么明显，却确实是双眼皮；鼻梁秀秀的，不凹也不高，恰到好处，只是脸颊太瘦了，要是再胖一点……她不好意思地笑着，一下一下梳着头发，头发稍有点黄，却松松散散，扑在脸颊两边；她心里对镜子里那个羞涩地笑着的人儿说，啊呀！今日给你相女婿哩！也不知是光脸还是麻子……

院子里一阵脚步响，随之就听见二姑招呼说话的声音，接着听见刘叔的嘎巴干脆的搭话声，最后是一个陌生女人的声音。脚步声响到上房里屋去了，四妹子的心在胸膛里咚咚咚跳起来，放下梳子，推开镜子，双手捂住脸颊，不知该怎么办了。

她给自己倒下一杯水，喝着，企图使自己的心稳定下来，上房里传来二姑和那个陌生女人异常客气的拉话声，心儿又慌慌地跳弹起来。难挨难耐的等待中，四妹子听见二姑唤她的声音。

四妹子走出厦屋，略停一停，就朝上房里走去，踏进门槛，一眼望见电灯下坐着四五个人，她就端直盯着介绍人说："刘叔，你来咧！"

刘红眼哈哈一笑，立即站起，指着一个坐在条凳上的小伙子说："这是吕建峰，小名三娃子。"那小伙子也羞怯地笑笑，忙低了头。四妹子心里扑腾一下，其实根本没敢看他。刘红眼又指着一位中年女人说，"这是三娃子的大嫂子，今黑你俩要是谈好了，也就是你的大嫂子……"四妹子羞得满脸火烧，忙坐到一边的凳子上，浑身不自在，也不敢看任何人，其实心里明白，她自己才是别人相看的目标，那个吕建峰就是跟着他大嫂子来相看她的。

"一回生，二回熟，三回就不要我老刘了！"刘红眼坐在桌子边正中的位置上，对着那边的吕建峰和他的大嫂子，又转过头对着这边的四妹子和她的二姑，说着联结两边的话，"事情也不复杂。新社会，讲自由自愿，咱们谁也甭想包办，让人家四妹子和三娃子敞开谈。这样吧！四妹子，三娃子，你俩到前头厦屋去说，省得俺们在跟前碍事。俺们在上屋说话……"

二姑以主人的身份，引着客人和四妹子回到厦屋里，礼让客人在椅子上坐下，倒下一杯茶水，递上一支烟，客人接过又放下，说他不会抽。二姑看一眼侄女儿，就走出去了。

四妹子坐在炕沿上，看着自己的脚尖，不好意思抬起头来，那位坐在椅子上的客人，从压抑着的出气声判断，他也十分紧张和局促。

四妹子等待对方开口。

对方大约也在等待她开口。

小厦屋里静静的，风吹得窗户纸"嘶嘶嘶"响。

四妹子稍微抬起头，看一眼桌旁椅子上的客人，心中一惊，连忙低下头，是那样一个人呀！黑红脸膛，两条好黑好重的眉毛，一双黑乌乌的眼睛正盯着她的脸。她突然想到一块铁，一块刚刚从砧子上锻打过的发蓝色的铁块。她想到这人脾气一定很硬，很倔，很……

“俺屋人口多，家大，成分也不怎么好……”

四妹子终于听到了对方的一句话，实实在在，净说他家的缺短之处，人口多而家大，是女方选择对象时的弹嫌疵点，人都想小家小户吃小锅饭，成分高就更是重大障碍了。可这些问题，四妹子早就知道，已经通过了。她没有吭声，等待对方再说，第一句话就给她一个印象：这人挺实在……

一句话后，客人又沉默了。四妹子心里一转，会不会是因为自己没搭腔，没对他说的话表示态度而顿生疑窦了？要不要赶紧表白一下？

“我对你……没意见……”

四妹子想搭腔表白的想法顿时打消了。她想笑，几乎有点忍不住，就用一只手捂住嘴，不致笑出声来，令客人难堪。刚刚说了一句话，第二句就表示“没意见”了，是太性急了呢？还是太老实了呢？老实得令人可笑。啊呀！四妹子的脑子里顿然飞来一团乌云：这小子大概是个傻瓜蛋儿吧？

二姑前几天曾经给她说过一个真实的笑话。杨家斜一个姑娘跟邻近村一个小伙去背见，谁也不好意思开口，呆坐了一袋烟工夫，那小伙忍不住了，就要开口，他想拣一生中最有趣的事说给姑娘，显示一下自己的见识，想来想去，想到了他舅舅领他在西安动物园看过一回老虎。他想，姑娘肯定没见过老虎，用老虎镇一镇她，就说："我见过老虎，嚄！比牛犊还高还大！你见过吗？"姑娘一愣，俩人谈婚事，关老虎屁事呢！小伙子得意了，说："咱俩一结婚，叫俺舅把咱俩引到动物园，再看一回老虎……"姑娘瞅着那个得意忘形的傻眼傻样儿，心里起疑雾了。正在姑娘心中纳闷叫苦的时候，小伙突然站起来，耸起鼻子，左嗅嗅，右闻闻，随之就释然傻笑起来："怪事！我说这屋里今黑怎么有一股香味儿！原来是你身上香……"姑娘一听，吓得蹦出屋子，丢下媒人和陪她去的老婶子，一口气跑回杨家斜来。

四妹子听了二姑说的笑话，笑得肚子疼。现在，她似乎有一种不祥的预兆，眼前的这个小伙，活脱就是那位用老虎吓人的傻瓜蛋儿。她瞧一眼他，他低着头看着自己的手，不开口。如果他继续说话，她就可以进一步观察他的成色，如果他就这么坐下去，怎么办？四妹子拿定主意，要引逗他说话。

"你今年多大咧？"

"二十二。"

"你在哪儿念过书。"

"初中刚念了一年，就停课闹革命了。"

“后来呢？”

“后来就回吕家堡了。年龄小，队里不准去上工，我就割草挣工分，到年龄大了些，就跟社员干活。”

她不问了，他也就不说了。看来不是瓜呆子，四妹子的疑雾消散了。他是害羞呢？还是那号不爱说话的闷葫芦？她此刻倒是希望他能问她点什么，可他依旧不开口。

“你还没说……对俺……有意见没？”

他大约只关心这一句话。四妹子心里又有点想笑，决定不立即正面回答他，逗一逗这位长得魁梧壮大的汉子，看他会怎样？她说：“我至今连你的名字都不知道，能有什么意见呢？”

“噢！我叫吕建峰。”他红了脸，解释说，“我是说……你愿意不愿意……”

“你好性急呀！”四妹子说。

客人腾地臊红了脸，更加局促不安了。

刘红眼出现在门口，把她和他又叫回上房里屋。刘红眼眨巴两下眼皮：“长话短叙，夜短，明日还都要劳动。现在，你俩见也见了，谈也谈了，三对六面，只说一句话……”

屋里静声屏息。

“我没意见。”吕建峰先说了。

四妹子立即感觉到所有人的眼睛都盯着自己了，终身大事就这样定了！一旦定了，甭说结婚后离婚，订婚后要解除婚约也不光彩哩！她对他现在说不上什么，说不上缺点也说不上优点，没有什么能促使她迫切地要求与他结合，甚至没有什么能促使她急切地说出“我没意见”的话来。她终于没有说出话，只是点点头。

“好！顺顺当当，大家欢喜。”刘红眼一拍手，从凳子上跳下来，站在屋子中间，宣布说：“扯布，定亲！”

得到了最满意的结果，刘红眼领着吕建峰和他大嫂，走出院子，消失在村口朦朦的月光里。

姑婆也很满意，兴致勃勃地拍着四妹子的脊背，发着感叹：“新社会多好！先见面，再说话，后出嫁，心里踏踏实实。俺那会儿……唉！真是进了人家厦子，盖头一揭，才亮宝……”

四妹子觉得，毕竟比姑婆那会儿好多了。

四

背见之后是正式见面。背见在女方家悄悄进行，正式见面仪式在男方家里举行，要待承亲戚和好友。

亲朋好友来时要带礼物，一件成衣或一截布料，主家要摆席面，仪式是庄重而严肃的。

四妹子跟着二姑，到吕家去出席见面仪式。

麦苗吐穗了，齐摆摆的麦穗直打到人的胸脯上。太阳冒红，四妹子觉得身上热躁，脸上渗出细密的汗珠子。

“见了人家老人，要叫爸，要叫妈，甭学那硬嘴子，和人白搭话。”二姑叮嘱她说，“我新近得知，这家人讲究礼行，家法规矩严，甭让人家头一回见面就说咱山里人不懂礼行。”

“嗯。”四妹子应着，心里不由得毛乱起来。上回背见，她是主家，他是客人；这回她是客人了，实际是供吕家大小以及他们的亲朋好友看的，看他们的三娃子瞅下了个什么模样的媳妇。啊呀！听说吕家人口多，家族大，亲戚朋友也不少，这种被人观赏的场面该是多么难堪……

“放稳当，甭慌！”二姑说，“人都有这一回难场，过去了也就过去了。”

三天前，按照刘红眼约定的日子，二姑陪着她，跟吕建峰和刘红眼到西安去扯布，这回由吕建峰的二嫂陪着。经过两头周旋，刘红眼告知二姑，由男方出二百块钱扯衣料，不管买多买少，质量好坏，以二百元为限额。五个人厮跟着，坐公共汽车进西安，转一座百货大楼，又转一座百货大楼，买了几件衣服之后，二姑悄悄提示她，要拣两件值钱的料子，吕家兄弟三个，妯娌们多，日后过门了，要再添件好衣服，不说大人舍不舍得花钱，单说妯娌们咬得你就受不了，这是最浅显的道理。必须在订婚扯布时，狠心买几身好衣服，男方受疼也得硬受。四妹子担心，不是说定二百块钱吗？二姑说她傻，那不过是个纸糊的围墙，你要买，他就得买，不买了，他们首先怕婚事塌了火。当然，也不能没个远近乱要。

四妹子茅塞顿开，勇敢地向毛料柜台走去，她一眼瞅中那卷毛哔叽，就站住不动了。

“走，四妹子。”刘红眼并不走上前，远远地喊。

四妹子站住不动，抚摸着毛哔叽布卷。

“四妹子，到北大街去，那儿刚修建下一座百货商场，货全好挑。”二嫂走上前来说。

四妹子故意不看她，站着不动。

四妹子听到刘红眼和二嫂在窃窃商议。她依然站着，如果她硬要买，他们会怎样继续耍花招儿？二姑也悄声给她壮胆：“不去！就要这！”

刘红眼和二嫂以及吕建峰三人都围上来。轮到吕建峰说话了，他是主事人：“这太贵，不扯！”

四妹子说："我就喜欢这布料。"

吕建峰说："喜欢你去买，我不买了！"说罢，转过身，把皮兜往二嫂怀里一塞，走掉了。

四妹子像是受了侮辱，转过身，把二姑一拉，说："刘叔，俺也走咧！"

刘红眼急忙拉住四妹子的胳膊。

二嫂从楼梯口把吕建峰也拽过来。

"这主意我做了！买！"二嫂说，"四妹子喜爱这料子嘛，爱了就买么。为这点事闹别扭，划不来。买买买！"

一件哔叽料儿扯下来了。

吕建峰皱着眉头掏了钱，老大不高兴。

……

四妹子想到这里，心里觉得挺伤心。一抬头，猛然看见村口拥着一堆大姑娘小媳妇，几个小女子唱歌似的叫着四妹子的名字，她们在村口必经之地截住看她……

"抬起头走路，谁也甭搭理。"二姑说。

四妹子跟着二姑，从"嘀嘀咕咕"、"嘻嘻哈哈"的夹道中走过去，直到刘红眼把她们引进吕家院子。

刘红眼引着四妹子，先走进上房里屋，指着一位老汉说，"这是你爸。"四妹子看也不敢看一眼，轻轻从嘴里挤出一个“爸”字。刘红眼又指着一位老婆说：“这是你妈。”四妹子又叫了一声“妈”。刘红眼又引着她到正堂客厅，这儿聚着好多人，刘红眼一一指给她：这是你大嫂，二嫂，大哥，二哥，姨妈，姨伯，大姑，大姑夫，二姑，二姑夫……她就一一叫过，那些人听着她叫，不好意思地应着。随后，刘红眼把她交给吕建峰，让他把她引到僻静的厦屋去。

他引着她，推开厦屋门，招呼她坐在椅子上。他从暖水瓶里倒下一杯水，递到她面前，说：“喝点水。”

四妹子没有抬头，接住了水杯。

他在把茶杯递到她手里时，歪一下头，悄声怨艾地说：“那晚在你家，你给我连水也没让一杯。”

四妹子一抬头，看见他佯装生气的眼睛，立即争辩道：“倒了水咧！”

“那是二姑给我倒的，不是你。”他说。

“谁倒都一样，只要没渴着你。”她说。

“不——一——样！”他拖长声调，煞有介事的郑重的口气，一板一眼地说着，随之俯下身，眼里闪射着热烈的神光，“不管咋样，我今日完全彻底为你服务。”他对她滑稽地笑笑，就走出门去了。

四妹子坐在小厦屋里，心在别别地跳，这个陌生的家，就是她将来的家，她将与刘红眼刚才一一介绍过的那些爸呀妈呀哥呀嫂呀在一个大锅里搅勺把儿，在一个院子里过日月。他似乎不像背见时留给她的憨乎乎的印象，而变得有点像另一个人了。是的，在他们家里，他出出进进都活泼泼的，说话还有点滑稽，竟然记着她没有亲手给他倒茶水的事，可他那晚只会说“没意见……”。

这间小小的厦屋，盘着一个土炕，炕上铺着粗家织布床单，被面也是黑白相间的花格家织布料，桌子上和桌子底下的地上，堆着两三个拆开的马达的铁壳，红紫色的漆包线、螺钉、锥子、钳子等，混合着机油和汽油的气息充斥在小厦屋里。四妹子虽然嗅不惯这股气味，却对屋子的主人顿生一种神秘的感觉。

大嫂进来了，拉她去吃饭。

早饭是臊子面，听二姑说，关中人过红白喜事，早饭全是吃臊子面。她和那些亲戚坐在一张桌子边，二姑坐在贴身的同一条长凳上。吕建峰跑前奔后，给席上送饭。他把一碗臊子面先送到坐在上首的刘红眼面前，然后送给二姑，然后送给四妹子，然后送给其他亲戚，次序明确。四妹子又想起他说的没有给他倒水的话来。他又端着空盘出去了。

大家都十分客气，彬彬有礼，互相招呼，推让，谁也不先动筷子，只有刘红眼带头发出第一声很响的吸吮面条的声音之后，随之就响起一阵此起彼落的吸食面条的声浪，声音像扯布，“嗞啦——嗞啦——”四妹子最后才捉住筷子，轻轻挑动面条，尽量不吃出声音……

刚刚吃罢饭，四妹子又被大嫂引进厦屋，背见时已经见过一面，并不陌生。大嫂长得粗壮，大鼻子大眼阔嘴巴，完全以主人的神气说话：“四妹子，你看看，你的女婿娃儿给屋里净堆了些啥？你一看就明白，我三弟是个灵巧人儿哩！”

门外腾起一阵“叽叽嘎嘎”的笑声，大嫂忙迎出去。四妹子从门里看见，一伙姑娘媳妇拥进房里，正在看那些布。那些几天前扯回来的布，现在放在上屋里的桌子上，供人欣赏。想到那天扯布时为那件毛哔叽发生的纠葛，她心中至今感到别扭，他一甩手竟走了！为了节省几十块钱，他宁愿与她吹！她就值那一件毛哔叽料子吗？

那些媳妇姑娘看够了，议论够了，就像洪水一样涌进厦屋来，欣赏她来了。她们全都用一种奇怪的眼光盯着她看，压着声儿笑着，窃窃私议着，不知谁从门口叫了一声：“多漂亮的个人儿呀！”全都“哈哈嘎嘎”笑起来。她们也不坐，互相搭着肩，拉着手，只是从头到脚盯着她看。四妹子被看得不好受，也无法回避，不过没有人调笑，二姑说，订婚时是不兴许胡说乱闹的，只许来看，看买下的衣料，看媳妇的人品，那就让人看吧！

这一拨姑娘媳妇看够了，嘻嘻笑着议论着走出门去了，另一拨媳妇姑娘又涌进来看……整整一个大晌午，川流不息，四妹子和买下的那些衣物展览在这儿，供吕家堡的女人们欣赏，品评，嘻嘻哈哈笑，直到摆上午席来，那些女人才哗然散去。四妹子又被大嫂拉上饭桌，没有食欲。她顿然悟觉出来，订婚的这种场面，是一种舆论形式，向全体吕家堡村民以及吕克俭的新老亲友宣布，吕建峰订下了这个媳妇，日后要再反悔，那就承担众人的议论吧！

午饭以后，又有人来继续观赏。四妹子实在受不了了，悄悄催促二姑："回吧！"二姑劝她耐心，说这里就是这号风俗，谁家女子都免不了这一回，尽管她们看别人，她们终有一天也要被人看，被人欣赏的。

直到日压西山，四妹子和二姑在吕建峰全家人和亲戚簇拥中走出门来。两位老人在门口停步了。几位亲戚送到街巷里也停步了。大嫂和二嫂一直陪送到村口，再再道歉，说没有招待好客人，再再叮嘱，路上慢行。出村以后，四妹子长吁一口气，身上的芒刺全都抖落干净了。她忍不住说："刘叔，你也回吧。"

刘红眼哈哈一笑："我的任务还没完成哩！"

吕建峰落在最后，胳膊上挎着一只大红包袱，说：“刘叔，让她们顺手捎回去……”

“胡说！”刘红眼瞪起眼睛，“哪有让人家自己带回去的道理？这是你娃子给人家四妹子的聘礼聘物，必得由你送去才见诚意。你只图简单，连规矩也失丢了……”

十天没过，刘红眼又踏进二姑家门来，是一家人正在吃夜饭的当儿。刘红眼带来吕家的动议：“五一”结婚。只是出于一条非常现实的考虑，赶在夏收前结了婚，可以分一份口粮，而夏季的麦子是一年的主要口粮。刘红眼设身处地地说：“其实，这样也好，吕家多分一份口粮，你这儿也减少了负担。四妹子在你这儿住着，既不能分口粮，连工分也挣不成；吕老大倒是想得周到，迟早是一家人喀……”

“先让四妹子说话。”跛子姑夫倔倔地说，声明他并不嫌弃妻子的侄女吃他的口粮，“咱家不管粮多粮少，有咱吃的，就有四妹子吃的，这能见外？四妹子在咱家，就是咱家的娃嘛！”

“赶得太紧！”姑婆也发表声明，“订婚上下才几天……”

“你看呢？”二姑瞅着四妹子。

“姑……你看着办……”四妹子低着头。

“你说结就结，你说不结咱就不结。”二姑很干脆，“反正在咱家住一年半载，有你的吃，也有你的穿。你姑夫刚才说了……”

四妹子想，反正迟早都要过吕家去，在那儿名正言顺分得一份口粮，就是吕家堡一个社员了，可以上地挣工分了。住在二姑家，虽然姑婆和姑夫不会怕她吃了粮食，终非长久之计。关中这地方粮食虽则比陕北富裕，也是按人口定量分配，谁家也没有三石五石的储存。有点剩余粮食，看得宝贝似的，悄悄地都卖给粮贩子了，一斤麦子卖到五毛多，一斤包谷也卖二毛八。她若住仨月半年，吃掉的粮食卖多少钱呢？“五一”结婚虽然紧迫了点儿，终究有这回事。她头没抬，却是很肯定地说：“就按刘叔说的办。”

刘红眼又急忙忙赶到吕家回话去了。

跛子姑夫站起来，慨然说：“既然这样，也好，早结了早安心过日月，两头都好。”他又专门说给二姑，“人家吕家不是送给三个礼吗？”二姑点点头。

四妹子不知姑夫提这礼钱干啥，一愣。那是二百四十元钱，一个是八十块，正好三个。关中订婚专门施用的单位，一个礼等于八十。

“这些礼钱，一个也甭留，全部给四妹子办成嫁妆。”姑夫说，“四妹子是咱侄女，远离二老，咱就给娃办得体体面面的，甭叫人笑话！”说罢，就朝饲养场去了。

二姑深情地望着走出门去的姑夫一拐一歪的身影，忽然流出泪来，搂住四妹子的肩膀，动情地说：“看见了没？你姑夫脚腿不好，心好。姑就是这点福分……”

五

“五一”出嫁！

一家人全都自觉地投入到四妹子出嫁的准备事项中去了。

二姑把吕家买下的衣料，一包袱提到杨家斜大队缝纫组，给四妹子量了身材，把春夏秋冬四季的衣服就交给缝纫组去做了。二姑再三叮咛缝纫组会计，必定要在四月三十日以前交货。二姑又跑到大队木工房，定做下一对箱子，尺寸要大号的，颜色要油漆成红色，黄色镀铜锁扣，必须在四月三十日前漆干交货。定价五十块，二姑叮嘱会计，年终从分配中扣除。跛子姑夫毫无怨言，再三说这是应该的。吕家给的三份聘礼二百四十元，一分未动，由二姑指使姑夫到镇上邮政代办所寄回陕北老家去了，这儿终究比那儿日子好过点。每办完一件事，二姑都要掐着指头计算一下距离

"五一"所剩的时日。她与一般庄稼汉男女一样，习惯用农历计时，农历和公历的时日差异弄得她糊里糊涂，说这个鬼阳历把她倒给弄颠了。她亲自到镇供销社去扯被面，选择洋布床单，不惜花费自己的库存。嫂子和哥哥离得远，照顾不上，她是四妹子的姑姑，权当是父亲和母亲，一定要按村里一般人家打发姑娘的规格打发四妹子，要尽量弄得体面。

四妹子不知自己该做什么。二姑给她说，要给吕家老人做一对枕头，给两个哥哥和两个嫂子一人做一双单鞋，还要给吕建峰做一双单鞋，作为进吕家门的见面礼，在结婚那天要供宾客欣赏，一看新人的孝心，二看新人的针线活儿手艺，马虎不得。四妹子扎鞋帮，纳鞋底，麻绳勒得掌心里麻辣辣疼。她给二姑说，眼看要到"五一"了，太紧张，干脆买塑料鞋底算了。二姑严肃地告诉她，这见面礼必须手工做，不能用机器制品代替，不然人家会说你心意不诚，还要说你不会针线哩！关中人讲究大，得入乡随俗，不能马虎。看看四妹子的难色，二姑又瞅见了跛子姑夫，把一副纳鞋底的夹板塞给跛子姑夫，叫他喂过牛闲下时赶一赶紧。跛子姑夫欣然从命，笑笑说，我纳得不好，将来怕毁了四妹子在吕家的名誉！姑婆自觉担当起做饭扫地和管娃娃的家务，她说她一生没抓养过女儿，没享过打发姑娘出嫁的福，这回算是尝到了。四妹子现在更多地体味出来，二姑嫁了多好的一户人家，跛子姑夫人厚道，姑婆待人也亲畅，再也不觉得姑夫的腿脚有什么不好了。她扎着鞋帮，心中暗暗祈愿，要是吕家的老少也像跛子姑夫一家人就好了，就算四妹子烧了香、念了佛了！

时光老人脚步不乱。“五一”国际劳动节，全世界劳动阶级的喜庆节日，姗姗而来。

四妹子被二姑叫醒，爬起来就穿衣裳，刚抓起衫子；却瞥见枕边整整齐齐搁着一摞新衣服。这是二姑昨晚特意叮咛过的，今天从里到外全部换上没上过身的新衣。她把手里的那件黄色仿军衣上衫搁下了。

她脱下了日夜不曾下身的背心，就看见了自己的赤裸的胸脯，心跳了。似乎从来也没有留意，胸脯这样高了，那两个东西什么时候长得这样大了！她捞起新背心，慌忙穿上了。

四妹子不知道自己该去干什么。她蹲到灶下去烧火，二姑把她拉起来，说一会儿就会落下满头柴灰。她去扫地，姑婆又夺了扫帚，说她今天压根儿不该动这些东西，应该去好好打扮一下，静静坐着，等着吕家迎亲的马车来。

她坐在屋子里，透过窗户，可以看见院子里的葡萄架上的叶子嫩绿得能滴下水来。天空高远，白云和蓝天相间。窗户吹进凉丝丝的晨风。她忽然想到大了，也想到妈了，连同弟弟和妹妹。大也许和妈正在窑洞里念叨着哩！他们无法来看着女儿出嫁，把自己的责任完全放心地交给二姑了，又怎么能不操心呢？

四妹子又想到妈妈给她掏屎的情景……

“怕该来了！”二姑说，“四妹子，把脸再洗洗，把头发梳梳……”

四妹子猛然倒在二姑怀里，想哭，眼泪随之就涌流下来：“姑，我想大，想妈咧！”

二姑紧紧抱着她的肩膀，也哭了：“你就哭几声吧！我的苦命的女子……”

四妹子再也忍不住，哭起来，出了声。

二姑贴着她的脸，一动不动，让她哭一场。女儿离娘，难免痛哭一场。她现在既是姑又是娘啊！看着侄女儿哭得浑身颤抖，她劝她要节制，哭红了眼睛就不雅观了。

“姑……”四妹子哭榴着声儿，“我离不得……你……”

“傻话！”二姑疼爱地说，“天下女子都要出嫁……”

“姑……”四妹子说，“我总觉得……跟梦里一样……”

“都这样。”二姑平静地说，“都这样。”

都这样。四妹子止了哭声，还在抽泣，既然都这样，她也就这样。

门外有人慌急地说，吕家迎亲的马车来了。四妹子一惊，脑子里迷蒙蒙变成一片空白。二姑把她一推，说：“快！快去洗脸梳头！拿出高高兴兴的样儿来。我去招呼人家……”

四妹子坐在马车上，周围坐着二姑家左邻右舍的姑娘们。她们被二姑拉来，陪伴她出嫁，也到吕家堡去坐一次席，吃一顿好饭。

马车在关中平原的公路上行进，马蹄铁在黑色的柏油公路上敲出清脆的有节奏的响声。沿着公路两边排列的高大的白杨树，叶子闪闪发亮。路边一望无际的麦子，麦穗摆齐了，现出灰黄的颜色。布谷鸟从头顶上掠过去，留下一串串动人的叫声。进入初夏时节的关中平原，正如待嫁的姑娘一样青春焕发，有一种天然的迷人的气韵。

快要进入吕家堡的时候，马车赶上了那些抬彩礼的小伙子。他们给吕家兴致勃勃来帮忙，抬着她的全部嫁妆头前走了。哎呀，看看，他们把被单围在腰间，花枕巾搭在头上，粉红色门帘围成裙子，花衫花袄穿在身上，打扮得妖里妖气，嘻嘻哈哈朝村里走去。陪伴她的一位嫂子说：“这是这儿的风俗，你甭恼。都这样。”二姑把隔壁一位媳妇请来陪伴她，保驾她，不懂的事由这位嫂子指导，应酬。

吕家堡村口被人围得水泄不通。四妹子低下头，听不清那些人的笑声和议论的话。马车从一街两行夹道欢迎的吕家堡男女中间一直走过去。鞭炮声“噼噼啪啪”骤然爆响，马车停了，四妹子抬头一瞧，车正停在吕家街门口。

四妹子朝车下一看，两位已经见过面的嫂子，笑逐颜开地伸出手来，扶她下车。车下的地上，铺着一层麻袋，两位嫂子搀着她，缓缓踏过一条麻袋，又一条粗线口袋接着向大门铺过去，踏过的麻袋被陌生的汉子揭起来，又铺到前头去了。昨晚上，二姑告诉她，按照关中地方的风俗，出嫁时从娘家到婆家的路上，新鞋的鞋底是不能沾土的，从娘家屋被人背上马车，再踏着铺垫的口袋、麻袋一类东西，一直走进洞房里去。旧社会是讲究铺红毡的，而且坐轿；现在马车代替了花轿，红毡也被装粮食用的麻袋和口袋一类东西代替了。二姑特别叮嘱说，如果下车时发现没有铺垫物，那就给他们不下车，请也不下，拉也不下，直扛到主家铺好路，不然就失了身价了。四妹子沿着麻袋和口袋铺就的小道儿走到门口，往前就断了，既没有口袋，也没有麻袋，两个汉子腋窝下夹着口袋和麻袋，示威似的乜斜着眼睛，仰头抱肘望天。搀扶她的大嫂在她耳根悄悄说：“快拿出‘份儿’来！”四妹子心中顿然醒悟，从口袋里掏出两个用红纸包着五毛票儿的“份儿”，交给大嫂。大嫂给那两个汉子一人手里塞一个，在他们的头上和腰里抽一巴掌，嗔骂道：“快铺！贪货！”那俩汉子得意地把纸包塞进衣袋，就猫下去铺道儿了。当四妹子抬脚跨进大门的一瞬，心里咯噔一下，这就是自己的家了。真跟做梦一样啊！

走到厢房门口，两扇漆刷成黑色的门板关死了，几个女子在门里喊着要“份儿”。二嫂又从她手里接过两个红纸包，从启开的门缝塞进去，同时用肩膀一扛，门开了，一把把四妹子拽进去。门口呼啦一声涌进来一伙青年男女，几十双手一齐伸过来，喊着“给份儿”！喊着他们的功劳，挪了嫁妆了，挂了门帘了，抬了箱子了，打了洗脸水了……四妹子被挤在旮旯里，动不得身，几个女子已经动手在她兜里掏，混乱中，不知哪个没出息的东西在她屁股上狠狠捏了一把……

四妹子由大嫂二嫂引到院子里，空中架着席棚，临时搭成的主席台前，他已经早站在那儿了，拘束不安地歪着身站着。席棚下的桌子边，已经坐满了亲戚友人，准备开席吃饭。婚礼是新风俗和旧礼仪的生硬的掺和。她和他先朝领袖像三鞠躬；再由主持婚礼的一位干部模样的人宣读结婚证书，更是绷平脸儿的官腔官调；再接着由她和他合声朗读贴在领袖像两侧的语录。一边是“千万不要忘记阶级斗争”和“农业学大寨”两句，另一边是领袖赞颂“青年人是八九点钟的太阳”那段。这三段语录，四妹子早就听顺耳了，可是临到自己要一个字一个字去朗读的时候，却结结巴巴起来。她不敢不念，就嗫嚅着，蒙混过关了，好在并没有人讲认真，婚礼一项一项进行下去，也没有太难堪的事，她照着勉强都做了，没有多少意思，晕晕乎乎还是像在做梦，梦中又想起妈给她掏屎的情景……

院子里的席棚下，十张方桌上的食客全都操起竹筷，紧张地在盘里碟里抄菜，客客气气地推让着烧酒瓷壶，腾起一片杂乱的咀嚼食物和说话的声响。大嫂牵着她，二嫂牵着她，去向客人敬酒。刘红眼坐在主席台前首桌上席，得意洋洋地接过四妹子斟下的一杯酒，脖子一仰，红眼眨闪几下，忙坐下吃菜去了。他撮合成了这一桩婚姻，理应受到客主宾朋的尊重，现在是最荣耀光彩的时刻。四妹子手里提着烧酒壶，吕建峰提着酒瓶，一席挨一席敬过去，大嫂和二嫂向她介绍席面上的所有重要的亲戚，大舅、大妗子、二舅、二妗子、大姑、二姑、姨妈、姨夫，一一介绍下去。四妹子一下也记不准这么多亲戚，只顾给小小的酒盅里斟了酒，再走到另一个桌子边……

四妹子被两位嫂子牵着，一一送亲戚出门，上路，到村口，把回着糕礼的竹笼或提兜交给大舅和姨妈，看着他们在村外的土路上姗姗走进落日的昏光里，再转回家来，送另一家……

天刚落黑，街门口不断走进吕家堡的男女。吕建峰和他的两个哥哥，分头到村子西头和南巷去邀请那些行过“份子礼”的乡亲乡党，他们花了一块钱的份子礼钱，作为乡亲情谊。现在悠悠走进院来，在老公公热情而毕恭毕敬的招呼声中，款款落座，说着逗笑的话。一会儿，席间坐得满盈盈的了，菜和酒都端上去了。刚开席，院子里大声笑闹起来，那些老庄稼人把老公公抱住了，压倒了，涂抹了一脸红颜色，像个关公了。老婆婆也被女人们封住了，从锅灶下摸来锅底的烟墨，抹得老婆婆满脸就像包公，院子里的笑闹的声浪简直要把席棚掀起来……吕建峰领着她，到席间又去敬酒，那些老庄稼汉友好地伸出巴掌，打吕建峰的脑袋，说些笑骂的话，他一律笑笑，缩头缩脑躲避那些来自左右的友好的袭击。待他领她逃回新房里的时候，天啊！窄小的厦屋里已经拥满了年轻人，炕上横七竖八躺着的、坐着的，炕下脚地上拥挤得没有她站脚的地方了。她站在门外，正迟疑间，被一只手猛力一拉，拽进门去了，七嘴八舌一齐朝她进攻：

“来！给我点烟。”

“唱歌唱歌！”

“哈！给我勒一下裤带，新娘子……”

她被簇拥着，和他站在人窝中间。她很紧张，无所适从，好多张嘴脸朝她嘻嘻笑着，有的嘴角叼着纸烟，撅着嘴，伸到她脸前，要她给他们点火。她不知该不该点，他立时划着火柴，要去点，被谁打掉了。他只好把火柴塞到她手里，让她满足闹房者的要求。她划着火柴了，刚够着烟，却被叼着烟的调皮鬼吹灭，好不容易才点燃了一支支烟卷，后面又有人挤过来……

“掏长虫吧！”有人喊。

“掏雀儿吧！”又有人叫。

四妹子低下头，不好意思看任何人，心儿抖抖地跳。昨晚，姑婆给她说，关中结婚的风俗，三天不分老少辈分儿，可以说笑耍闹，特别是闹房，是新娘子最难熬的一关。顶难为的就是“掏长虫”、“掏雀儿”几个花样。“掏长虫”是要新娘把一块手绢从新郎的一条腿脚塞进去，从另一条腿下拉出来。同样，“掏雀儿”却是要新郎把一块手绢从新娘的一只袖口塞进去，从另一只袖口掏出来。两只手交接手绢的部位，正是人身体最隐秘的羞耻地带。姑婆说，这是老辈子传留下来的鬼花样，而今不兴这么闹了，有些村子还在耍，得防备防备，免得临场惊慌失措，不到万不得已，决不从命。姑婆又千万嘱咐，无论如何，不准变脸也不兴恼怒，得罪下人是要伤主家面子的，这也是老辈子传留下来的规矩……现在，吕建峰被闹房的小伙子压倒了，扭胳膊的人使劲扭住他的双臂，压腿的人压死了他的双腿。有人把一块手绢塞到她的手里，推推搡搡，吆喝着要她去“掏长虫”。四妹子臊红了脸，低着头，扔掉了手绢，怎么好意思呀！这当儿，门口挤进一位干部模样的青年，说：“让她唱唱歌儿吧！甭耍那些老花样了。要是传到公社去，当心挨头子！现在正在批‘回潮’哩！甭在风头上惹祸……”

厦屋里鸦雀无声了，扭着压着他的胳膊腿脚的人同时松了手，也没有人推搡她了。小伙子们互相瞅着，做着鬼脸。四妹子此刻倒真的觉得无所适从了。突然，不知谁喊了一句：“绑了！”几个人一齐动手，不由分说，一条麻绳把她和他面对面捆绑在一起，推倒在炕上。哗的一声，小伙子们涌出门去了。那位干部模样的青年立时红了脸，悻悻地转身走去了。

她和他捆在一起。她压在他的身上，动弹不得。他羞红了脸，喘着粗气，一股陌生的男人的气息扑到她的脸上。她别过脸，不好意思看他，她的脖子又酸又疼，稍一松懈，就会碰到他的鼻子。大嫂哈哈笑着走进来，解开了绳子。她抚摸着被捆得烧疼烧疼的胳膊，不好意思说话。大嫂说："咱爸叫你俩去一下……"

里屋正堂的方桌上，一对红漆蜡闪闪发亮，墙壁上贴着一张画，是一只回头吼叫着的老虎。桌上支着两个神匣，匣子里各有一根木板主柱，写着一行黑字。老公公坐在桌旁的椅子上，庄严地说："给你爷和你婆烧一炷香，让你爷你婆在阴世知晓，他们的三孙子完婚了。"

吕建峰从香筒里抽出三根香，在漆蜡上点燃，恭恭敬敬地又显得笨拙地插到香炉里了。

四妹子也抽出三根香，在漆蜡上点烧的时候，胳膊抖抖地晃，插进香炉时，却把一根弄折了，她的心里更慌了。

她和他并排站在神桌前，鞠躬，下跪，磕头，三叩首。

做完这一切，老公公一句话也没说，就挥手示意她和他退位。

重新回到厦屋，还没坐稳，二嫂端来两碗饭，递给她和他，说："合欢馄饨，快吃。吃了睡觉。"她不饿。从早晨起来到现在，她没有一丝一毫饥饿的感觉，看着他已经端起饰有金边的小碗儿吃起来，她也挑动了筷子，刚一张嘴，"咯嘣"一声，咬出一枚一分钱的硬币来。二嫂惊叫说："啊呀！有福气，头一口就咬上了……"大嫂也蹦进来了，嘻嘻笑着，惊叹她是个有福气的媳妇。四妹子才明白，吃到这个硬币的人，是福气的象征，不过似乎以往并没有享过什么福，吃糠饼子不算福气吧？让妈给自己掏屎算什么福气呢？也许，从今天开始，预示着她将要享福了吧？

"吃下去！快吃！"大嫂催促着。

"这是规矩，不吃不行，日后不吉利。"二嫂说得很严重。四妹子看见，他很为难。二嫂把她咬出来的硬币塞到他手里，要他吃到嘴里去。他不好意思把那只粘着她的口液的硬币填进嘴里去。大嫂催促他，二嫂已不耐烦，疼爱地打他的脑勺，逼他。她心里一阵发紧，偷偷盯着他，他究竟吃不吃呢？他要是不吃，就是……四妹子一侧头，看见他把硬币一下子填到嘴里，不知为什么，她的心儿忽激一闪，身上热躁躁的了。两个嫂子哈哈笑着，收拾了碗筷，走出去了。

她坐在炕上，低着头，心里有些紧张，胸脯感到憋闷，呼吸不畅。结婚仪式完了，给死去的爷和婆烧过香叩过头了，合欢馄饨也吃下了，现在，还有什么新的或老的风俗习律要她去做呢？二嫂刚才说“吃了馄饨就睡觉”，大约再没有什么事了？她坐在炕边上，瞧一眼坐在桌旁的他，他有点失神地盯着对面的墙壁，也不说话。

“咣当”一声，临街的大门关上了，院子里响过一阵沉稳的脚步声，响到上房里屋里去了，有一声威严的咳嗽，是老公公。

又接连着两声“吱扭吱扭”的门扇响，大约是大嫂和二嫂在关门。

哄闹熙攘了一天的小院，完全静息了，五月夜晚的温馨的风，送来洋槐花的香气，小院里静极了。

他站起来，转身关上门，咣当！小厦屋与小院也隔绝了。

“铺炕。”他对她说。

她没有抬头，略一迟疑，就转身上炕。炕上的被子、褥子和单子，被闹房的小伙子揉搓得乱糟糟的。她动手扯平了褥子，又铺平了床单，绽开了被子，把一只绣花枕头摆平，又抱起另一只枕头的时候，作难了，两只枕头该摆在一头呢？还是该摆到炕的那一头？

她正犹豫间，越觉胸脯憋闷，呼吸不畅了，稍一回头，突然看见，他已经脱得一丝不挂，正转过身去摸电灯开关拉线，“叭”一声，电灯灭了。她随之被他抓住胳膊，压倒了。他撕她的衣服，撕她的裤带，一只粗硬的手伸到胸脯上来了，他那么有劲地搂抱住她，那么莽撞蛮横地进入她的身体了。她几乎晕昏了……

六

太阳挨近地天相接的地方，变得双倍的大起来，整个西部天空都变成了红色，远处的地面上腾起一层红色的雾障。头顶的天空，缕缕轻纱似的云似动非动。绿色的麦穗和麦叶，也变成紫色的了。顺着灌渠排列的杨柳林带，静静地在蓝天上扯开一排绿色的屏障。渭河平原初夏时节的傍晚，呈现出富丽堂皇的气度。四妹子在田间大路上走着，又想起家乡此时的情景，太阳早早被门前那座荒草丛生的黄土山峁遮住了，天却久久黑不下来。

他——吕建峰，她的女婿，现在和她并排走着，一副漫不经心的散散涣涣的神气。

按照这儿的风俗，结婚的第二天，夫妻双方要到女方的娘家去回门，带上好酒、点心等四样礼物，去看望养育过女儿的老人。丈母娘和丈人必定要欢天喜地地热情接待女婿和女儿，七碟子八碗不屑说，临告别时的一碗荷包鸡蛋是断不能少的。四妹子的大和妈远在陕北，千里之遥，无法向心爱的女婿娃儿表一番老人的心意，也没有福分接受女婿的敬奉之情，这一切全都由二姑来代替，二姑真是跟大和妈一样亲哪！现在，她和他到二姑家回门完了，正双双赶天黑前回到吕家堡去。

她在他身边走着，尽管已经有过昨天晚上的夫妻生活的第一夜，人生最神秘的大事已经失去了神秘的色彩，她依然感到局促。从她和他背见到昨晚，不过一个月时间，统共也就说下不过十来句话。她不摸他的脾性，也没有达到那种离不得的程度。她想和他说话，仍然羞口难开，说不清的重重顾虑。

“二姑待人好哇！给我吃那么多的鸡蛋，我都要吃不下去了！”他说。

“可你……还是吃下了。”她说。

“呃！你知道不知道？”他神秘地闪着眼皮，做出一副认真的模样，“丈母娘为啥要给女婿吃鸡蛋？”

“你是新客呀！”她不在意地说。

“不对不对。”他摇摇头，诡秘地笑笑说，“那是给女婿加料，盼得女婿上膘，晚上好多来几回……”

"啊呀……"四妹子听见这样赤裸裸的丑话，立时飞红了脸，羞得蹲下去，双手捂住脸，在路边的杨树下呆住了。

他哈哈一笑，走过来拉她的胳膊，爬在她的耳边说："话丑理端。跟庄场上给种牛加料是一回事……"

"啊呀！"四妹子听见他越说越粗鲁，忽地站起来，用手打他的脊背。他笑着跑着，她追着他打。

一条大渠横在眼前。

他一跷脚，从大渠上飞越而过。她站在渠边，看看又看看，没有勇气跷过去。

"叫声哥，我背你。"他在对岸说。

她转过身，朝原路往回走去，她给他示威，看他怎么办。她头也不回，加快了步子，一副回娘（姑）家去的死心塌地的走势。一阵奔跑的脚步声响起来，他终于堵在她面前了，嘻嘻哈哈笑着，装出一副可怜相："好你哩！你要是走了，我今黑可只好搂着枕头睡了。"

四妹子真是哭笑不得，那么腼腆的吕建峰，现在尽是酸溜溜的话往外冒。她用拳头打他的肩膀，他不躲避，哈哈笑着："用劲打！真舒服啊！女人打人真舒服哟……"

她和他顺着渠沿走，柳树浓厚的阴凉里，幽暗起来。他说下一串串粗鲁的话，着实叫她羞了，却也叫她和他亲近了。她很想贴着他的肩膀走，却不好意思，而第一次想亲近这个关中男子的心思，毕竟萌生了。

“你知道这个大渠叫什么吗？”他指着大渠里的悠悠的清水问她。见她不答，他就炫耀起来，“这是径惠渠的一个大支渠。径惠渠，你听说过吗？嗬！历史书和地理书上都有记载，是我们这儿的李先生修的。李先生，关中地方的农民都知道……”

“不就是一条水渠！”她故意淡淡地说。

“一条水渠？一条什么样的水渠呀！”他被她轻淡的口气反而激将起来，“多大呀！多长啊，浇多少地啊！打多少粮食啊！有了这条渠，关中地方才旱涝保收咧！你想想，这是在解放前，在清朝吧？啊呀，反正是在旧社会修起来的，容易吗？听说李先生在北京念过书，还留过洋，是大水利专家。你们那儿……有这样的水渠没有？”

四妹子哑口了。陕北家乡有一眼望不透的黄土山包，光秃秃的，旱季里连草也枯死了，哪儿有这样平的地，这样清冽冽的渠水，这样为民造福的李先生？如果有这样好的水和地，她会跑到这儿来找他吕建峰吗？

“你们陕北有‘信天游’。”他讨好她说，“真的，我在初中念书时，语文老师说‘信天游’是陕北的民歌。我听广播上唱，真好听。不过，老是只唱那五首，听多了也就烦了。”

“我们陕北的好东西多着咧！”四妹子自豪地说，“就说这信天游吧，多得谁也数不清，哪儿只是广播上唱的五首！”

“你唱一段给我听。”他很诚恳地说。

“你叫我一声……姐吧！”她有机会报复他了。不过，刚一说出口，自己先脸红了。

“姐——吼——”他大声嘶吼起来。

四妹子猛然一惊，惊慌失措地瞧瞧四面，正在引水浇地的农民正愣愣地瞧她俩。

“姐吼——”他又连着叫，而且回过头来，抱怨地说，“你为啥不应声哩？”

“啊呀！快别叫了！”四妹子恐慌地说，“旁人要把你当疯子了！”

“那……该你唱歌了。”他装出傻瓜相。

四妹子被他撩拨得真的想唱歌了，心儿忽闪闪跳，瞄一眼身旁这位关中大汉，故意装出的傻愣愣的模样，她觉得挺有趣，挺可爱。她略微镇静一下，压低声儿唱起来——

提起个家来家有名

家住在绥德三十里铺村

三哥哥爱见个四妹子

你是我的心上人

……

“啊呀！真好！”他眼里闪着奇异的光彩，感叹着，“这是你随口编的不是？”

“不是。”四妹子说，“老早就有的。”

“那怎么把咱俩都唱上了？”他问，“你是四妹子，我在俺家为老三，人都叫我三娃子，你倒亲得叫我三哥哥……”

“啊呀！我可不知道你叫啥……三娃子！”四妹子抱屈地说，“俺可只知道你叫吕建峰。”

“巧合巧合！”他大大咧咧地说，“再唱一首吧！最好……唱段更酸的。”

四妹子不由得瞟他一眼，唱起来——

你想拉我的手

我想亲你的口

拉手手呀嗨

亲口口

咱二人旮旯里走

……

他突然站住脚，抓住她的手，两只大眼里烧着火焰，痴呆呆地说，声音都抖颤着："你唱得……真好！四妹子，我想拉你的手，也想亲你的口，咱俩好好过一辈子！"

四妹子瞧瞧四周，悄声说："人来了。"

他丢开她的手，颤抖着声音："四妹子，我知道你受了苦，你们陕北人日子都苦。我会好好照顾你的。"

四妹子的心忽闪忽闪跳起来，这个粗壮的关中大汉尽管说得笨拙，却很真诚，她现在真想扑过去，贴在他的宽阔的胸脯上，使自己的心儿有个牢靠的依托。在她还没有鼓起勇气的时候，他已经把她抱离地面，搂到他的怀里，那双胳膊简直要把她的腰搠断了。

天色完全暗下来。

四妹子就伏在他的怀里，双手勾着他的脖子。她的心里踏实极了，幸福极了。她达到自己那个想来确实卑微的目的——与能吃难拉的糠饼子告别——了。她找下一个可心的女婿，身体壮健，不是残疾人，而且喜欢她，这比那些众多的同乡女子（包括二姑）只能找到一个聋子或跛子的境况好出得远了。

今晚回到吕家堡，在那个已经并不陌生的小院里，明天将开始她的新的生活，不再是客人，而是吕家的一个成员了，是吕家堡大队一个正儿八经的社员了。可以想到，今晚睡在那间小厦屋里有新被褥铺盖的土炕上，将要比昨晚美妙得多……

中 篇

七

乡谚说，老子少不下儿子的一个媳妇，儿子少不下老子的一副棺材。

给三娃子建峰的媳妇娶进门，游结在克俭老汉心头的疙瘩顿然消散了。三个儿子的三个媳妇现在娶齐了，作为老子应尽的义务，他已经完满地尽到了；至于儿子回报给他和老伴的棺材，凭他们的良心去办吧！他今年还不满六十，身体没见啥麻缠病症，自觉精神尚好，正当庄稼人所说的老小伙子年岁，棺材的事还不紧迫，容得娃子们日后缓缓去置备。

真不容易啊！自从这个操着陕北生硬口音的媳妇踏进门楼，成为这个三合院暂时还显得不太协调的一个成员，五十八岁的庄稼院主人就总是禁不住慨叹，给三娃子的这个媳妇总算娶到家了，真是不容易啊！

吕家堡的吕克俭，在本族的克字辈里排行为八，人称吕老八，精明强干一世，却被一个上中农成分封住了嘴巴，不能畅畅快快在吕家堡的街巷里说话和做事。上中农，也叫富裕中农，庄稼人卑称大肚子中农。政府在乡村的阶级路线是依靠团结中农，打击孤立地主、富农。对上中农怎么对待呢？政府在乡村的阶级路线是依靠贫农下中农，没有明文规定，似乎是处于两大敌对阵营夹缝之中，真是说不清是什么滋味了。队里开会时，队干部在广播上高喉咙粗嗓门喊着，贫下中农站在左边，地富反坏右站到右边，阵势明确，不容混淆。这种时候，这种场合，吕老八就找不到自己应该站立的位置了。在这样令人难堪的时境里，吕克俭已经养成一种雍容大度的胸怀，心甘情愿地瞅到一个毫不惹人注目的旮旯蹲下去，缩着脑袋抽旱烟。

这种站不起又蹲不下的难受处境，虽然不好受，时间长了，也就习惯了。最使老汉难受的两回事，毕竟都已过去了。1950年土地改革定成分，三十出头的年轻庄稼汉子吕克俭，半年时间，把一头黑乌乌的短头发熬煎得白了多一半，变成青白相杂的青丝蓝短毛兔的颜色了。谢天谢地，土改工作组里穿灰制服的干部，真正是说到做到了实事求是，给他定下了富裕中农的成分，而终于保住了现有的土地、耕畜和三合院住房。他拍打着青丝蓝兔毛似的头发，又哭又笑，简直跟疯了一样，只要不被划为地主或富农，把这一头头发全拔光了又有啥关系！

万万没想到，十来年后又来了“四清运动”。这一回，历时半年，吕克俭的青丝蓝兔毛似的头发脱掉了一多半，每天早晨洗脸时，顺手一搓，头发茬子刷刷掉在水盆里。吕家堡原有的三户富裕中农，一户升为地主，一户升为富农，两位已经佝偻下腰的老汉，被推到那一小撮的队列里去了，作为惩罚，每天早晨清扫吕家堡的街巷。谢天谢地，吕克俭又侥幸逃脱了，仍然保持着原有的上中农成分。这一回，他没有丝毫的心思去感激那些“四清干部”的什么实事求是的高调了。没有把他推到地主富农那一档子里去，完全出于侥幸，出于运气，从贴近工作组的人的口里传出内幕情报，说是为了体现政策，不能把三户上中农全部升格为地主富农，必须留下一户体现政策，不然，吕家堡就没有上中农这个特殊地位的成分了。

“四清运动”结束后，吕克俭摸着脱落得秃秃光光的大脑袋，对老伴闪眨着眼皮，说出自己的新的人生经验：“你说，工作组为啥在三户上中农成分里，专选出咱来‘体现政策’？咱一没给工作组求情，二没寻人走门子，为啥？”老伴不答，她知道他实际不是问她，而是要告诉她这个神秘的问题。果然，吕老八很得意地自问自答：“我在吕家堡没有敌人！没有敌人就没有人在工作组跟前乱咬咱，工作组就说咱是诚心跟贫下中农走一条道儿的。因此嘛！就留下咱继续当上中农。”

这是吕克俭搜肠刮肚所能归结出来的唯一一条幸免落难的原因。得到这个人生经验，他无疑很振奋，甚至抑制不住这种冲激，跑到院子里，把已经关门熄灯的儿子和媳妇以及孙子都喝叫起来，听他的训示：

“看明白了吗？甭张狂！你只要一句话不忍，得罪一个人，这个人逢着运动咬咱一口，受得！人家好成分不怕，咱怕！咱这个危险成分，稍一动弹就升到……明白了吗？咱好比挑了两筐鸡蛋上集，人敢碰咱，咱不敢碰人呀！我平常总是说你们，只干活，甭说话，干部说好说坏做错做对咱全没意见，好了大家全好，坏了大家全坏，不是咱一家受苦害，用不着咱说长道短。干部得罪不起，社员也得罪不起。咱悄悄默默过咱的日月，免遭横事。这一回，你们全明白了吧？不怪我管家管得严了吧？”

一家人全都信服老家长了。

“四清”收场，“文革”开锣，吕家堡村的工分一年年贬值，成分却日渐升价。贫农下中农的成分越来越值钱，地富成分且不说，中农也不大吃香了，上中农几乎无异于地主富农。吕克俭为三娃子的媳妇就伤透脑筋了，旁的条件且不谈，一提上中农这个成分，就使一切正常的女子和她们的家长摇头摆手。谁也拿不准，说不定明天开始的某一运动，就轻而易举地把上中农升格为富农或地主了，谁愿意睁眼走进这种遭罪的家庭？眼看着三娃子上唇的汗毛变成了黑乎乎的胡须，脸颊上日渐稠密地拥集起一片片疥子疙瘩，任何做家长的都明白孩子的身体发育到了该结婚的紧迫年龄，却只能就这么拖着……谢天谢地，杨家斜村突然来了这个陕北闺女，不弹嫌上中农成分，他抓紧时机，三下五除二，当机立断，办了。

经过对新媳妇进门来一月的观察，克俭老汉发现，这娃不错，勤苦，节俭，似乎是意料中事。从贫瘠的陕北山区到富裕的关中来的女人，一般都显示出比本地人更能吃苦，更能下力，生活上更不讲究。四妹子已经到地里开始上工，干活泼势，不会偷懒，尤其在做计件工分时，常常挣到最大工分。这个新媳妇的缺陷也是明显的，针线活儿不强，据说陕北不种棉花，自然不会纺线织布了。灶锅上的手艺也不行，勉强能擀出厚厚的面条，吃起来又松又泡，没有筋劲儿。据说陕北以洋芋小米为主，很少吃麦子，自然学不下擀面的技术的。所有这两条，作为关中的一个家庭主妇，不能不说是两个令人遗憾的不足，不过，有精于纺织和灶事技能的老伴指教，不难学会的。最让吕老八担着心的，是这个陕北女子不太懂关中乡村甚为严格的礼行，譬如说家里来了亲戚或其他客人，应该由家长接待，媳妇们在打过招呼之后就应退避，不该唠唠叨叨。四妹子在大舅来了时，居然靠在桌子边问这问那，有失体统。譬如说在家里应该稳稳当当走路，稳稳当当说话，而四妹子居然哼着什么曲儿出出进进，有失庄重。所有这些，需得慢慢调理，使得有点疯张的山里女子，能尽快学会关中的礼行，尤其是自己这样一个上中农家庭，更容不得张狂分子！

不管怎样，吕老八的心情，相对来说是好的。在棉田里移栽棉花苗儿，工间歇息时，队长向大家宣传大寨政治评工的办法，他坐在土梁上，噙着旱烟袋，眼睛瞅着脚旁边的一个蚂蚁窝出神。蚂蚁窝很小，不过麦秆儿粗细的一个小孔，洞口有一堆细沙，证明这洞已经深及土层下的沙层了。有几只蚂蚁从洞里爬出来，钻到沟垄里的土块下去了，又有一只一只小蚂蚁衔着一粒什物钻进洞去了。他看得出神，看得津津有味，兴致十足，把队长说的什么政治评工的事撂到耳朵后边去了。

吕老八继续悉心观察蚂蚁。这一群小生灵，在宽阔的下河沿的田地里，悄悄凿下麦秆粗细的一个小洞，就忙忙碌碌地出出进进，寻找下一粒食物，衔进洞去，养育儿女，快快乐乐的。蚂蚁没敢想到要占领整个河川，更没有想到要与飞禽争夺天空，只是悄悄地满足于一个麦秆粗细的小洞。人在犁地或锄草的时候，无意间捣毁了它们的窝洞，它们并不抱怨，也没有能力向人类发动一场复仇战争，只是重新把洞凿出来，继续生活下去。

吕老八似乎觉得自己就是一只蚂蚁了，那麦秆粗细的窝洞无异于他的那个三合院。在宽阔肥沃的下河沿的川地里，他现在占着那个仅只有三分多地的三合院，每天出出进进，忙忙碌碌。随便哪一场运动，都完全可能捣毁他的窝洞，如同捣毁这小小的蚂蚁窝一样。

吕老八不易让人觉察地笑了笑，笑自己的胜利，外交和内务政策的全部胜利。他和他的近十口人的家庭成员，遵循忍事息事的外交政策，处理家门以外的一切事宜，几十年显示出来的最重要成效，就是没有在越来越复杂的吕家堡翻船。只是保住这一条，吃一点亏，忍一点气，算什么大不了的事呢？

在村子里，他是个鳖一样的人，不挣工分，骂不还口，似乎任谁都可以在他光头上摸一把。而在家里，吕老八却是神圣凛然的家长。他治家严厉，家法大，儿子媳妇以及孙子孙女没有哪个敢冒犯他的。媳妇们早晨给他倒尿盆。媳妇们一天三顿饭给他把饭双手递上来。媳妇们没有敢反嘴顶碰他的。十口之家的经济实权牢牢地掌握在他的手中，一切大小开销合理与否由他最后定夺。这样富于尊威的家庭长者，在吕家堡数不出几个来，就说那个队长吧，讲起学大寨记工分办法来一套一套的，指挥起社员来一路一路的，可是在家里呢？儿媳妇敢于指名道姓骂他，他却惹不下。吕老八活得不错。

他的眼睛从蚂蚁窝上移开了，漠然盯着农历四月晌午热烘烘的太阳，心里盘算已定：该当给三儿子进行一次家训，让他明白，应该怎样当好丈夫，这个小东西和媳妇刚厮混熟了，有点没大没小的样子。一个男人，一旦在女人眼里丢失了丈夫的架势，一生就甭想活得像个男人，而且后患无穷。吕家堡村里，凡是女人当家主事的庄稼院，没有不多事的。女人嘛，细心倒是细心，就是分不清大小、远近、里外。必须使这个明显缺乏严格家教的山区女子，尽快接受吕家的礼行，使她能尽快地协调统一到这个时时潜伏着危险的庄稼院里来……训媳莫如先训子。

八

晚饭吃罢，帮大嫂洗刷了一家人的碗筷，把小灶房收拾清白，锁上门，四妹子揭开自家厦屋的洋布门帘，看见三娃子正坐在椅子上看书，她轻脚蹑步走到他背后，双手蒙住他的眼睛。三娃子从底下伸过手来，在她腰里搔了一把，她不由得放开手。他却就势把她按倒在炕上，搔她脖窝和胳肢窝，痒得她忍不住“嘎嘎嘎”笑着，在炕上打滚、讨饶。他却不饶，依旧使劲挠她搔她。这时候，屋里传来老公公呼叫“建峰”的声音，他吐一下舌头，缩一下脖子，走出门去了。

四妹子整理一下衣襟，跳下炕来，捞起纳布鞋鞋底的夹板。婆婆在把麻和抹褙子的布交给她的时候，郑重交代了，从今往后，三娃子的衣服鞋袜统由她管了，要是穿着太脏，或者穿得露出大拇指的烂鞋，村人不笑男人，而要笑话他的媳妇了，男人的穿戴是女人的面皮。婆婆又婉言替她计划，应该在新婚的头一年里，抽空做下够男人和自己穿五年的布鞋和棉鞋，以防一年后怀里抱上娃娃，就忙得捉不住夹板了。这是任何一个新媳妇都难得避免的事，趁早准备好，做得越多日后越轻松。四妹子很感激老婆婆对她的指教，决心在孩子出现以前，先把鞋准备充足，免得日后发紧迫。

进得这个家庭以后，她和建峰很快混熟了，熟悉了，便更喜欢他了。这个关中小伙子，身体长得健壮，模样也不赖，高眉骨，高鼻梁，条形脸，很有男子汉气魄。他不大说话，尤其在村子里，从不多嘴多舌参与队里的什么纠纷。他在屋里也不大说话，尤其跟老公公说话更少。他在小厦屋里，和她枕在一只枕头上，却轻声细语说这说那，说他在中学念初中时，物理和数学总是考满分，毕业那年，刚碰上“文革”，没能参加高中和中专考试，就回家来了。他家的成分高点，自知不敢在村里参与什么活动，就在家里看闲书，竟然对电机摸出门道了，学会修理马达了。

四妹子初到这个家庭一月来的印象，没有什么不满意的事。这个家庭的生活是令她满意的，早饭一般喝包谷糁子，午饭总要吃一顿细面条，晚饭也是喝包谷糁子，馍馍通常是玉米面捏的，但逢年过节，总会吃到麦子面馍馍，粗粮虽然多了点，总都是正经粮食啊！不像在老家陕北，总吃糠，顶好是洋芋，而洋芋在关中人的餐桌上，是菜不是主食。

她的建峰身怀绝技，常常给队里修马达，挣一份技术工，他原来就在自己的小厦屋修理，婚后挪到大队一间空房里去了。没有马达需要修理的时候，他就去大田里出工。晚上，他从来不出去串门，也不和其他小伙子们凑热闹，只是抱着那本电工技术书看得入邪。她就坐在他旁边的小凳上，抱着夹板緔纳鞋底，轻轻哼他喜欢的陕北民歌的曲调，小两口热热火火。这个十口之家的大家庭的大事，比如用粮计划，比如经济收支，比如应该给某一家亲戚应酬的礼物，统由两位老人操心，用不着她费心。她在这个看来庞大的家庭里，其实最清闲了，轮着她上工的时候，自有妇女队长来通知。要说当紧的事，倒是该尽快学会各种面条的擀法，以及纺线织布的技术。关中产棉花，人为了省钱，不买洋布，仍然习惯于纺线织布，穿衣做鞋或做被单。

家里的饭，是由三个媳妇轮流做的，每人一月。现在轮大嫂做饭，她有空就给大嫂帮忙，一来自己闲着，干点烧锅洗碗的活儿也累不了人，二来是跟大嫂学习擀面做饭的技术，熟悉熟悉这个家庭吃饭的习惯。轮过二嫂之后，就该轮着她了。她已大致明白，每顿饭动手之前，大嫂先请示老婆婆，做啥饭呀？老婆婆负责调节食谱。饭做熟之后，先舀出两碗，第一碗先端给老公公，第二碗再端给老婆婆，自然都需双手；然后再给孩子们舀齐，一人一碗，打发完毕，才给平辈的弟兄和妯娌们舀了。第一茬舀过，第二茬则由各人自己动手，大嫂只负责给两位老人续舀，以及给够不着锅沿的孩子舀饭，这是规矩，难也不难，四妹子渐渐就懂得了。

没有了吃的忧愁，又有一个基本可心的女婿，四妹子高兴着哩。至于这个家庭的上中农成分的高低，与她似乎没有太大的关系，入党才讲究成分，招工才论成分的好坏，这些事儿她压根儿想也没想过，只是希求有粮吃有衣穿有房住，有一个能得温饱的窝儿活下去，原本就是抱着这样卑微的目的从陕北深山里跑到这大平原上来的呀！

建峰被老公公叫进里屋去好久了，还没见回小厦屋来，说甚大事，要这么长时间呢？

一阵焉踏踏的脚步响，门帘一挑，建峰进来了。四妹子一眼瞅出来，他皱眉耷眼，不大高兴，和刚才出门去的时候相比，两副模样。家里遇到甚事了吗？四妹子猜想，也有点紧张。

建峰从暖水瓶里倒下一杯水，坐在椅子上，喝了一口，叹了口气，出气声不大匀称。

四妹子忍不住，小心地问："咋咧？"

"咱爸训了我一顿。"建峰悻悻地说。

"训你甚？"四妹子问，"你做下啥错事咧？啥活儿没干好是不是？”

“说我没家教。”建峰说。

“没家教？”四妹子听了，不由得问，“怎么没家教了？”

建峰叹口气，又喝了口水，没有解释，半晌沉默，才说：“日后，你甭唱唱喝喝的了。”

“咋哩？”四妹子睁大眼睛，突然意识到老公公一定说了自己的好多不是，忙问，“我口里哼个曲儿，犯着谁啦？”

“咱爸说咱家成分不好，唱唱喝喝，要让别个说咱张狂了。”建峰传达老家长的话说，“咱们成分不好，只顾干活，甭跟人说东道西，指长论短，也甭唱唱喝喝……”

“统共就轮着我上了三晌工，只有那天后晌放工时，我回家走在柳林里，哼了几句。”四妹子说，“咱家成分不好，连一句曲儿都不能哼呀？我在自家厦屋哼几句，旁人谁管得着呢？管得那么宽吗？”

“咱爸讨厌唱歌。”建峰说，“咱爸脾气倔，见不得谁哼哼啦啦地唱唱。”

“那好，不唱了。”四妹子叹口气，试探地问，“除了不准唱歌，咱爸还说啥来？”

“咱爸说，走路要稳稳实实地走，甭跳跳蹦蹦的。”

建峰说，“让人见了说咱不稳重。”

“不准唱，不准蹦。”四妹子撇撇嘴，“还有啥呢？”

“还有 …… 甭串门。”建峰说。

“我没串过门呀！”四妹子说，“连一家门也没串过，我跟左邻右舍不熟悉，想串也没处去。”

“咱爸说，大嫂二嫂的屋里也尽量甭串。”建峰说，“各人在各人的厦屋里做针线活儿，别没大没小的。”

“还有啥呢？”四妹子赌气似的问。

“咱爸说，男人要像个丈夫的样儿，女人要像个媳妇的样儿。”建峰说，“不准嘻嘻哈哈，没大没小的。”

四妹子不吭声了，麻绳穿过布鞋鞋底的“咝咝”声在小厦屋里格外清晰，不准唱歌，不准嬉笑，不许在村里和人说话，也不许在自家屋串大嫂和二嫂的门子，那么，她该怎样过日子？她在陕北家乡，上山背谷子背得腰酸肩疼，扔下谷捆子，就唱喝起来了。在娘家时，虽然吃的糠饼子，油灯下，她哼着忧伤的曲儿，哼一哼也就觉得心肠舒和了。有时候，她哼着，母亲也就随着哼起来了，父亲坐在窑外的菜园子边上，也悠悠地哼起“揽工人儿难”来了。她没有想到，哼一哼小曲儿会不合家法，甚至连说话、走路，都成了问题，是关中地方风俗不一样呢？还是老公公的家教太严厉了？

她现在才用心地思量这个家庭成员的行为举措来，才有所醒悟。老公公早晨起得早，在院子里咳嗽两声，很响地吐痰之后，大嫂和二嫂的门随着也都开了。老公公一天三晌扛着家具去出工，回家来就喂猪，垫猪圈，起猪圈里的粪肥。他噙着短烟袋，可以在猪圈里蹲上一个多钟头，给那两头克郎猪刮毛、搔痒、捉虫子。

老公公总是背着一双手进院出院，目不斜视，那双很厉害的眼睛，从不瞅哪个媳妇的开着或闭着的屋门。四妹子进得这个家一月多来，没见过老公公笑过，对大嫂和二嫂那样的老媳妇也不笑，对大嫂和二嫂的五个娃娃也不笑。娃娃们总是缠老婆婆，很怯爷爷，甚至躲着走。大哥在外村一所小学教学，周六后晌回来，和父母打过招呼，晚上和大嫂在自家的厦屋里，也是悄没声儿的，住过一天两晚，周一一早就骑着车子上班去了。二哥是个农民，有木工手艺，由队里支派到城里一家工厂去做副业工，一月半载才回来一回。二哥回来了，也是悄悄默默的，不见和二嫂说什么笑什么，只是悄没声儿地睡觉。

四妹子回想到这些，才觉得自己确是有点儿不协调了。她曾经奇怪，一家人整天都绷着脸做啥？说是成分不好，在队里免言少语也倒罢了，在自个儿家里，一家人过日月，从早到晚，都板着一副脸孔多难受啊！

现在，她明白了，老公公的家法大、家教严。这个上中农成分的家庭，虽然在吕家堡灰下来了，可在那座不太高的门楼里，仍然完整地甚至顽固地保全着从旧社会传留下来的习俗。她不能不尊奉老公公通过她的女婿传达给她的教诲，这是第一次，如果再这样下去，可能就会发生不愉快的事。她刚到这个家庭才一月，不能不注意老公公对她的看法和印象……

“这有啥难的？”四妹子轻淡地说，“从明日开始，我绷着脸儿就是了。”

“咱家的规矩，凡家里来了客人，亲戚也罢，外边啥人也罢，统统都由老人接待，晚辈人打个招呼就行了，不准站在旁边问这问那。”建峰继续给她传达老公公的家法，“咱爸说，前一回二舅来了，你在旁边说这说那，太没得礼行……”

四妹子臊红了脸，她想分辩，又闭了口，建峰说的是老公公的旨意，向他分辩有什么用呢？那天二舅来了，她给倒下茶水，问候了两句，本打算立即退下来，好让老公公陪二舅说话。可是，二舅问她在陕北哪个县，哪个公社，离延安多远，还问那儿的气候、物产，社员的生活。二舅在西安一家什么信箱当干部，人挺和气，不像老公公那样令人生畏。她在回答了二舅的问话以后，也问了些二舅在西安的生活情况的话，平平常常，之后就赶忙给二舅做饭去了……万万没想到，老公公对这件事上了心，说她不懂礼行了。看来，除了上工劳动和做饭吃饭以外，在这个家庭里，最好什么也甭说，什么也甭管，想到这儿，四妹子加重语气，带着明显的赌气的口吻说："赶明日我绷紧脸儿，抿着嘴儿就是了！"

九

和老公公的一次正面冲突终于发生了。

夏收夏播的大忙时月过去了，生产队里的活儿却不见减少，只是比收麦和种秋这些节令极强的活儿不显得那么紧火罢了。天旱得地上冒火，建峰日夜轮流在河川浇灌刚刚冒出地皮的包谷苗儿。她和两位嫂子常常同时被派到棉田里去锄草，去给棉苗"抹裤脚"，"打油条"，"掏耳屎"。老公公自不必说了，也是一日三晌不停歇。老婆婆坐在场院里的树荫下，看守刚刚分下的麦子，要撵偷吃的鸡或猪，要用木齿耙子搅动，晒得一咬一声嘎嘣脆响，就可以放心地储藏起来了，不出麦蛾子也不生麦牛了，一家人的粮食啊！

这天晌午，四妹子正在棉花行子里给棉花棵子"掏耳屎"，一个回家给娃喂罢奶来到棉田的嫂子告诉她，二姑来了。四妹子给妇女队长请了假，奔回村子来。

二姑坐在街门外的香椿树下，四妹子叫了一声“二姑”，就伸手从街门上方摸出钥匙，开了锁，把二姑让进院子。屋里没有人，她引着二姑坐进自己的小厦屋。三句话没说完，她抱住二姑哭了，竟然忍不住，哭出声来了。

“是建峰……欺侮你来？”二姑问。

“呜呜呜……”她摇摇头。

“公公婆婆……骂你来？”二姑又问。

“呜呜呜……”她仍然摇摇头。

“俩嫂子……使拐心眼来？”二姑再问。

“呜呜呜……”她哭得身子颤抖着。

二姑搂住她，就不再问了，眼泪扑嗒嗒掉下来，滴在侄女的头发上。

四妹子想哭。一家老少，没人打她，也没人骂她，吃也是尽饱吃，没有什么能说得出口的委屈事，可她说不清为啥，只是想哭。她躺在二姑怀里，痛痛快快哭起来，倒不想说什么了。

她绷着脸上工，绷着脸在小灶房里拉风箱或擀面条，绷着脸给两位老人双手端上饭去，绷着脸跟大嫂、二嫂说一句半句应酬话，甚至和建峰在自己的小厦屋里也绷着脸儿……她觉得心胸都要憋死了。

自从那晚老公公对建峰训导之后，建峰的脸儿也绷起来了，比她还绷得紧，挺得平。他不仅跟她再不嬉笑耍闹了，连话也说得少了，常摆出一副不屑于和她亲近的神气，即使晚上干那种事的时候，也是一句不吭，生怕丢了他大丈夫的架子，随后就倒过去呼呼大睡，再也不像刚结婚那阵搂着她说这说那了。

四妹子感到孤单，心里憋闷得慌，吃饭无味，做活儿也乏力，常常在田间歇息的时候，坐在水渠边上，痴呆呆地望着北方，平原远处的树梢和灰蒙蒙的天空融为一体。她想大了，也想妈了，只有现在，她才明显地感觉到了公公婆婆和亲生的大大妈妈的根本差别。在这宽阔无边的大平原上，远远近近数不清的大大小小的村庄里，没有她的一个亲人，除了二姑，连一个亲戚也没有。她常常看见大嫂和二嫂的娘家兄弟姐妹来看望她们和孩子，她俩也引着孩子去串娘家，令人羡慕。她们可以把自己的欢心事儿说给娘家亲人，也能把自己的委屈事儿朝父母发泄一番，得到善意的同情和劝慰，然后又在夕阳沉落时回到这个令人窒息的三合院来。四妹子无处可去，只有一个二姑家，又不能常常去走动，二姑一人操持家务，也不能经常来看她。她的心胸间聚汇起一个眼泪的水库，全部倾泻到二姑的胸前了。一家人全都出工去了，时机正好，她可以痛痛快快哭一场，而不至于被谁听见。

哭过一场，心胸间顿然觉得松泛了，头却因为哭泣而沉闷，和二姑说了会子话，问了跛子姑夫和姑婆的身体，又问了杨家斜夏收分得的口粮标准，劳动日带粮的比例，看看太阳已经移到院子中间，该做午饭了。她要去请示婆婆，中午做什么饭，为了不致使婆婆看出她哭过，就用毛巾沾了水，擦了脸。

因为二姑的到来，因为倒出了胸间聚汇太多的泪水，她的心情舒悦了，轻盈地走过吕家堡的街巷，来到村子北边的打麦场上。刚刚经过紧张的夏收劳动的打麦场，现在清闲下来了，一页一页苇席把碾压得光光净净的场面铺满了，新麦在阳光下一片金黄。她远远望见，婆婆正和一位老婆婆在阴凉里说闲话。走到当面，她欢悦地向家庭长者报告：“妈，俺二姑来咧。”

“来了好。”婆婆盯她一眼，说，“你招呼着坐在屋里。”

“妈，晌午做啥饭呀？”四妹子问。

“做糁子面。”婆婆淡淡地说。

四妹子心里一沉，忙转过身，快快地朝回走。屋里往常来了客人，不管是大舅二舅，或是俩嫂子的娘家亲戚，免不了总要包饺子，擀臊子面，最起码也要吃一顿方块干面片子。四妹子的二姑来了，也算得吕家的一门要紧亲戚，婆婆却让她做糁子面。糁子面，那是在糁子稀饭里下进面条，是庄稼人节约细粮的一种饭食，大约是普遍重视的中午这顿饭里最差池的饭了。

四妹子往回走，心里好不平啊！这是对她亲爱的二姑的最明显的冷淡接待了。论说二姑也不稀罕吃一顿饺子或者臊子面，人家在自家屋里也没饿着。这是带着令人难以承受的冷淡和傲慢，甚至可以说是把亲戚不当人对待的明显的轻侮。她的刚刚轻松了的胸膛，现在又憋满气了。

她重新回到屋里时，注意掩饰一下自己的愤恨，不使二姑看出来，免得使她难受，万一让二姑觉得受到怠慢而一气走掉，那就更难收拾了。她让二姑歇在屋里，自己钻进灶房去做饭。

大嫂和二嫂从棉田里放工回来了。二姑从屋里出来，和两位嫂子说话。俩嫂子见有客人来，都洗了手，到灶房里来帮忙。这也是一条家规，凡有客人到来，不管轮着谁值班做饭，大家都要插手帮忙，以表示对客人的敬重，也给任何客人造成一种三妯娌齐心协力，家事和谐的气氛。

“你咋给锅里拂下糁子了？”大嫂惊问。

四妹子低头在案板上擀面，没有吭声。

“咋能给二姑吃糁子面呢？二姑常不来。”二嫂也责怪她。

四妹子讷讷地说：“咱妈叫做的……”

俩嫂子互相看一眼，再不说话了。

四妹子切好面条，听见院子里响起熟悉的脚步声，知道公公回来了，就把下面的事交给两位嫂子，自己走出小灶房，向公公低低地说：“爸，俺二姑来……”话音未落，二姑已经从小厦屋出来，笑着搭话问候：“你放工了？”

老公公“嗯”了一声，放下手里的铁锨，没有朝里屋走，转过身说：“你歇下。”随之就走出二门，跳进猪圈里，蹲下身去了。

四妹子愣住了，老公公的冷淡与傲慢是这样毫不掩饰，甚至故意给客人难堪的举动，使她无所措手足了。二姑脸上立时浮出尴尬的神情，悻悻地笑笑，只好再转身走进小厦屋。

往常里，家里有亲朋来，老公公平时绷紧的脸上就呈现出热切的笑颜来接待，立即放下手中正在忙着的一切活儿，把客人领到上房里屋去，喝茶，抽烟，拉家常。现在，老公公蹲在猪圈里，矮墙上冒起一缕缕蓝色的烟雾，不见有出来的征兆。

直到舀好了饭，老公公才在她的催促下跳出猪圈，走回里屋，坐在他往常招待客人的桌子旁。二姑也在两位嫂嫂的谦让中走向桌子的另一侧。

“快吃。”老公公总算开口招呼客人了，“家常便饭，甭见怪。”

二姑装出毫不在意的样子，端起碗来。

大嫂提出让她去替换婆婆回来，老公公立即制止了：“算了，你给她端去一碗算了，她说她不回来了。”

四妹子心里又一沉，老婆婆连二姑的面也不见，这更是注意礼行的老婆婆所少有的举动。

别别扭扭吃罢饭，二姑就告辞了。

送走二姑，四妹子回到厦屋，趴在被子上，哭不出也吃不下饭，越想越觉得窝气，太下贱人了呀！

后晌，她在地里干了一后晌活儿，仍是想不通。晚饭后，她走进老公公的里屋，低着头：“爸，我明日想到俺姑家去……”

老公公盯她一眼，没有说话，低头点燃一袋烟，扬起头来，就佯装出毫无戒备的口气说：“好么！按说夏忙毕了，去散散心也对。可眼下队里正浇地，棉田管理也紧火，等忙过这一阵儿，棉花打杈过头遍，地也浇完了，你再去。”

四妹子靠在婆婆的炕边没有说话。

吕老八很满意自己对这个小媳妇的回答。今天中午，他放工回来，顺路到麦场上看看麦子晒干的程度，老伴告诉他，三媳妇的二姑来了，三媳妇和她二姑在厦屋哭成一团。她说她回家去喝水，听见人家哭，没敢惊动，悄悄又退回到晒麦场上来了。吕老八一听就火了。

吕老八心里说，你三媳妇在你二姑怀里哭，必是说俺吕家亏待了你嘛！让邻舍左右听见了，还不知猜疑什么哩！再说，你作为二姑，到俺屋来不劝自己侄女，竟陪着哭，好像俺吕家真的压迫你的侄女了！再说，亲戚来了，不先与主人打招呼，钻在自己家侄女厦屋，成啥礼行？你侄女不懂礼行，你做大人的也不懂？你既然不尊重俺屋的规矩，我就不把你当上宾待！

他很赞成老伴的举动：用糁子面招待！

作为回敬，他拒不邀她进上房里屋，躲在猪圈里，你晾着去！

吕老八盯着朝他提出走娘（姑）家要求的三媳妇，心里已经意识到，她给他示威。他慢待了她的二姑，有气说不出，要走娘（姑）家去了。他不硬性拒绝，只是说活儿忙，这在任何人听来，都是完全站得住脚的理由。让她和她二姑都想一想，为啥主家慢待了她？往后就不会乱哭一气了。

四妹子站在炕边，话从心里往上攻了几次，都卡在嘴边了，她想问，为啥慢待二姑？又不好出口。要求到二姑家去的示威性的举动，被老公公轻轻一拨，就完全粉碎了。她转过身，往出走去，决心留给他们一副不满意的样子，也让老公公想想去。

婆婆却在她出门的时候说："三娃子的棉衣棉裤该拆洗了，甭等得下雪才捉针……"

十

四妹子躺倒了。

昨天晚上，老公公婉转而又体面地拒绝了她的要走姑家的要求，她的第一次示威被悄无声息地粉碎了。她回到厦屋里，早早脱了衣裳，关了门，拉灭了电灯，躺在炕上，眼泪潸潸流下来，渗湿了枕头。

院子里很静，大嫂和二嫂，一人抱一张席箔，领着娃子到街巷里乘凉去了，老公公和婆婆也到场边乘凉去了，偌大的屋院里，现在就剩下她一个人了。三伏天，屋里闷热得像蒸笼，她的心里憋满了太多的窝囊气，更加烦闷难忍。她想放声痛哭一场，却哭不出来，如果哭声震动四邻，惊震了聚集在街巷和场边乘凉的男女老少，那么，她和老公公的矛盾就公开化了。

她似乎还没有勇气使这种矛盾公开化，如果公开化了，很难有人同情她的。到这个家庭几个月来的生活，她已经大致了解到这个家庭在吕家堡是富于实际威信的。庄稼人被接连不断的政治运动和频频更换的政治口号弄得昏头晕脑，虽然不能不接受种种运动和种种口号对人们生活秩序和习惯的重大影响，可是对于绝大多数农民来说，他们依然崇尚家庭里的实际和谐。吕克俭虽然作为大肚子中农被置于吕家堡的一个特殊显眼的位置上，时刻都潜伏着被推入敌对阵营的危险，令一般庄稼人望而心怯，自觉不自觉地被众人孤立起来了。然而，对于吕家的实际生活，却令众多的庄稼人钦敬，甚至奉为楷模，用一句时兴话说，是模范文明家庭。人都说老公公知礼识体，老婆婆是明白贤惠人，两位老人能把一个十多口人的家庭拢在一起，终年也不见吵架闹仗，更不与村人惹是生非，这在吕家堡的中老年庄稼人眼里，简直羡慕死了。这样一个在众人眼里有既定影响的家庭，如果因为自己的到来而吵架，而闹别扭，她即使有理也说不清了，她将会很自然地被人看作是搅槽鬼了。

二姑受到带有侮辱性的待遇，她说不出口，说了别人也还是要说二姑不懂礼行的，她只有眼泪，悄悄默默地淌。

四妹子听到脚步声，又听到敲门声了，是建峰。他白天黑夜在地里浇水，匆匆回家来，抱着大碗扒饭，嘴一抹就下河川去了。他负责四五眼机井上抽水泵的安全运转，发生故障及时修理，正常运行时，就躺在井台的树荫下睡觉，浇地的社员三班倒换，他是白天黑夜连轴转。听见他的脚步声，她没有拉灯，摸黑拉开了木门门，随即爬上炕去，面向墙壁躺下了。

她听见他走进厦屋，顺手闭上门，拉亮了电灯。明亮的电灯光刺得她的眼睛睁巴不开，她用双手捂住，心里却在想：你老子今日把我二姑作践了！他也许不知道这件事，她猜不准，他的老子究竟给他说过没有？她一时又拿不定主意，要不要向他诉诉委屈？

他坐在椅子上，咕嘟咕嘟喝下了她晾在茶缸里的冷水，啪地一声关了电灯，咣当一声关上了木门栓子，她就感到了他的有劲的双臂。她依然面向墙壁，双臂拘着胸脯，拒绝那双手的侵略。

他一句不吭，铁钳一样硬的手掌把她制服了……他满足了，喘着气又勾起短裤，溜下炕，拉开门，一句话也没说，脚步声又响到街门外去了。

没有欢愉，没有温存，四妹子厌恶地再次插上门，几乎是栽倒在炕上。婚后的一月里，她对他骤然涨起的热情，像小河里暴涨的洪水一样又骤然消退了。自从那晚老公公对他训导之后，他就变成一个只对她需要发泄性欲的冷漠的大丈夫了。他不问她劳动一天累不累，也不问她身体适应不适应关中难熬的三伏酷热，更不管她吃饭习惯不习惯，总之，他对她的脸儿绷得够紧的了。她的月经早已停了，她几乎减少了一半饭量，有几次端起碗来，呕得汤水不进。他知道她怀上了，却说："怀娃都那样。听说过了半年就好了……"她想吃点酸汤面条，老婆婆没有开口作出这样的指令，她也不敢给自己做下一碗，一大家子人，怎么好意思给自己单吃另喝呢？她想吃桃儿，桃月过去了，一颗桃儿也没尝过。她想吃西红柿，这种极便宜的蔬菜，旺季里不过四五分钱一斤，老公公咬住牙也不指派谁去买半篮子回来。现在，梨瓜和西瓜相继上市了，那更是不敢想象的奢侈享受了……他从来也不问她一声，怀了娃娃是不是需要调换一回口味？

她到这个家庭快半年了，大致也可以看出来经济运转的过程，老公公把生产队里分得的粮食，统统掌管在自己手中，一家人吃饭的稀稠和粗细粮搭配，由老婆婆一日三顿严格控制。上房里屋的脚地，靠东墙摆着四个齐胸高的粗瓷大瓮，靠南墙和西墙摆着两只可墙长的大板柜，全部装着小麦，玉米则盘垒在后院的椿树和榆树的树杆上。据说每天晚上脱鞋上炕以前，老公公像检阅士兵的总统一样，要揭起每一只瓷瓮的凸形盖子，打开木柜上的锁子，看看那些小麦，在后院的玉米垒成的塔下转一圈。不过她没有发现过，许是村里人的戏谑之言。她确实看见过老公公卖粮的事，那是夏收前的青黄不接的春三二月，人睡定时光，屋里院里一阵自行车链条的杂乱响声之后，悄悄地灌了小麦，又灌了包谷，那些陌生人的自行车货架上搭着装得圆滚滚的粮食口袋，鱼贯地从院子推出街门去了。她趴在窗台上，约略数出来，十一口袋。她明白，时下粮食交易的市价，小麦卖到六毛，包谷卖到二毛七八，各按一半算，也有五百多块。这时候，建峰从里屋回到厦屋，头发上和肩头扑落着一层翻弄粮食的细末尘土。老公公做得诡，一次瞧准时机，把全部要卖的粮食一次卖掉，神鬼不知。不像村里一般庄稼人，见了买主就想卖，一百也卖，二百也卖，反显得惹眼。每年的这一笔重大收入，压在婆婆的箱子底儿，难得再出世。

另一笔较为重要的收入，就是养猪。政府禁止社员养羊、养牛、养蜂，视为资本主义的“尾巴”，只允许养猪。毛主席“关于养猪的一封信”，用套红的黄色道林纸印出来，家家户户屋内都贴着一份，是县上统一发下来的。老公公从地里回到屋里，扔下家具，就蹲到猪圈口的半截碌碡上，点燃旱烟袋，欣赏那头黑克郎，直到交给公社生猪收购站，装着七八十块钱回来，再愈加耐心地侍候那只两拃长的小猪崽。

第三笔重要收入，是大哥的工资。听说大哥的工资是三十九元，每月七日开支以后，必定在开支后的那个星期六回家来交给老公公，然后再由老公公返还给他十九元，作为伙食费和零用钱，抽烟，买香皂或牙膏一类零碎花销。老公公留下二十元，作为全家统筹安排的进项。老公公禁止儿子回家来买任何孝顺他老两口的吃食，一来是家大人多，买少了吃不过来，买多了花销不起，于是在家里就形成了一种大家都能忍受的规矩，无论谁走城上镇回来，一律都不买什么吃食，大哥二哥的娃娃自然也不存任何侥幸。屋里院里从早到晚，从春到夏，都显得冷寂寂的，没有任何能掀起一点欢悦气氛的大事小事。

大嫂和二嫂，渐渐在她跟前开始互相揭短。二嫂说，这个屋里，大嫂一家顶占便宜了。大嫂一家五口，四口在吕家堡吃粮，每年的口粮款几近三百，而大嫂做不下二百个劳动日，值不到一百块，大哥交的二百来块钱，其实刚刚扣住自己家室的口粮，谁也没沾上大哥的什么好处。老公公明明知道这笔账该怎么处，还是器重大哥，心眼偏了。二嫂还说，大哥最精了，小学教员的伙食，月月没超过十块，而给老公公报说十五块，一月有九块的赚头了。二嫂说他们两口子最吃亏了，俩人一年挣五六百个劳动日，少说也值三百元，而四个人的口粮不到三百元，算来刚好扣住，而六百个劳动日秋夏两季可带的小麦和包谷就有六百斤，六百斤小麦和包谷黑市卖多少钱？老公公心里明白这笔账怎么算着，却不吭声，老也不记老二的好处。

二嫂这样算，大嫂却有自己的算盘。大嫂说，二哥订娶二嫂的七八百块钱，全是她的男人的钱，老二不记大哥的好处，有了媳妇就忘了拉光棍的难受，反倒算计起大哥了，跟着二嫂一坡滚！大嫂说，老二人倒老实，净是二媳妇鬼精。老二有木匠手艺，跟队里的副业组在城里十八号信箱做工，每月五十七块钱，给队里交四十块，计三十个劳动日，留十七块伙食钱，而实际上连五块钱也用不了。咋哩？民工自己起伙，粮由家里拿，自己只买点盐醋就行了，十七块钱伙食费都给自家省下了。更有叫人想不到的事，民工利用星期天或晚上加班，挣下钱就是自己的，不交队里，也没见过老二给老公公交过。二嫂搂下的私房钱谁也摸不清。净是苦了她的老大，被老公公卡得死死的，每月上交二十块，一年到头也买不起一件新衣服，她的男人是小学校里的教员中穿戴最破烂的一个……

四妹子心里反倒有了底：这个家庭里，其实最可怜的是她和男人建峰了。两位嫂嫂，都有一点使老公公无法卡死的活路钱，而她和老三建峰真是被彻底卡死了。她和他在队里劳动，年底才结算，不管长出短欠，统由老公公盖章交办。这个家里通过各个劳动力挣来的粮食，也由老公公统一管理，卖下的余粮钱不作分配。她和老三连一分钱的支配权力也没有，而俩人的劳动所得在这个家庭里却是最多的，花销却是最少的……吃亏吃得最多了。

结婚几个月了，公公和婆婆没给过她一分钱，老公公且不说，老婆婆难道不知道，起码需得买一沓卫生纸吧？总不能让人像老辈子女人那样，在潮红时给屁股上吊一条烂抹布吧？从二姑家出嫁时，二姑塞给她五块钱，就怕她新来乍到，不好张口向老人要钱，买沓纸啦，买块香皂啦。五块钱早已花光用尽，总不能再去朝二姑开口要钱吧？建峰睁开眼爬起来去上工，放工回来抱着大碗吃饭，天黑了就脱衣睡觉，从来也不问她需要不需要买一沓纸，纯是粗心吗？

他对她太正经了，甚至太冷了，他只是需要在她身上得到自己的满足，满足了就呼呼呼睡死了。她没有得到他的亲昵和疼爱，心里好委屈啊！

在老家陕北，有个放羊的山哥哥，他和她一起放羊，给她上树摘榆钱，给她爬上好高的野杏树摘杏子吃。她和他在山坡上唱歌，唱得好畅快。他突然把手伸到她的衣襟下去了，在她胸脯上捏了一把。她立时变了脸，打了他一个耳光。山哥哥也立时变了脸，难看得像个青杏儿，扭头走了。她自己突然哭了，又哭着声喊住他。他走回来，站在她面前，一副做错了事的愧羞难当的神色。她笑了，说只要他以后再不胡抓乱摸就行了。他跑到坡坎上，摘来一把野花，粉红色的和白色的野蔷薇，金黄金黄的野辣子花，紫红的野豆花，憨憨地笑着，把一枝一枝五颜六色的花儿插在她的头发上，吊在发辫上。可惜没有一只小镜子，她看不到自己插满花枝儿的头脸，他却乐得在地上蹦着，唱着。

她想到他了，想到那个也需要旁人帮忙掏屎的山哥哥，心里格噔跳了一下。

这样过下去，她会困死的，困不死也会憋死的。没有任何经济支配能力，也没有什么欢愉的夫妻关系，她真会给憋死的。

她终于决定：向老公公示威！

她睡下不起来，装病，看老公公和婆婆怎么办？看她的男人吕建峰怎么办？

窗户纸亮了，老公公沉重而又威严的咳嗽声在前院的猪圈旁响着，大嫂和二嫂几乎异口同声在院子里叮咛自己的孩子，在学校甭惹是生非，孩子蹦出门去了。院里响起竹条扫帚扫刷地面的嚓嚓声，那是二嫂，现在轮她扫地做饭了。老公公咳嗽得一家人全都起身之后，捞起铁锨（从铁锨撞碰时的一声响判断），脚步声响到院子外头去了，婆婆和大嫂也匆匆走出门上工去了，院子里骤然显得异常清静，只有二嫂扫地时那种很重很急的响声。没有人发现她的异常反应，他们大约以为她不过晚起一会儿吧？这倒使四妹子心里有点不满足，她想示威给他们看看，而他们全都粗心得没有留意，没有发觉，反倒使她有点丧气了。

“四妹子，日头爷摸你精尻子了！”二嫂拖着扫帚从前院走到她的窗前，笑着说，“快，再迟一步，队长要扣工分了。”她催她上工。

终于有人和她搭话了，不过却是不管家政的二嫂，她的主要目标不是二嫂而是老公公和老婆婆，转而一想，二嫂肯定会给两位家长传话的。她没有搭话，长长地呻唤一声，似乎痛苦不堪，简直要痛苦死了。

“噢呀！那你快去看看病。”二嫂急切的声音，她信以为真了。二嫂又说，“你现时可不敢闹病，怀着娃儿呀！”

“不咋……”她轻淡地说，却又装得有气无力的声调，“歇一晌……许就没事咧！”

“可甭耽搁了病……”二嫂关切地说，“不为咱也得为肚里的小冤家着想……”

四妹子又呻唤一声，没有吭声，心想，必须躺到两位家长前来和她搭话，才能算数。看病？空着干着两手能看了病吗？二嫂即使不是落空头人情，属于实心实意的关照，也解决不了她的问题，她能给她拿出看病的钱吗？

四妹子决心躺下去，茶不喝米不进，直到这个十几口的大家庭的统治者开口……

十一

清晨的空气凉丝丝湿润润的。河川里茂密的齐胸高的包谷苗子梢头，浮游着一层薄纱似的轻柔的水雾。渠水哗哗流淌，水泵嗡嗡嘶叫，浇地的庄稼人互相问答的声音，听起来格外清爽。这是三伏褥暑里一天中最舒服的时辰。

四妹子的示威取得了决定性胜利，老公公支使三娃子带她到县地段医院去看病。

四妹子坐在自行车后架上。她的男人吕建峰双手紧握着借来的这辆已经生锈的自行车车把，有点紧张又有点吃力地踩着脚踏子，在吕家堡通往桑树镇的土石公路上跑着。路道坑坑洼洼，两条被马车碾出的车辙深深地陷下去，铺着厚厚的被碾成粉末的黄土。自行车车轮颠颠蹦蹦，几次差点把她颠跌下来，尽管这样，四妹子的心情还是畅快的。她在打麦场上，在棉田的垄畦里，常常听见村里那些媳妇们津津有味地叙说男人带她们逛西安、浪县城的见闻，她现在就坐在三娃子的腰后，去桑树镇逛呀！想到自家去桑树镇的公开理由是看病，四妹子又有点懊丧。

前日早晨，她躺在被单下，一直躺到一家人纷纷收工回家吃早饭，也没起来。先是建峰回到厦屋，听说她病了，倒是一惊，让她到大队药疗站去看看病，她翻了个身，没有吭声。他催得紧了，她才冷冷地说："没钱。"他说大队药疗站免费医疗，看病不收钱。她听了，更加冷声冷气地说："要五分钱挂号费。我没有，你有没？"顶得他半天回不上话来，他身上也是常年四季不名一文。

老婆婆撩起门帘，走进来问："害咋？"

四妹子软软地欠起身："头疼，恶心……"

"到医疗站去看看。"

老婆婆在桌子上搁下一枚五分硬币，叮当一响，转身走出去了，尽到了老辈子人对晚辈儿媳很有节制的关怀。

她到医疗站去了，交了五分挂号费，那两位经过公社卫生院短期训练的医生，热情而又大方地给她开下不下两块钱的药片和药水，回家又躺下了。一直睡到昨天天黑，她忍着饥饿，没有吃一口饭，早饿得四肢酸软，头昏脑涨，口焦舌燥，嘴唇上爆出一层干裂的死皮，真的成了病人了。建峰惊声慌气地问："医疗站的药不投症？"她呻唤一声，不予回答，何必回答，其实那些药全都塞到炕洞里去了。老婆婆又来问过一次，随之就把建峰唤回上房里屋，终于传达下老公公的决定，让他带她到桑树镇的县地段医院去看病。

费了这么大的周折，付出了两天难耐的饥饿作代价，才争得了今日逛一逛桑树镇的机会，想来真叫人心酸。如果不是她装病，而是老公公大大方方给她几块钱，让她出去畅快一天，她大概会不停声地要叫"爸"了。无论如何，她达到目的了，尽管争得的手段不那么光明正大，她还是感到了一种报复后的舒心解气。

从土石公路转上通桑树镇的黑色柏油公路以后，车子平稳了。两天没有吃饭，心里饿得慌慌，腰也直不起来了。她觉得自己变得像一片落叶，轻飘飘的，在哪儿也站立不稳。她倚势趴在他的后背上，一只胳膊搂住他的腰，乳房抵着他的单衫下蠕蠕扭动着的脊梁骨，离开吕家堡村很远了，熟人见不到了，不怕难为情了。路面平整了，车子也平稳了，他踏得也轻松了，这才问:“你难受得很吗？”

“嗯……”她恹恹病态地应着。

“再忍一下，马上到医院了。”他脚下踏得更快了，车子呼呼呼飞驰。

四妹子的脸无力地贴靠在他的宽阔的脊背上，他当她真的病下了，急慌慌带着她往桑树镇医院赶着。他虽然对她冷冷淡淡，却怕她病，更怕她死。他老实，一丝一毫也没有觉察出她的用心来。她问:“咱爸给下你多少钱？”

“五块。”他轻轻喘着气，不假思索地说。

“要是不够开药钱呢？”她问。

“那……”他略微顿一顿，“咱爸说，一般头疼脑热的病，五块够咧。咱爸说，要是麻烦病，需得再看，那他再给咱……”

“要是花不完呢？”四妹子试探着问，“剩下块儿八毛的，还要交给咱爸吗？”

“当然……按说应该交给老人。”他说，“咱屋家大人多，没有规矩不成。用时朝老人要，花过剩下的该交回去。”

“咱爸还查验药费发票吗？”她挑衅地问。

他不吭声了。似乎于此才意识到她的问话里的弦外之音，含有对他老子的某些讽喻，某些嘲弄，某些不恭，他不回答了。

她也不问了，盘算着怎样充分地使用装在他口袋里的那五块票子，如果花去一大部分买下些她并不需要的药片和药面儿，太可惜了，县地段医院不是吕家堡医疗站，每一粒药丸都要算钱的。

桑树镇逢集日，男人和女人把街道上拥塞得满满的。她跳下车子，扶着他在人窝里挤。走到医院门口，她拽住了他的车子，说：“先吃点饭，我饿了。”他说：“看完病，消消停停地吃饭，再迟，怕要挂不上号了。”她执拗地说：“不要紧。先吃点饭。”他无可奈何地调转过自行车来。

她终于睃巡到一家国营食堂，走进门口一瞅，她的胃猛地揪动起来，扭得心口儿微微地痛了——她瞧见了饸饹。在一只大瓷盘子里，堆着小山一样高的饸饹，紫红色的条子，在服务员抓起时颤悠悠地弹着，她觉得自己完全可以吃掉那一座饸饹垒成的小山。饸饹是用荞麦面压的，而荞麦正是陕北家乡的产物，在家时，过年过节总能吃上一顿。关中不产荞麦，饸饹成为食堂里的商品饭食了。大热天，吃一碗凉饸饹，她该多惬意啊！

他买下两碗，搁在桌上，诚恳地催她快吃。

她多多地调上醋，凉生生的饸饹从冒烟起火的喉咙滚进翻搅着的胃部，她噎得打起嗝来，这才抬起头，不好意思地瞧瞧他，她才发觉他自己并没有吃，手里捏着一块干得炸开口子的馍馍，啃着，看着她吃。她停住筷子，紧紧地盯着他的眼睛："你咋不吃饸饹？"

他歉意地笑着说："我……吃馍就行咧！"

她心里忐忑一下，他只给她买下两碗，自己啃干馍，想省下几个钱来。她心里动了一动，随之就愤怒了，从他手里夺下馍来，塞到布袋里，把那一碗饸饹推到他面前，狠狠地瞧着他，直到他端起碗，提起筷子，憨憨地笑着低头吃起来。

她看见他吃得很香，很馋，一碗饸饹只挑了三五次筷子就挑光了。她伸出手不容置辩地说："把钱给我。"他没有吭声，从口袋里掏出钱来，交到她手上。

她接过那一沓折叠整齐的整块票儿和零毛毛票子，转身就走到买票的窗口，一下子又买下四碗来，堆到桌子上，对着他惊恐的眼睛说："你吃，我也吃。"

他小声嗫嚅说："要是不够看病咋办？"

"吃罢饭再说。"她埋头畅快地吃起来。

她吃下三碗饸饹，似乎肚子里还可以装进三碗。

她没有再去买，留下空隙再吃点别的久已渴盼的东西。她走在前头，他推着自行车跟在她后面。她在一个卖西红柿的小车前停住了，问了价，又还了价，买下三斤，装进帆布袋里，等不得用水洗，只用手绢儿擦一擦，就吃起来了。她塞给他两个，他满眼疑虑，没滋没味地吃着。直到她停站在一个西瓜摊子前，而且花掉一块八毛钱买下一个整个西瓜的时候，他吓得简直要哭了："看病咋办呢？钱花完了……"她说："我有办法，你甭急，先吃瓜……"

她和他蹲在瓜摊前的小桌前，三下五除二，吃完了一个西瓜。

她吃饱了，浑身都恢复了力气，心满意足了，做梦时不知多少回梦见吃着杏儿、桃儿、西瓜，醒来时枕头上泌着一片口水，今日算是畅畅快快地享了口福。看着郁郁不乐的他，她觉得他太傻了，傻得令人可怜，令人憎恨。再次走到医院门口，他咕哝说："药费肯定不够了！"

"算咧！不看病咧！"她说。

他回过头，惊疑地瞪大了眼睛。

"我的病……好咧！"她笑着说，"西瓜和饸饹，比药灵哩！"

他大概现在才明白上了她的圈套，一下子没有了力气，顺势在医院门口旁的槐树下蹲下来，深深叹了一口气，有点生气地低下头。

她也想歇一歇，就在地上坐下来，瞅着他有苦难言的样子，悄悄说："怎么办？买吃了这些东西，没开下一张发票，回去怎么给咱爸交账呢？"

他不计较她的挖苦，反倒问："你真格没病？"

"现在……有病也没钱看了。"她揶揄地说，"想想回去怎么交账？"

他闷下头，又不吭声了。

"这样——"她说，"你甭作难。这五块钱，算是我借咱爸的，你给他说响，我迟早给他还了。"

"不不不——"他尴尬地笑笑，"不是这个话嘛！"

"建峰——"她低低地叫，"我说的是真话，不是耍笑你。我今日敢花五块钱，实在是馋得受不了了！你知道，我有了，三四个月了。我也不知道，自肚里有了这东西，嘴里馋得……"

"你该早说……"建峰说。

"早说啥？你不知道，咱妈也不知道？"她说，"可我连……"她说不下去了，委屈得想流泪。看着街道上拥拥挤挤的男男女女，她忍住了泪，说，"你不替我想，也该替自个儿的后代想想。我要是生下来个瘦猴猴，你就后悔了！"

建峰闷下头，轻声哀叹一声。

“我给你怀了娃娃，瞎好没人问我一句。我恶心得吃不下饭，你妈不管，你也不管。”四妹子气恨地诉说着，“你爸养的那头老母猪，怀下猪娃了，他一天三晌给喂食饮水，给搔痒痒捉虱子……我连一头母猪也不如！”

“四妹子，你听我说——”建峰急了，忙解释说，“我实在没一分钱，有心也用不上，再说……我也不懂该做啥。”

“没钱归没钱，话该有一句吧？”四妹子并不接受他的解释，“你爸封建到连一句话也不许你跟我说吗？”

建峰又低下头，难受地唉叹着，闷了半晌，委婉地说：“咱爸脾气不好，面冷，家法也大，我也没法子。可你慢慢就知道了，咱爸心好，昨黑给我说，看病剩下钱了，叫我给你买些想吃的东西。咱爸说，屋里家大人多，不好给你另喝单吃，借这回看病，想吃啥买啥……”

“啊！多大方！”四妹子冷笑一下，“就给下五块钱，真要看了病，能剩几毛？还‘想吃啥买啥’哩！”

“咱家……唉！没钱！”建峰说，“粮食卖下五百块，全给亲戚还了账，是为我娶你拉下的烂账……”

“穷也罢，富也罢，反正我进你家门楼快半年了，今日头一回花下五块钱。”四妹子淡淡地说，“你给老人说，今日我浪花的钱，算我借下的，我日后还给他。这样——你也好交账咧！”

十二

五块钱，把一个和睦贤良的十口之家搅得人仰马翻了！自信而又威严的家长吕克俭老汉，气得心口疼了，躺在炕上起不来了。

克俭老汉躺在炕上，脑子里不时浮出那不堪回味的一幕场景——他刚从地里走回村子，就瞅见自家门楼下围挤着一堆人，这是乡村里某个家庭发生了异常事件的象征。他心里一紧，外表上仍然不现出慌张，走到门楼下的时候，就听见院子里的对骂声：

“看你也是个野货！山蛮子！卖×换饭吃！从山里卖×卖到平川来咧！”二媳妇的声音。

“我卖×，你也卖×，你妈也……”三媳妇的声音。

“你×大搅得宽！把人嘴缝了！山里货！”大媳妇的声音。

吕老八气得脖颈上青筋暴突起来，走进院子，扔下手中的家具，凛然天神似的站立在院子中央，瞅着三个正搅骂成一团的儿媳妇。尽管他凝眉怒目，架势摆得凛凛然威风，三个媳妇仍然不见停歇，谁也不饶过谁一句，这就使他气上加气，火上添火。往常里，要是谁和谁犯了口角，甚至是老大和老二的孩子吵架，只要他往当面一站，眼睛冷冷一瞅，交火的双方立马屏声敛息，停口罢手。现在，三个媳妇居然当着老公公的面，嘴里争相喷出不堪入耳的秽言恶语，把老家长不当一回事。他劝又不想劝，骂又不好骂，一时又断不清谁是谁非，看着街门口拥来更多的看热闹的婆娘女子，吕克俭家的门风扫地了，关键是应该立即停止这种辱没家风门面的臭骂。他气急中捞起一只喂鸡的瓦盆，“哗啦”一声摔碎在台阶上，随口喷出一句：“难道都不知道顾面子了哇！”

这一摔一吼，果然有效，大媳妇率先闭了口，走回自己的屋子。二媳妇也不见出声了，在案板上擀着面，使用了过多的力量，撞得案板咚咚咚响。最后收场的是三媳妇，在两位嫂嫂已经不出声的时候，还喊了一句：“想合股欺侮我，没门儿！”说罢，扭转身回厦屋去了。吕克俭对三媳妇最后多骂一句的表现，留下很糟糕的印象。吵架的双方，除了是非曲直之外，总是老好的人先停口，最后占便宜的一般都是歪瓜裂枣。他对三媳妇的印象尤其反感，虽然三个媳妇都骂得不松火，但三媳妇用蛮声蛮气的山里话骂人更难听。甚至到他后来弄清了这场家务官司的直接责任并不在三媳妇的时候，仍然不能改变对她的那个不好的印象。

吕老八当晚就弄清了原委。二媳妇听村里人说，三媳妇根本就没进医院门，小两口进了馆子又坐西瓜摊子，尽吃海浪了一天，就无法忍受了，先说给大嫂，俩人说着说着就骂起来，说这“外路货不懂礼俗家规”啦！“山蛮子不会居家过日子”啦！“吕家倒霉就该倒在这小婊子身上”啦！正说得骂得热乎，四妹子下工回来，到灶房里去喝水，听见了，随之就开火了。

吕克俭老汉当着三个媳妇的面作了裁决，大媳妇和二媳妇不该私下乱骂，对谁有意见，要说给他或她们的婆婆，由家长出面解决。三媳妇花钱太大手大脚了，下不为例。老汉很开明地说，他给三娃子已经说清白了，看病交过药费，剩下块儿八毛，吃点瓜瓜果果，主要是有了身子。而把五块钱全部吃光花净，太浪费了。大媳妇和二媳妇都不吭声，算是接受了他的裁决，三媳妇呢？居然当着他的面说：“这五块钱，我给建峰说了，日后我还。”老汉对她印象更坏了，听不进道理的蛮霸货嘛！

老汉躺在炕上，一道无法摆脱的阴影悬在心中：分家。这个由他维系了几十年的家庭，一个在吕家堡难得再找出第二家来的和睦的家庭，现在出现了无法弥补的裂口。老汉明白，无论妯娌，抑或婆媳，即使夫妻之间，一旦破了口，骂了娘，翻过脸，再要制止第二次和第一百次翻脸骂娘，就不容易了，就跟第一次通过水的渠道一样顺流了，要紧的是千万不能有翻脸破口的头一遭。这种事发生发展的最终结局，只有一条路可循，那就是分家，兄弟们拔锅分灶，各人引着各人的婆娘娃娃过日月。吕克俭几十年来看着吕家堡百余户人家都这样一家分成两家或三家，全无例外，现在，轮到他自个儿主宰的这个庄稼院了。

必须采取切实的措施来堵塞这种事件重演，虽然艰难，为时尚未太晚。他在把三个媳妇当面裁判一番之后，立即采取第二步措施，让队里进城办事的会计捎话给二娃子，叫他礼拜天回来，无论如何也要回来。

星期六晚上，大儿子从学校休假回来了，二儿子天擦黑时也回来了，三娃子本身就在家里。喝罢汤后，他把三个儿子叫进里屋，瞅着三个横看竖看都十分顺眼的儿子，老汉一下子觉得不好开口了，鼻腔里潮起一股酸溃溃的东西。大儿静淑，二儿暴烈，三儿焉扑拉沓，他熟悉他们的秉性简直比对自己更清楚。不管他们在外工作或在家务农，也不管他们与外人如何交往，回到家中，他们对他一律恭敬，听说顺教，没有哪个翻嘴顶撞，这也为吕家堡的一切老庄稼人羡慕。现在，他对他们怎么说得出那句“分家”的话呢？

未等他开口，大儿子先做了自我责备，把责任揽到他的内人身上，进而推到自己对家属教育不严的根源上。二儿子效法其兄，说自己做工在外，没有能够制止自己的婆娘。只有老三蔫蔫地低坠着脑袋，没有说话。

老汉却估计出来：儿子们尚没有分家的明显征候，于是就说：“我看……趁早分了，免得日后搅得稀汤寡水，倒惹人笑……”

未及说完，三个儿子一齐反对，词恳意切。克俭老汉这才使出最真实的用心：“既然你们兄弟三人都不想分，那我就给你们再掌管一段家事；既然你们都不想分，那就把自家屋里人管好，再不准像前几天那样混骂混闹了……”

此后多日，这个家庭从骤然而起的僵硬的气氛中渐渐恢复过来，恢复了平素那种不淡不咸的气氛，一月之后，就看不出曾经发生过的矛盾的痕迹了。

一件意料不到的打击突然降至，把吕克俭老汉一下子打了——他的三娃子的媳妇被推到吕家堡的戏楼上，斗争了一家伙！

看着三儿媳妇被民兵拉上吕家堡村当中的那幢戏

楼，吕克俭老汉吓坏了，也气坏了。他很快得知，三儿媳妇偷偷贩卖鸡蛋，投机倒把，走资本主义道路，被公社里抓获了。

半月前，落了一场雨，秋田的旱象缓解了，包谷也开始孕穗了，农活少了，除了管理棉花，再没有什么大的活路了。为了缓解家中的矛盾，他让老伴以关怀的姿态支使三媳妇去杨家斜二姑家住一住。万万没料到，她在二姑家跟着二姑偷偷干起了贩卖鸡蛋的违法的营生。

吕老汉胆战心惊，终日价一副大祸临头的不祥心理。天爷！解放二三十年来，吕老八经历了多少运动而保住了上中农的成分没有升格为富农或地主，全凭的是严谨和守法。这个陕北来的三媳妇，居然敢于冒险惹祸，势必殃及这个十口之家的老老少少的安全，怎么得了！

尤其令老汉气恨的是，一斗争会后的第二天，在一家人惊魂未定的情况下，她居然天不明起来，又贩鸡蛋去了。

吕老八扶着犁把儿，吆喝一声黄牛，心里盘算着怎么办。他忽然意识到，这种灾祸的根源，全是自己铸成的大错！

自己原来想，陕北人日子过得苦，来到关中，不过是为了混一碗饱饭吃，有包谷馍馍和白面面条，那些山里女人就觉得进了天堂了。现在看来大错特错了，这个四妹子不仅不懂关中的礼行和规矩，而且性子野，爱唱歌，花钱大手大脚，骂人比本地女人骂得更难听。老汉忽然联想到“闯王”，那个东奔西杀的李闯王就出在陕北。穷则乱世。这个自小生在吃糠咽菜的穷山沟里的三儿媳妇，自然无法养成遵规守俗的涵养了，活脱就是个失事招祸的女闯王！

这样下去，怎么得了？她自己脸皮厚，挨斗争不在乎暂且不说，由此而引起整个家庭的灾祸，怎么办？上中农这个岌岌可危的成分，说升就升高了。老汉近三十年来没有一天敢松懈过对全家成员的警告：甭张狂！咱的成分麻达！现在，这个灾星倒自己寻着祸闯……

当夕阳从塬塄上消失以后，暮色渐渐浓了，他卸了牲畜，扛着犁杖下坡的时候，一个主意形成了：坚决分家。尽快尽早分开，免得一个老鼠害了一锅汤。这个山蛮子媳妇，看来压根儿就不是个顺民百姓，是一匹从小没有驯顺的野马，一个祸害庄稼院的扫帚星！

十三

满天星光，没有月亮。星星很稠很密，大的小的明的暗的，闪闪眨眨，像搅乱了的芝麻、麦子、黄豆和包谷，大大小小的颗粒混杂掺和在一起，互相辉映又互相重叠。

人说地上有多少人，天上就有多少颗星。一个人占着一颗星，一颗星就在天上注册着一个人。一颗星儿落了，那是天爷从他的大注册簿上把一个人抹掉了，地上的那个人也就死了。四妹子抬头瞅瞅天空，哪颗星星是她的呢？无法辨认，谁也无法帮助她确认出属于自己的那一颗星来。不过，小时候听大大说过，人大了星儿也就大了亮了，人小了星儿也就小了暗了。天上那些顶大顶亮的星星，就是当今世界上那些大人物的象征，主席，总理，总统，省长们都占着一颗。庶民百姓呢？自然只能占有那些稠如牛毛缺光少亮的芝麻粒儿似的星星。四妹子究竟占有哪一颗星星无法确认，也无关紧要，总是有那么一颗吧！不亮就不亮吧！自己原本不是总统，也不是省长，怎么会指望占有一颗大而又亮的星星呢？令人心里窝气的是，老公公和婆婆在背地里咒她为扫帚星，那是一颗带着晦气的令人讨厌又令人毛骨悚然的灾星！

北岭高低起伏的曲线和南源的刀裁一样的平顶，划开了天上和人间的界线。沟坡间那些奇形怪状的峁坎沟豁，都变得模糊难辨了。川道里似乎更黑，分不清棉田和包谷地。沿着灌渠和河堤排列的杨柳林带，像一道道雄伟的城墙巍然屹立在河川里，只能辨出树梢像锯齿一样参差不齐的轮廓。青蛙在河滩的水草里吵成一片，夜越显得静了。山坡上偶尔传来一两声狐狸的难听的叫声，在山崖上引出回声，回声倒显得柔气了。

四妹子左胳膊上挎着竹条笼儿，右手甩荡着，在河川的土石大路上急匆匆跨着步子。她刚刚卖掉一笼子鸡蛋，攥下一笔款子，走起路来脚下生风。她想放开喉咙，在夜风湿润的河川里亮一亮嗓子，无疑是很惬意的，又能给自己壮一壮胆子。然而她终于没有开口，要是被躲在某个旮旯里的歹徒听到了闻声出来，反而自招麻烦。她更加有劲地迈开双脚，更加欢实地甩开右臂，急急赶路。

感谢二姑，指给她这样一条生路。

她天不明时爬起来，趁黑溜出吕家堡村子，沿着河川越来越细的土石路，一直走进去，到那些隐藏在山坡背沟里的村庄去收买鸡蛋；或者涉过小河，走过川道，爬上北岭，到老岭深处的人家去进行此类交易。

越是交通阻隔的偏远的山村，鸡蛋也就越便宜，河川里一块钱买七个八个，在那儿就可以买到十个以上了。收买下一笼子鸡蛋，在夜深人静时分赶回吕家堡，睡过一觉，就爬起来，又趁着天黑溜出村子，赶到城郊去，那儿有几家聚居着工人和他们的家属的大工厂，他们需要鲜蛋。她成全了他们家需要用鲜鸡蛋补养身子的老人和孩子，她也就赚下钱了。一天收购，一天出售，两天完成一个赚钱的周期，除去风雨天和必须到生产队出工的日子，一月里总可以完成六七个这样的周期。每一个周期可以赚下十块左右，有这样的收入实在不错了。

跑路，她不在乎，忍饥受渴，也都罢了，最大的危险是被人抓住后没收了“赃物”，就会把一月辛苦的赚头全部贴赔进去了。到处都是警惕的眼睛，任何意料不到的凶兆随时都可能发生。她现在已经完全深谙此道，一次又一次成功地收买下鸡蛋，一次又一次地出手，也就一次又一次地达到赚钱的目的了。她不无得意。

她已经熟悉源坡和北岭上大大小小的百余个村庄，那些村庄大致的经济状态和人际关系。哪个村庄富裕，哪个村庄穷困，哪个村庄干部管得紧，哪个村庄干部闹矛盾，还有哪个村庄压根儿没人管，到收麦子时还扶不起一个队长来。在这方面，四妹子也许比县委书记或公社的头儿们还要善于用心，还要了解得多哩！那些干部强而又管得紧的村子是禁区，说不定一个什么积极分子一瞪眼就抓住她的笼子，就全完蛋了。鸡蛋是被定为统购统销的仅次于粮棉油的二类物资哩！她小心地躲开那些村庄，而放开胆子走进那些干部不大先进或根本没有干部的村子，像走亲戚一样大大方方走进某一户山民居住的小院，借喝一碗水的时间，与那户男当家或女主妇聊起家常，如果观察判断出这个家庭里没有共产党或共青团的成员，她就提出买鸡蛋的事来。一般说来，这些人是乐于把自家瓦罐里攒下的宝贝鸡蛋捡出来，装进她的笼子里的，因为她比公家收购的官价要高一些，一块钱有二至三个鸡蛋的差别。山民们除非迫不得已，是不会放过高价而低就的。尽管到处宣传说鸡蛋交售给公家光荣，是支援革命，支援亚非拉，直到她把这些宝贝鸡蛋“支援”给城里人的肚子以前，时时都潜伏着危险。供销社的人在车站和渡河的甬道口值班，专门检查偷贩鸡蛋的二道贩子。进入工厂家属区域，常有好事的工人或是居委会的干部出面拦截。很难说他们是为了支援亚非拉或是自己图得便宜，因为他们往往把拦截得到的鸡蛋就地分赃，按公家的价格给她付钱。她可就倒霉了，两天的工夫和往返二百余里的艰难全都白费了，真正是无代价地“支援”给那些比她生活更有保障的工人老大哥或老大姐了。

她被公社供销社的管理人员逮住过一次，从此就只走小路而避开大路了。她在工厂家属区被拦截过两次，从而更加小心翼翼了，对心怀不轨的家伙绝不揭开竹条笼上的蓝布巾子。一次又一次成功地冲过层层封锁堵截，她愈加老练周密，愈少出现差错。因为已经赚下了一个令人鼓舞的数目的票子，即使偶遇不测，也不会过分伤悲，全不像刚起手时被没收了鸡蛋那样难过。权当没有这一次买卖，权当这两天在生产队出工了，权当自己被小偷割了腰包，跑路受累又算得什么了不得的事呢？权当没跑！

至于吕家堡大队批判她的投机倒把的大会，她才不在乎哩！批判一下有什么关系？站一站戏楼怕什么？批判完了，她回家照样端起大碗吃饭，掰开馍馍蘸上油泼辣子吃得有滋有味，她兜里有钱啦！那些批判她的人，尽管说得天花乱坠，却不能供给她买一沓卫生纸的票子！她的公公气得吓得吃不下饭，却照样不给她一块零用钱。两位嫂子嘀嘀咕咕，蹙鼻子咧嘴讥笑她，却绝不会把她们的私房钱匀出百分之一来给予这个陕北山区来的穷妹子。她不指望他们，也不想在他们跟前低声下气，她要自己去挣钱。只要不抓进监牢，批判一下算什么大事哩！脸皮算什么？就是抓进新社会的大牢，一天还要管三顿饭呢！

四妹子发觉，不仅她的公公婆婆哥哥嫂嫂胆小怕事，谨小慎微（上中农的成分压在头上，情有可原），而吕家堡的男人女人似乎都很胆小，一个个循规蹈矩，安分守己，极少有敢于冒犯干部的事。在陕北老家，学大寨没人出工，干部们早已不用批判这种温和而又文明的形式了，早已动起绳索和棍子。公社社长和县上的头头脑脑亲自下到村子里来，指挥村干部绑人打人，逼人上水利工地。四妹子虽然没受过，见得可多了。地处关中的吕家堡的村民，一听见要把某人推到戏楼上去批判，全都吓坏了，全都觉得脸皮难受了。似乎这儿的人特别爱面子，特别守规矩。

四妹子心里感激二姑。她跟二姑寻到了这个不错的挣钱的门路。二姑悄悄跟她谋算说，你甭太傻！你跟姑不一样，你姑夫兄弟一个，打烂补囫全是我和你跛子姑夫的家当。你家里兄弟三个。俗话说，天下的水朝东流，弟兄们再好难过到头。终究是要分家的。人家老大老二都有收入，分了家不怕。你和建峰最小，没有私房，说一声分家，你连一双筷子都买不起，那时再看俩嫂子瞅你的恓惶景儿吧！你的那个公公，叫“成分”给整怯了，又摆一身臭架子，你犯不着跟他闹仗打架，免得人笑话，可也不能空着两手傻乎乎地往下混。你得给自己攒钱，以备分开家来，手头不紧，心里不慌。

二姑给她的谋划是最实际的了，比她自己所能想到的还要长远，她只不过是因为买不起一沓纸一块手绢仨桃俩枣闹气罢了。她现在完全不依赖二姑的“传帮带”了，自己独立行动，进山爬岭收买，钻进工厂家属区出售鸡蛋，而不需跟着二姑。俩人目标太大，行动不便。

说来好笑！吕家堡那个大队长组织社员开她的批判会，他的老婆却偷偷来朝她借十块钱，说是二女儿坐月子，她要买四样礼物去看望。一个慷慨激昂地念着发言稿批判她的女团员，她的母亲也来朝四妹子借过十块钱，说是最小的儿子日渐消瘦，脸皮发黄，要到大医院去检查。一般来说，她不给任何人借钱，不致造成自己有很多钱的印象。但是，这俩女人来借的时候，她很爽快地借给她们了。她暗暗地怀着一种报复的恶毒心理，把钱塞到对方手中。让你们的大队长老汉和会写批判稿子的女儿想想吧！四妹子不大光彩的赚钱行为，给你们却帮上忙了！下回批判我的时光，再多用几个厉害的词儿吧！

……

四妹子走着，甩着胳膊，因为两头不见日头，往返一百余里，全是逃躲大路而专寻小径，她累了；远远眺见吕家堡村子里尚未熄灭的一两个亮着灯光的窗户，腿越发觉得沉重了。她看见一个人对面走来，不由得停住脚，要不要躲避一下？是不是队长派了民兵来堵截？

四妹子正猜疑不定，却听见那人远远地呼叫她的名字，竟是建峰。他来干什么？来接她吗？从来没有过的举动呀：村里又要抓她吗？不管怎样，她走不动了，扑塌一下坐在路边的青草塄坎上。

建峰走过来，站在她当面，难受地说："分……分家了！"

四妹子一愣，猛地站起："啥时候分了？"

"今黑间，"建峰说，"刚刚分毕，我就出村来找你了。你看，咱俩……咋办呀？"

四妹子不屑地盯了建峰一眼，很不满意他那难过的神情，对着黑天的旷野大声说："分了好！好得很！我就盼这一天哪！"

十四

四妹子头上包着一块布巾，避免刷墙的浆水溅到头发上，身上和脸颊上却已经溅满一片白土合成的白色泥浆了。她站在一个条桌上，桌上搁一盆白土浆水，用一把短柄糜子笤帚蘸上浆水，再漫刷到墙壁上去。已经刷过而且干涸了的黄土泥巴墙壁，闪现出一缕淡雅的白色。白色中似乎有一缕不易察觉的极淡的绿色，愈加显得素雅了。

“建峰！给盆儿里添点浆水。”

她站在桌子上，看着门外台阶上的建峰喊着。他正在那儿盘垒锅台，听见她的叫声，放下瓦刀，搓搓粘着泥巴的手，走进门来了。他有点不大悦意地说：“你看，我也正忙着。你从桌子上下来，添了浆水，再上去刷，省得你停着我也停着。”

她斜瞅他一眼：“你不知道？我上下方便吗？”

他瞅瞅她的腹部，缩一下脖子，做出一副顿然悟觉的神气，快活地笑笑，把浆水从铁桶里舀出来，倒进桌子上的盆儿里。

“给我把头巾扎紧。”她说着蹲下身。

建峰又转过身来，笨拙地扯开她的头巾，拴着。她又喊太紧了。他笑笑，又给她再松一松。他问：“还有什么事吗？”随之压低声儿，调笑地问：“裤带儿松了没？要不要我给你拴一拴？”说罢，爱昵地在四妹子的腰里捏了一下，又把手伸到她的脸上摸着。

四妹子没有拒绝，突然惊声叫道："你爸来咧！"

建峰立即缩回手。四妹子看着他难堪的神色，却"嘎嘎嘎"笑起来，揶揄地说："老人家这下管不着我们了！"她又把糜子笤帚蘸上白土浆水，在墙壁上漫起来。

四妹子昨晚就弄清了分家的始末。

由老公公出面，请来了大队里的调解委员会和小队队长，作为官方代表；又依照族规，请来了本族里的长辈和婆婆的娘家弟弟——建峰的三舅，由这三方面的人共同裁决这个即将土崩瓦解的家庭的重大事宜。依照约定俗成的村规，分家时必须由家长出面约请干部和长老儿，晚辈人是无权的，也请不上场来的。

在家庭内部，老公公只允许三个儿子出席，三妯娌连列席的资格也没有。在老汉看来，分家是吕家父子兄弟间的事，商量也罢，吵闹也罢，总而言之都是一母所养，他总是比较好控制他们。妯娌们毕竟是外姓人，没有一个共同的奶头连接她们呀！不能让她们来多嘴多舌，争多论少。

在干部、长辈人和舅舅面前，吕老八外表上没有一丝沮丧和气恨的神色，而是和颜悦色，谦恭地给客人让烟递茶，像是请他们来恭贺吕家的什么喜事似的。他提出分家之事时，也不像一般庄稼人唉声叹气，悲愁满面，一开始就陈述家庭的全部矛盾，说明非分不可了，而且总是责怪儿子不孝，媳妇不贤。吕老八笑容可掬，精明练达，闭口不提儿子和媳妇的不是，反倒夸了大媳妇，又夸二媳妇，连他痛恨的三媳妇也冠冕堂皇地夸赞了几句，随后便把分家的原因统统归于“自个儿老了，想过几天清静日子”上头来。这是一个绝妙的中性的理由，不伤害任何人。老汉诚恳而又质朴地说：“各位！我这个家庭，现在十几口人哪！十几口人的家当不简单咧！啊呀呀！我都六十岁了，管这么大的家务，实实劳不下来咯！记性差迟远了！比方说，前日上街去，一路都念叨着给老二媳妇兄弟结婚要买的被面，一进街，在猪市上转了一圈儿，背着个小猪娃回来了，把被面忘得死死的了……你看看，丢三忘四，怎么能成……”

老汉说得动情，把想分家的真实原因隐藏在心底。

三个儿子，不管心里怎样想，表面上一致反对分家，全部责备自己没有尽到应尽的家庭责任，也没有管教好妻子和儿女，让亲爱的父母费心太多了。

大队的调解委员会和小队的队长无意间相对一瞅，眼目交流着这样一种意思：人家父子如此融洽，兄弟间这般通情达理，好像咱们来故意要拆散人家……

只有三个儿子的舅舅敢于面对现实，他早已不耐烦姐夫和外甥们的虚伪唠叨，插言道：“啥话甭说了，就说分家怎么分吧！”他转过头，对吕老八说，“哥，你把你的想法说出来，合适了，就那样办！不合适了，再商量。说吧！”

克俭老汉早已谋划好了分家的方案。其实，而今分家是最简单不过的事了，没有土地，只有房屋，储存的粮食一家几斗都几斗，没什么意思。关键在于老人的赡养，必须搁到实处。经过多日的反复思谋，他终于把经过无数次修订和斟酌的方案从心里端了出来——

“咱家三间上房，四间厦子。你们兄弟三人，按说分成三份就行了。我跟你妈说了几回，你妈说：‘三个娃子都是好娃，三个媳妇都是好媳妇，跟哪个都亏不了咱俩老人。可跟着无论哪家，都要加重负担。所以说嘛，俺俩人干脆谁也不跟，在俺俩人能干动活儿的时候，不要你们侍候。’我一想，你妈说的对着哩！这样，暂时得按四家分。怎么个分法哩？三间上房，一明两暗，实际明间是走道，不能住人安铺。这两间大房，归我和你妈住，明间给老三建峰。四间厦房呢？老大老二，你俩一家占两间。这个明间说是分给老三，实际不能住咋办？老大老二，你俩每人给老三筹备一间厦房的材料，让老三朝队里申请一块新庄基地，盖两间厦子。我和你妈，活着时单吃另做，死了时由老大老二负责后事。老大管我，老二管你妈。我跟你妈下世以后，这三间上房，你俩一人一间半，算是补偿给你们的埋葬费，棺板钱……”

老汉声音颤抖，说不下去了……

四妹子听着建峰的话，对后来的结局不甚关心了。她能看出，建峰在叙述这一切的时候，除了要告诉她分家的经过和结果以外，还有一个重要的目的，就是诚恳地解释和劝诫，让她接受这个结果。他说：“好儿不在家当，好女不在嫁妆。全凭自己挣哩！不能指靠老人……”四妹子只是想了解一下分家的情况，而对结果却不甚重视。她嗤笑一下，说：“即就咱爸偏心眼，把三间上房和四间厦子全都给咱，又能怎样？那些房子是些什么好房呀！椽朽了，墙歪了，我还看不上眼哩！”建峰听了，惊疑地瞪起了眼睛。

“你一会儿去给咱爸说，分给咱的那间上房（明间）咱不要，也不要大哥二哥给咱准备材料。”四妹子盯着建峰说。建峰眉头拧着，越拧越紧。她说，“咱们自己盖。要紧的一件事，倒是该当立马给队里写一份申请，要求给咱拨划一院新庄基。”

“钱呢？”建峰睁大眼睛。

四妹子爬上炕。打开箱子，取出一厚沓人民币来，摔到建峰怀里："我挨批判斗争，就换来这些钱……"

建峰捏着钱，却没有扭动指头去数它，久久地瞅着，泪花涌出来了。他的妻子，他的媳妇，他的这个四妹子，背着公家人，也背着自家屋里的老人和兄嫂，甚至背着自己，起早摸黑，做贼一样地贩卖鸡蛋，攒下了这么多钱！他不仅没有疼爱过她，而且冷言冷语地训斥她，怕她给他家惹下灾祸……现在，他捏着这摞大大小小的票子，手儿抖了，心儿也颤了。他猛然把刚刚爬下炕来的四妹子搂进怀里，贴着她的脸啜泣起来。

四妹子一早爬起来，就走进四婶家里去。四婶三女一儿，女儿出嫁了，儿子上完大学，恋爱下一位女同学，在西安居家过日子。四婶在西安住了不到一月，就跑回吕家堡来，说她住在城里，顶困难的是拉屎，在那个房屋里的小厕所蹲不下去……四婶一个人住了一院房，两间厦屋空闲着。她一张口，四婶就应承了，而且爱昵地打了四妹子一巴掌，说什么给房租的话，太小瞧她了。四婶说难得她来住，有个伴儿，也能拉闲话了。

她立马动手打扫厦屋，指使建峰盘垒锅台。当她和建峰整整忙到天黑时，所有的家当都从老屋搬迁到村子西头四婶家的厦屋里来了。一切安置停当，她最后才收拾炕面，铺上苇席，铺上褥子、单子，今黑夜就要在这里下榻了。这里，远离那位家法甚严的老公公，她可以和建峰说话，可以说甜蜜的悄悄话，可以笑，也可以唱，再不担心老公公训斥了。她从心底里感到解放了。

她在他盘垒的新锅灶上点燃了麦草，冒出一股黄烟。风箱是临时借来的，锅也是借下的。她轻轻拉着风箱，心里舒坦极了。她在老家陕北没拉过风箱，那里全是吸风灶。她在公公的眼皮下拉风箱，心里总是很紧张。现在，她悠悠地拉着风箱，火苗一扑一闪，第一次觉得作为一个家庭主妇的自豪了。建峰蹲在锅台前，看看前边，又站起看看后边，问她吹风顺不顺。她不说话，只用眼睛回答他，妩媚而柔情：很好很好！一切都好极了！

她温下一锅水，舀下一盆，让他洗一洗身子。他坐在矮凳上，吸着一支烟，说："我累死了，先歇一下。你先洗吧！瞧哇，四妹子，你浑身上下抹得像个灶王婆了！"

她关了门，与四婶隔绝了。四婶有早睡早起的习惯，已经睡下了。她脱了衫子，又脱了裤子，在电灯光亮里，脱得一丝不挂，在水盆里畅快地洗起来。

"转过来，对着我洗。"建峰说。

她依然背对着他，说："你不怕冒犯……你爸的家法吗？”

一句话顶得建峰没法开口了。

她痛快淋漓地搓洗着身子，已经明显肥胀起来的乳房抖颤着。她听见建峰走到她背后的脚步声。他讨好地说：“我给你擦擦脊背……”

“你不怕冒犯你爸的家法……”

“不许再提说那些话！”

她听见一声吼。她被他铁钳一样硬的双手钳住了肩头。他把她猛然扳转过来，她看见他一张恼羞成怒的脸孔。她吓住了。稍一转想，她又喜了，从来没见过他这一副凶相，倒是像个凶悍的男人！“不准再说……”他紧紧瞅着她的眼睛，依然凶悍。她意识到自己几次三番的揶揄的话，惹恼了他了。她瞬间变得缠绵而又温柔，撒娇似的撅起嘴唇，眉眼里滑出并非真心挖苦他的忏悔。在他涨红的脸上亲了一口，就把毛巾塞到他的手里，呢喃地说：“要给人家擦背，还这么凶呀！我的三哥哥……”

夏夜的温热的风，吹动四婶家院子里的梧桐的叶子“嚓嚓嚓”响。屋后坡崖上的蝈蝈“吱吱吱”叫。屋里刚刚刷过的白土浆水，散发出一股幽幽的泥土气息。

“四妹子，再甭说那些话了……”

“嗯……”

下 篇

十五

在四婶家的厦屋里借住了半年时光，秋收一结束，四妹子就在生产队拨划给她的新庄基地上盖起了两间新厦屋。到阳历年底，新屋的地面还没有完全干透，她就千恩万谢过四婶，与建峰高高兴兴搬进自己的新屋。虽然四婶真心实意地挽留他们继续住下去，坚决把她塞给的房租钱再塞回她的口袋，四妹子还是毫不动摇地搬进自己的新厦屋里住下了。她已经临产了，隆起的肚子十分显眼，按医生推算的预产期已经到了。关中乡村有一大忌讳，孩子必须生在自家炕上，绝不能不自觉不知趣而惹人心里烦恼呀！也真是神差鬼使似的，刚搬过来的头一晚，黎明时分，孩子落草了。

四妹子疲倦极了，躺在炕上，一动也不想动。屋子里新鲜的泥腥味儿，混合着屋顶的新椽新檩条所散发的木头的气味。孩子有了，那个满脸黄毛的小小子就躺在身边。房子也有了，她的血就渗在这土木结构的新厦屋尚未完全干透的脚地上。她终于有了自己的窝，自己亲手筑成的窝呀！多不容易！

老婆婆在院子里那间草草搭成的小灶房里扯着风箱。一会儿，她给她端来一碗煮成豆腐脑一样软的鸡蛋。一会儿，她又给她端来熬煮得恰到好处的小米米汤，一碟用熟油泼过的咸菜，几块烤得金黄酥脆的白面馍片儿。她吃着，嚼着，看着婆婆露出在头帕下的银白的头发，慈祥虔诚的神态，她涌出眼泪来了。她的亲爱的生母远在陕北的山旮旯里，尚不知她已经给她生下一个小外孙了。按照关中地区乡村的风俗，婆婆服侍月婆是义不容辞的责任，因为儿媳给她生下了孙子，把本门里的继承人又朝前延伸了一代。四妹子礼让婆婆和她一起吃饭，婆婆拒绝了，她推诿说一会儿还得给老公公做饭，急匆匆地走了。婆婆够忙的了，一双解放脚要来回奔跑在老屋和新厦之间的村巷里，一天要做六顿饭，然而看不出她有什么厌烦情绪……一个新生命的诞生，把她和她的积怨冲淡了。

“这碎崽娃子的鼻子多棱骨呀！”

四妹子坐在炕头吃着饭。婆婆已经解开孙子的包单，重新换上一条尿布，瞅着孙子的脸儿，笑盈盈地赞赏那个鼻子。四妹子一扭头，那小子挤眯着双眼，满脸是茸茸的黄毛，鼻子也看不出有多么棱骨，甚至有点丑不堪睹。她第一次看见刚刚脱离母体的婴儿，真是不大好看，婆婆却看不够似的笑盈盈地看着。

“你爸让我看看娃儿的鼻子高不高。”婆婆动情地说，借机也巧妙地传达了老公公对这件喜事的问候。尚未出月，他一个男人家不能进入儿媳的“月子屋”。婆婆说，“你爸那人穷计较，他说自小看大哩！凹凹鼻子的人，多是苦命人，没得大出息。高鼻宽额的男娃娃，才能出脱个男子汉大丈夫！唔——这崽娃子的额颅也宽得很！”

“妈吔！你干脆说他日后能当省长算咧！”四妹子说。她也动情了。不管这孩子将来成龙成虫，老婆婆和老公公的真心疼爱已经在孩子刚刚落草的第一个早晨就表现得够充分了。她恨不起婆婆也恨不起公公了。她一把抱住婆婆的脖子，亲昵地呢喃着，“妈……妈吔……”

两位嫂嫂也拿着鸡蛋来了，礼仪性的探望。

二姑当天后晌就来了，破了俗，本该三天之后才能来。她迫不及待，带着小米、大米、红豆、鸡蛋和红糖以及上等细面馍馍，装满了两个竹条笼儿，用挑担挑来了。

建峰皱着眉头，看着儿子的脸：“好难看呀！一脸黄毛！”他傻愣愣地说，“电影上那些刚生下的娃儿，又白又胖……”他又笑了，猛地贴着她的脸说，“不管怎样，咱的种嘛！”看见二姑进来，他仓皇地站起来，羞得不知所措。

二姑夜晚没有回家，和四妹子睡在一起，叮咛她怎样给孩子喂奶，换尿布，决不能在坐月子的时日里做活儿做饭，更动不得冷水，那是要留后遗症的。其实，这些事儿婆婆早给她叮咛过了。二姑又悄悄说，不准建峰和她来那事，为了保险，让婆婆晚上和她陪睡，也好照管孩子……

这个小生命来到这间泥瓦小屋的时候，中国大地上刚刚发生过一场惊天动地的震动，“四人帮”垮台的强大冲击波，在一幢幢新墙老壁上回荡。然而这个鼻梁骨多棱骨的碎崽娃子，却无法领受他的年轻父母和备受艰辛的爷爷、奶奶心头的强烈感受。

儿子睁眼了，眼睛好大。儿子会笑了，咧开漂亮的嘴唇。黄毛早已褪净，白格生生的脸蛋子招人忍不住吻他。鼻梁隆起，像爸爸更像爷爷。儿子会翻身了，翻到炕底下，摔得额头上隆起一个疙瘩，婆婆狠声骂她不经心。儿子会坐了，会立了，会牵着大人的手挪步了……终于，他自己在新庄基前的土路上能跑步了。

整整一年半的时间里，四妹子怀里挟着娃娃，为他擦屎，给他喂奶，防备他翻跌摔倒。她出不了远门，连工分也挣不成了。她管孩子。她做饭扫院，完全成了出不了大门的家庭妇女了。她真有点急了。

吕家堡的世事全乱了套。那些在“四清”和“文革”中受整挨批的干部和社员，那些被补定为地主富农的“敌人”，白天黑夜跑上跑下，跑公社，跑县政府，在吕家堡东跑西跑更不在话下，急头急脑地要求给自家平反，甄别，赔偿损失，退还房屋。那些整过人的人终日里灰头灰脸了。那些受过整的人，自然结成了一种联盟，在一切场合里互相呼应，互相撑腰，对付那些整过他们的人还在继续玩弄的新的招数。为了扩大阵线，几次有人走进四妹子的新屋，可着嗓子骂那些还在台上的干部简直不是人，简直连六畜也不如，把他们整惨了，譬如四妹子贩鸡蛋的事，他们也斗她，没收鸡蛋，现在应该要求公开平反，退还损失。

四妹子表示热烈的响应，然而却没有实际行动。她无心。她想，斗了批了已经过去了，平反也给不了她任何实际的好处。没收过的十来块鸡蛋钱，退了也没多大意思。她已经瞅着了一笔生意，无心管球平反不平反的事了。

她从旁人口中得知，南张村大队为了给平过反的人退赔经济损失，把库存的储备粮拿出来卖哩，每斤二毛钱，却不零售，嫌麻烦，最少起数是一千斤。好多人看着便宜，却没有现款。四妹子的心按不住了。

她把娃子塞给婆婆，说她要出远门了，娃子已经断奶，只需给他喂点羊奶和馍馍就行了。她跑到二姑家，开口借下五百块钱，当天晚上就到南张村买下了一吨半小麦；装上了雇来的北张村大队的小拖拉机，连夜晚拉到桑树镇面粉加工厂，小麦就变成了一袋一袋摞得山高的面粉。赶天明，她站在小四轮拖拉机驾驶员后边的连轴上，不断地叮嘱小伙子小心驾驶，在车辆行人越来越稠密的城市近郊的公路上奔驰，目的是火车西站。那儿聚居着铁路工人、搬运工人，大多是重体力劳动者，比农村人的饭量还要大，公家定量配给的粮食常常吃不到月底。她在过去卖鸡蛋的时候，曾经义务为几户搬运工在村子里偷偷买过粮食。

市场早已解冻，活跃起来，粮食也上市了，小麦降到三毛五一斤，她现在决定把面粉按小麦的价值出售，因为她购买的小麦便宜。关键要快快出手，多拉多跑一次，比在价格上死抠要有利得多了。果然，满载面粉的小拖拉机在那些小草棚区一停下来，就有人打问，就成交了，一顿饭工夫，倾销一空了。

她脖子上挂着一只帆布包，收来的钱全都塞进去，来不及清数。直到卖完，她看着装得鼓鼓的帆布包，竟不敢动手数了，更不敢从脖子上卸下来。

她把驾驶员领到就近一家饭馆，管饱吃了一顿，又回到车上，她把一张大团结塞给驾驶员，作为对他的犒赏，至于运费，将来与北张村生产队一次结清。

她对他说：“赶回南张村，再买一吨半小麦，连夜到桑树镇加工，赶明日一早再来，我再给你十块，怎样？两天两夜不睡觉，撑住撑不住？要是撑不住，我另找拖拉机。”

“没问题，嫂子！”小伙子把钱装进腰包，恭敬地叫她嫂子，虽然以前并不认识。他说，“加工小麦的时光，我正好可以睡觉，你可是连轴转啊！只要你撑得住，我没一点儿问题。走吧！直接去南张村？”

“南张村。”四妹子说。

“你不回家去看看。”

“不回了。”

连着三天三夜，车轮子不停转，人也不停手脚。第四天清早，她卖完了面粉，照例给小驾驶员在小饭馆买了饭吃。她破例塞给他二十块钱，小驾驶员毫不客气地塞进腰包说：“感谢嫂子！我送你回家吧！”她摇摇头说：“不。到桑树镇。”他就头也不回地开到去桑树镇的路上了。四妹子坐在小拖斗里，瞅着小驾驶员落满黄尘的脑袋，心里想，她给他钱，叫他开哪儿他就开到哪儿，他开北张村生产队的拖拉机，队里给他计工分，每天有一块钱出车补贴，连工分价值合起来超不过两块钱。她给他十块，最后这回给二十块，他自然能算得来哪个多哪个少。他帮她卖面，还叫她嫂子。她扶着拖斗上的栏杆迷迷糊糊睡着了。

她被他摇醒，桑树镇到了。她把小麦加工后的麸皮存放在面粉加工厂的仓库里，有一千多斤哩。她给公社牛奶场打电话，依公家的价格卖给奶牛场。奶牛场场长喜悠悠骑着自行车跑来，办完转了手续，把钱交给四妹子，就去提货了。四妹子把钱同样塞进帆布袋里，旋即跳上拖拉机，给小驾驶员说："现在开到你们北张村，给队里交车费，一切手续全完了。"

天擦黑，四妹子脖子上挂着那只鼓鼓的帆布袋儿，走进吕家堡村子。广播上又在传人开会，大约还是给什么人平反的事。她冷漠地转过身，从一条背巷走向自己的小院。她一脚踏进门，建峰从炕上翻身跳下来，像看一个不速之客一样从头到脚打量着她，惊吓得眼里失了神："我的天啊！你干啥去了？我就差点没去监狱寻你了！你看看，你成了啥模样？"

她坐在木凳上。成了什么鬼模样呢？她从柜子上拉过小圆镜儿一照，自己也认不出自己了。她的头发像从面粉和黄土里摆拂过一般，黄里透白，污垢把鼻梁两边的洼儿都填平了。嘴唇燥起一层干黑的皮屑，而眼睛像是充了血的火球。三夜四天，她没有睡觉，也没有洗脸，卷入一种疯狂的兴奋之中，直到南张村的储备小麦处理完毕。

建峰已经端来一盆水，放在脚地，让她洗。她草草洗了脸，把脖子上的书包卸下来，扔给他，说："你数数。"自己就势倒在炕上。

建峰解开书包，吓得奔到炕边，把她猛地拉起来，搂着她的肩膀："你抢人来？"四妹子淡淡地笑笑，推开他的手，就躺下了。

建峰数完钱，码完大票小票，锁进箱子。把四妹子的鞋袜脱掉，把低垂在炕边的腿脚扶上炕去，帮她脱了棉衣、棉裤，再把被子盖严。他脱了自己的衣服，贴着她睡下来，把她搂在怀里，轻轻地捶着她的背说："我的……你呀！你……真个是个……闯王！"

四妹子睡得好死！

建峰突然想起父亲。妈妈和爸爸，一天三回跑过来，问她的确凿消息，现在还悬着心哩！他爬起来，穿好衣服，外锁上门板，急匆匆跑回老屋里，悄悄告诉两位老人，说她完完整整地回来了。从她头上和身上落下的面粉看，她确实是做了那桩生意。建峰在四处打问媳妇的下落时，有人说在去西安的路上见到她坐在拖拉机上，车上装着面粉，而南张村处理储备粮的事无人不晓，这是很容易联想到一起的事。爸和妈都吓得什么似的，一再叮嘱说："挣下几个钱算了。心甭太狠！目下乱世，甭看政策宽了，说不定啥时月又杀回马枪！"

妈说："快把娃娃抱回去，跟他妈睡去。娃儿三天三夜没见妈妈的面，刚才还跟我要他妈哩！"

建峰笑笑说："算咧！她已经睡下了。她太累了，回到家，没脱鞋就睡着了。让她好好歇一宿，甭叫这碎货捣乱……"

妈妈的嘴角撇了撇，不言而喻的眼色在说，你倒会心疼媳妇……

十六

这一年的春节，小两口过得红火，过得热闹。四妹子给自己和建峰做了一身新衣新裤，都是当时乡村里最时兴的"涤卡"布料，而头生儿子更不用说了。酒肉衣食的丰盛和阔绰，并不能掩盖小两口之间的分歧，从大年三十晚上包饺子时开始争论，一直到过罢小年——正月十五元宵节，这场争论仍在继续。四妹子打算办一个小型家庭养鸡场，她既可照管孩子，又能免去四处奔波，收入也不会错的。建峰则主张到桑树镇开一个电器修理铺店，让她给他记账，管孩子，做饭，根本用不着养什么鸡呀猪呀的。

“让我去当老板娘？哈呀！我这心性可服不下！早晨给你倒尿盆，一天三顿给你做饭，晚上给你数钱，这…… 舒服倒是舒服，可我会闷死的。”

“你养鸡能挣多少钱嘛！那些刚出壳的小鸡，买十只活不了一只，你去问问隔壁邻居的婶婶嫂子就知道了。”

“这你就甭管了。我已经把一本《养鸡知识》念得能背过了，我按科学办法养鸡。婶子和嫂子们只会老土办法……”

这种争论一直在进行。大年初一，两口子吃着肉馅饺子互相都想说服对方；两口子抱着孩子，背着礼物去给二姑拜年的路上，又争得七高八低；眼看着过了正月十五，新年佳节的最后一个小高潮也过了，还是谁也说服不下谁；最后，双方只好互相妥协又各自独立：建峰到桑树镇去办他的电器修理门市部，四妹子在家里创办她的家庭养鸡场。她和他达成两条协议：一是在他去桑树镇之前，帮她盘垒两个火炕，作为饲养小鸡的温床，她一个人干不下来。二是她要求他每天晚上都回家睡觉。他说，那么下雨下雪呢？她说，下雨下雪也要回家来。他说，这规程定得太死了吧？稍微灵活一下行不行？她说，不能灵活。她和他结婚好几年了，吵也吵过嘴，闹也闹过别扭，晚上总是在一个炕上睡觉，成了习惯了，他要是不回来，她就会睡不踏实。他仍然希望能有百分之一的灵活性儿，或者说特殊情况。她干脆一句话说死，百分之一的机动灵活性儿都不许有，想拉野婆娘了吗？一句话噎得建峰红了脸，再不争取什么灵活性了。

正月十六日，一般乡村男女还都没有从新年佳节的醉意和慵怡中振作起来，欢乐的气氛还没有从乡村的街巷里消散殆尽，四妹子和建峰已经干得大汗淋漓了。

她给他供给泥巴。他提一把瓦刀在盘垒火炕。他是个聪明的乡村青年，心灵手巧，她只要说出关于这个火炕的用途和想要达到的目的，他就能合理地安排火口的烟囱，而且能调节火炕的温度。看着已经初具雏形的火炕。她是满意的。她用铁锨挖泥，送到他的手下。他需要一块瓦碴垫稳土坯，她立即递给他。他给她帮忙，她显得驯服而又殷勤。

他接住她递来的瓦碴片子，垫到土坯下，稳实了。他说："晚上要能这么听说顺教就好啰！娃他妈，明白吗？"

她猝不及防，正在干自己一心专注的事儿，他却说起晚上的事儿。她在他脸上爱昵地拍了一巴掌，就把手上的泥巴抹在他的脸上了，随之哈哈大笑，笑他的五花脸儿的滑稽相。

四妹子一次买回来五百只小鸡，把吕家堡的男人女人都惊动了。这里的女人，虽说家家养鸡，顶多也不过十来只，全是春天用老母鸡孵化出来，小鸡借着老母鸡的温暖的翅膀渐渐长大，谁也没有把握把那些用机器孵化的小鸡抚弄长大。人们全拥进她的院子，挤进她的厦屋，伸手摸摸炕壁，瞧着炕上拥来挤去的雏鸡，出出进进，在小院里，在大门外的土场上，议论纷纷。

三间厦屋，只留一间作为她和建峰睡觉生活的用地，而把两间都辟作鸡舍了，三条大火炕，占据了两间厦屋的脚地，中间只留下一条小甬道。五百只小鸡“叽叽”叫着，吵成一片，屋里很快就出现了一股鸡屎的气味。

门前榆树上的榆钱绿了又干了，河川里的麦子绿了又黄了。紧张的夏收一过，炎热的三伏酷暑使庄稼人有空追寻阴凉的时候，那些女人们串门串到四妹子家里来，全都惊奇得大呼小叫起来。

多么可爱啊！用竹棍儿围成的鸡圈里，一片白格生生的雪一般的羽毛，在争啄食物，在追逐嬉戏，高脖红冠的大公鸡追逐着漂亮的母鸡，不避人多人少，毫不知羞地跳到母鸡背上交媾。整个小院里，全都用竹棍围成栅栏，只留下一块小小的空地。

四妹子热情地接待一切前来观看的婶婶和嫂子们，耐心地回答她们的询问，并不在意某个心地褊狭的女人眼里流泻出来的忌妒的神色。成功本身带来的喜悦和自豪，足以使人对一切世俗采取容忍和宽让的胸怀。

刚刚交上农历八月，一声震惊人心的母鸡的叫声从后院响起，四妹子掀开栅栏门，跑进鸡圈，惊吓得母鸡刮风一样奔逃。她跑到鸡窝跟前，那窝里有一个白亮亮的鸡蛋，抓到手里，这才看见，那粉白的蛋壳上留着丝丝血痕。她的眼睛被溢出的泪水模糊了，一个无法压抑的声音在心里回荡：开产了！开产了！

不到半月，三百只母鸡相继开始产蛋，从早到晚，母鸡向她报告下蛋的叫声此落彼起，不绝于耳。她把一盆一盆搅和好了的饲料撒进食槽，捧着一篮又一篮鸡蛋走出栅栏门来。她须臾也不敢离开屋院，真是太忙了。最迫切的一件事是，鸡蛋无法推销出去，堆在家里不行呀！

她终于和建峰商量决定，请老公公和婆婆过来帮忙。虽然婆婆帮她带娃娃，收鸡蛋，然而毕竟不是靠得住的。她要跟两位老人正式交谈一番，要两位老人靠实靠稳到她的小院里来照料内务，她隔一天两天就可以出去卖掉鸡蛋了。她在村子里的代销点买了蛋糕、卷烟、茶叶和酒，一共四样礼物，让建峰用挎包装着，走进熟悉的老公公的住屋里去了。

第二天一早，四妹子挑回一担水回来，看见老公公蹲在台阶上抽旱烟，她忙招呼老公公坐到屋里，老公公却磕掉烟灰，捞起她刚刚放下的挑担要去挑水。她对他说："爸，你腿脚不便了，让我去挑，你给鸡拌食吧！"

她告诉老公公，包谷糁子、麸皮、鱼粉、骨粉和几种微量元素的配方比例，老公公说他记不住，还是让他去挑水好了。她不让，说："爸，我要是出门卖鸡蛋，你还得喂鸡。其实不难，我给你把配方写在墙上，掺配一两回也就记住了。"说着，她动手示范了一下，在木缸里按比例放足了各种饲料，搅拌均匀，然后让老公公把饲料端进鸡圈去。老公公刚要动手推开栅栏门，她忙喊："爸吔！在门旁边的石灰里踩一下。"

老公公回过头来，迷茫不解："踩石灰做啥？"

四妹子说："消毒。"

老公公不耐烦了，放下盛满饲料的盆子，索性走回来："嫌我有毒？你自个儿送进去！"

四妹子笑了。老公公心里犯了病了。她笑着解释："爸吔！我送进去，也要踩踏一下石灰。我每一回进鸡圈，都要过这一番消毒手续的。你老甭犯心病，这是防疫要求，不敢违犯。”

老公公好像听进去了，再次走向鸡圈的栅栏门儿，在石灰堆里踩踏了一下，端起盆子，走进去了。

四妹子挑着水桶走出门，忍不住笑了。老天爷，她在指拨着老公公啊！他居然听她的话了！他是吕家堡屈指可数的几个精明强悍的庄稼把式，总是别人询问他的时候多，在乡村的庄稼行里，没有难得住他的活路或技术。他又是一位家法特别严厉的家长……然而她吩咐他要做的卫生防疫制度，他却遵守了。

四妹子再挑回一担水来。刚进街门，她听见老公公大声严厉地指使老婆婆说：“在石灰堆里踩踏一下。脚上有毒。卫生防疫不敢马虎。记住，每回进鸡圈，喂食也好，收鸡蛋也好，不管我在不在跟前，都要在石灰堆里把鞋底子蹭一蹭。”

四妹子笑了。

老公公闻声扭过头，也不好意思地笑了，大声解嘲地说：“你甭看我老脑筋。我信科学哩！那年，政府把化肥送来，没人敢买敢用。好些人说，咱用大车给地里送粪，麦子还长不好，撒那么几斤白面一样的东西，还能指望长麦子吗？我买了用了。嗬，那一年，就咱家的麦子长得好！我信……”

吃了一点干馍，喝了几口开水，四妹子把两个垫着麦草的鸡蛋筐子绑在自行车上，对两位老人说：“十二点喂一次，五点钟再喂一次，按比例搭配饲料。鸡蛋要及时拾了，窝里堆得多了，就容易压破了。”说完，她把车子推出街门，儿子闹着要跟她去。婆婆好劝歹劝，才把那号啕大哭的小子拉扯走了。

四妹子跨上车子，清晨的风好凉爽啊！

十七

每天早晨，天刚放亮，老公公和老婆婆就前后相随着来到四妹子的鸡场，动手清理鸡场里的脏物，打扫卫生，然后挑水拌料，像工人上班一样及时。有时候老人来的时候，她和建峰还在酣睡，听见老公公故意惊扰他们的咳嗽声，慌忙爬起，奔到院子，拉开街门门栓，把等候在门外的两位老人迎进门来，心里常常很感动。

建峰擦洗了脸，推动车子，匆匆走出街门，赶到桑树镇自己开设的电器修理铺去了。

四妹子隔上一天两天，就要赶到南工地去卖鸡蛋。这个南工地，实际是一家兵工厂，兴建之初，是建筑公司的南工地，工厂建成后，建筑工人早已撤走了，当地村民仍然不习惯叫兵工厂的名字 ×× 号信箱，仍然称作南工地。前几年，四妹子倒贩鸡蛋的时候，从来也不敢光顾这家兵工厂的家属院，宁肯多跑二十几华里路，送到人际陌生的西安东郊的工人聚居区去。南工地的大门口有警卫，而家属院的门口往往有供销社派来的干部，专门在那儿盯梢，抓获敢于偷卖鸡蛋的人……现在，南工地大门口外的水泥路两边，全是邻近村庄出售农副产品的农民，各种应时蔬菜、瓜果、鲜肉和鸡蛋，一摊紧挨一摊，沿着大路铺开下去。有人在路旁盖起小房子，出售生活用品；饭馆，理发店，酒馆，也开始营业了。四妹子到这里来出售鸡蛋，再不必担心供销社干部来没收鸡蛋了，真是感慨系之！

她隔一天顶多隔两天来卖鸡蛋，太费时了。把鸡场的繁重的劳动全都搁到两位老人肩上了。她与南工地的职工食堂的采购员认识了，达成协议，每天后晌给食堂送三十斤鸡蛋，每斤价格随着市场价格的浮跌而升降，一般低于市场一毛钱。食堂图得省事，又捡了便宜，又保证能吃到最新鲜的鸡蛋，四妹子也省去了整晌整天在那儿坐待买主的麻烦，两厢满意。她在后晌给南工地送一趟鸡蛋，早上和中午就能悉心照管鸡场了，也能使两位老人稍事歇缓了。为了确保这种关系得以持久，四妹子就用一只盒子装上三五十个鸡蛋，送给那位采购员。

四妹子养鸡获得成功，获得了令人眼热心热的经济效益，消息不胫而走，四处传扬。终于有一天，一位陌生人走进院子来了。

来人自我介绍说，他叫解侃，干脆叫他小解好了，他说他是城里报社的记者，专门采访她来了。四妹子听着介绍，把他递给她的记者证还给他，看着他白净的脸膛上，却蓄着一绺小胡须，黑茸茸的，头发披在后脖颈上，这是很时新的男青年的打扮。她突然扬起头，对正在拌料的老公公说："爸吔！这位同志寻你哩！"说着，就从老公公手里扯过木锨。老公公迷惑地瞅着那位穿戴打扮与乡村人相去太远的青年人，坐到树荫下的小桌旁，一边招呼客人喝水，一边警惕地用眼睛瞄着他在兜里掏笔记本和钢笔。四妹子装作什么也不曾留意，在木盆里翻搅饲料，心里却想，老公公在家里是一尊至高无上的神，三个儿子和三个儿媳以及孙子们，都不能违拗他，他和晚辈人之间有一道威严的台阶。然而面对这样一个小小年纪的外来人，一个记者，老公公眼里除了警惕和戒备之外，还有一缕害怕的神色，是一种在佯装的大方掩遮之下的复杂的表情。她听见老公公和小记者很不顺畅的答问——

"老同志尊姓大名？"

“吕克俭。”

“多大年龄？身子骨还好吧？”

“好好！六十多了。”

“你什么时候开始想到创办家庭鸡场！”

“唔……大概在过年那阵。”

“你不怕……‘砍尾巴’吗？”

“砍啥尾……巴？”

“资本主义尾巴。你过去受过砍尾巴的苦吗？”

“那……当然还是怕。”

“你又怎么克服的呢？”

“我……”

四妹子看见，老公公局促不安地搓弄着小烟袋，结结巴巴，鼻尖上冒出细密的汗珠子。他求救似的瞅一眼四妹子，希望她快出场，回答这个“洋人”的问询。四妹子偏是装作没看见，继续做自己的事。她听见，记者又问技术方面的事，怎样防疫，怎样喂食，怎样解决雏鸡死亡的困难……老公公终于不耐烦地站起来，从她手里夺过木锨，说：“你去给他说去！”

她应答了记者的提问，送走了客人。过了两天，县妇联主任和公社妇联主任乘坐吉普车来登门做调查研究，四妹子又把两三位女领导人引到老公公面前，要老公公回答她们感兴趣的一切问题，弄得老汉更加不好意思。直到妇联主任表示过关心之后，乘车离去，老公公迫不及待地责问四妹子说："你这个娃呀！你办的鸡场，人家来了就该你应酬嘛！你把我推到人面儿上，我又不知道那些什么'温度'、'食量'、'成活率'的事，净叫我受洋罪……"

四妹子扬起头，装出一副傻样儿说："凡是外面有客人来，理当你老人家接待应酬，这是咱家的规矩。俺小辈人咋能多嘴多舌……"

"呃……嘿！"老公公噎住了，反而说不上话来。他现在才明白了三儿媳妇的心计，意在报复他对她的二姑的那次不礼貌接待，她可真是心眼多端。老汉又一时不好意思否认自己的家规和家风，气闷闷地抽起烟来。

四妹子怕老公公真的犯了心病，又装作毫不介意地说："爸吔！其实我是故意让你跟那些干部多接触接触。我看你总是怯那些干部。你接触多了，也就明白，他们是干部，可也是人，没啥好害怕的……"

那位记者的文章在报纸上一发表，四妹子的小院里就更加热闹，好多有组织的代表团前来参观，从早到晚络绎不绝。县委书记和县长来了，大加赞扬，说她是他们领导下的河口县的第一个养鸡专业户，应该大大地宣传一番，她给全县的妇女蹚开了一条致富的门路，无疑是一个典型。有人要请她介绍经验。有人要总结她的最新材料。有人来说要写她的报告文学。有人要她填一张表，补选县人民代表……

她被热情的波浪包围着，冲击着。她不能离开屋院了，给南工地食堂送鸡蛋的事也办不到了，老公公主动承担了。

老公公第一次给南工地食堂送鸡蛋回来，把一根甘蔗塞给孙子，然后从内衣口袋掏出钱来，交给她。她从老公公手里接过钱的时候，突然想起刚到这个家庭以后，老公公给她五块钱并且因为她花掉了而闹出家庭纠纷的事。现在，老公公向她交钱了。

这天晚上，吃罢晚饭，一家人都在逗着小儿子取笑，四妹子从抽屉里取出五十块钱，对老公公说："爸吔！你和俺妈给我帮忙整一月了，这是我给你们两位老人的工资，每人按二十五元一月，这是五十块。日后，养鸡场发展了我再给您增加……"

一家人全惊呆了。老公公瞅着她，半天才说："这算啥话？啊？这算啥话！一家人，还发工——资？那我跟你妈不是成了你的长工了？"

老婆婆也附和说："你不怕人笑话吗？失情薄意的！"

建峰却不开口。

四妹子说："我不能让您二老白干呀！社会主义的分配原则是：按劳取酬。您干了就该有报酬，这是合情合理的事。”

“哈呀！哪有老子挣儿子的钱这号事？”老公公说，“我要钱做啥？只要你们过得好……”

四妹子却毫不动摇：“你要是不受钱，我就不好让您二老继续干下去了。我就要另外在村里雇人……”

老公公更加吃惊，睁大眼睛：“你可不敢胡来！虽说目下政策宽了。雇人可是剥削，是共产党头号反对的事！”他自解放以来，最担心的就是怕被升格为地主——剥削阶级，而乡村里作为剥削的最主要标志，就是雇工。

“我不怕。”四妹子说，“我给人家开工资。我也不知道这算不算剥削。”

“既是这话，你先甭着急雇旁人。”老公公把五十块钱接过来，“我就收下这钱，免得你再雇旁的人来。日后万一有人追究起来，我说是给儿子帮忙，也留一步退路……”

过了几天，那位解记者又来了，询问鸡场的发展。四妹子却想，记者们消息都很灵通，就探问可不可以雇工和雇工算不算剥削的事。记者似乎还没有获得这个具体问题的权威答案，说得含含糊糊。由此却引出了四妹子给公公婆婆开工资的事，解记者大感兴趣，追根刨底，问得四妹子简直都无法回答了。几天之后，报纸上就有一条显赫的标题——

媳妇给公婆发工资
——中国农村家庭结构的质变

四妹子接到解侃寄来的报纸，看了，看得似懂非懂。她真服了这耍笔杆子的，一件在自己看来毫不起眼的小事，让他给分析出那么多的意思来，真是了不起！

这年到头，四妹子给两位老人做了一身新衣服，而且买回一台电视机。大年三十晚上，一家老少欢聚一堂，真是“春满乾坤福满门”。包完饺子，四妹子就说出了下一年的发展计划，她算了养鸡卖蛋的账，获利虽不少，还是不理想。她要买一台孵化雏鸡的机器，那利润比养鸡强多了，大多了。她说，政府现在宣传鼓励农民搞好家庭副业，好些乡村女人眼见她养鸡得了利，发了财，都眼热手痒了，来年春天的雏鸡无疑会是紧俏货。四妹子说：“这一步棋瞅准了，下手要早，单是忙前这一季，赚上万把块钱不成问题。”

老公公不由得愣愣地盯住了三儿媳妇，心里暗暗佩服。这个陕北女人对明年可能出现的小鸡热销的估计完全对头，趁此机会孵化小鸡是有眼光的。他想热烈地肯定儿媳的这“一步棋”，临到开口时，却说成了这种话：“这步棋倒是看准了。我说嘛！要那么多钱做啥？就这三百母鸡，收入的钱够吃够穿够用了，算咧！一下子抓到那么多钱，万一日后政策上有个闪失，钱多反倒成了祸害了……”

“从目下形势看，政府号召农民挣钱发家哩！广播上从早到晚都在说这号话。”建峰插言道，“至于日后会不会变卦，怕是神仙也难预料。”他说这话，用的是一种不介入的清高语调，没有明显的倾向性。

“变了卦再说变了卦的打算，现在允许咱挣钱我就要挣。”四妹子毫不动摇，“爸吔！你甭怕，万一日后把我当新地主斗争，连累不了你的，你是我雇来的长——工嘛！”

老汉扭过头笑了。

“买下孵化器，就得雇人了。”四妹子说，“需要好几个人哩！”

“不敢！”老公公坚决反对，“共产党允许农民挣钱，可不准雇长工呀！这是明摆着的道理，你甭胡来。”

“那怎么办？”四妹子也不敢坚持，“可那孵化器，一装上鸡蛋，黑天白日不能离人，要控制温度，要翻搗鸡蛋。小鸡出来了，要喂食喂水，还要检查种蛋……”

“让建峰回家来帮忙。”婆婆说。“我正在钻研修理电视机的技术哩！”建峰说，“我见不得那些毛草货！一看见鸡呀蛋呀，就烦，一听母鸡叫唤，脑子就晕了……”

“那……这样吧，让你大嫂二嫂过来干吧，还有那几个侄儿侄女，都能干活了。”老公公想出了万全之策，“一来可以免去雇工剥削之嫌，二来也成全了你的两个哥哥。你们的日子过得好了，也帮他俩一下。你大哥教书挣那几个工资，现时看起来就不如养一窝母鸡了……”

四妹子同意了。老公公的话，她不能不同意，那毕竟是亲兄弟啊！

新年的钟声响了，悠扬，雄浑……

十八

兄弟三家联合经营的养鸡场办起来了。

一台浅蓝色的崭新的孵化器买回来了。在靠着街门一侧的土打围墙前，临时修盖起两间油毛毡苫顶的泥皮房子，作为机房。第一窝雏鸡的孵化工作从选择种蛋开始，直到小鸡破壳而出，四妹子几乎寸步不离。春节前，当她产生了随之决定了要走这一步棋的时候，她就赶到二十里远的紫坡国营养鸡场去，在那里从选择种蛋到小鸡出壳看了一个全过程，她自己掏钱在国营养鸡场的职工食堂搭伙，无代价地跟班劳动，陪着值夜班的工人一起值班。现在，她在自己家里开始第一窝小鸡的孵化工作了。

她告诉侄女雪兰和二嫂，在电灯光下，可以看到蛋壳内有一个黑点的鸡蛋是受过孕的种蛋，而没有黑点的蛋是水蛋，孵不出小鸡来的。她告诉她们怎样控制孵化机的温度，直到帮她们辨识那只温度计上的刻度。侄女雪兰毕竟有点文化，多说两遍也就记住了。而二嫂则白眨着一双眼睛，今日刚记住一点儿，睡过一夜又忘了。这个骂大街一骂三天可以不骂重样话的愚蠢的二嫂，却是记不住机器上头那些旋钮的名称和作用，最后只好换由她的二女子小红来替代。四妹子带着两个侄女，终于孵出第一窝小鸡来，两个侄女高兴得把刚刚出壳的第一只小鸡抢来夺去，在她们的脸上抚摩，甚至用嘴亲那细茸茸的乳白色的绒毛。

对这件事最称心的要数吕克俭老汉了。

老汉从早到晚，没有闲暇的工夫。他搅拌饲料，打扫鸡圈，背上大笼到河沟里去挖水芹菜，那是母鸡最喜欢吃的青饲料了。挑满一笼青草，夕阳隐没，凉飕飕的山风吹着肌肤，老汉点燃一袋旱烟，在沟坎上美滋滋地抽着。看见自己三个儿子都成为吕家堡最富裕的家庭，至于自己要不要挣儿子们的钱，有什么意思呢？

这个三家联营的鸡场，把分裂的三兄弟三妯娌又扭结在一起了。老大在邻近的小学校教书，过去一直是食宿在校，周六才回到家中过礼拜，现在，他每天傍晚骑自行车赶回家来，匆匆吃一碗饭，就自动在鸡场寻活儿干，直到半夜。

老汉背起一笼青草，在夕阳的余晖中，走下山沟来了，回去铡碎了好喂鸡啊！

四妹子却感到了一种威胁。她已得知，仅是这个不足两万人口的小小公社里，已经有三家农民办起了孵化场，看来瞅着这步棋的，不只是她一个人。竞争是明摆在眼前的。吕家堡村街巷里最显眼的墙壁上，并排贴着那三家出售小鸡的广告。而国营紫坡养鸡场的广告也派推销人员下乡来逐村张贴，什么“本场有十五年孵化小鸡的历史，经验丰富，小鸡健壮，成活率高达百分之九十八”等等。人们尊崇习惯，习惯是紫坡养鸡场的小鸡最保险了。

四妹子琢磨好久，找到大哥，把一厚扎红绿纸摊在桌上，让当教员的大哥书写广告。

她只考虑了一条：保活。凡是买四妹子家的小鸡，由四妹子负责指导饲养，负责治病，免费医疗，随叫随到。这一条，是最致命的一条。那些不懂小鸡喂养技术的农妇们，最怯小鸡死亡，而小鸡的确是难以喂养的。

这一条，不仅打败了另外三家竞争者，而且把紫坡养鸡场也打败了。他们无法取得农村女人的信任，她们一股脑儿拥到四妹子的屋院里来了，小鸡供不应求。有人宁愿等到下一拨儿小鸡孵出再买，而不想在旁的什么地方买来。

四妹子因此却惹下了麻烦。那些从来都是依赖老母鸡的翅膀哺养小鸡的农妇们，总是不习惯于科学喂养小鸡，控制不了温度（这是关键），也控制不了食量，弄得小鸡常常发病，甚至死亡。她只得按广告上说的去做，给人家的病鸡治理。有时候刚刚睡下，有人来敲门，说是小鸡有毛病了，她就跟来人连夜赶到人家村子里去……由于她的指导，挽救了成千上万的小鸡的生命，四妹子的名声大振，农妇们简直尊称她为“鸡大王”了。随之成正比的是，她的小鸡的销路越来越好，令人鼓舞。

四妹子太累了，她销售出去的小鸡越多，她的负累也就越重，有几次，她不得不骑上自行车赶到七八十里以外的秦岭山根下，去挽救那些从她那儿买下的小鸡的生命。她很累，却不厌烦。她自己也搞不清哪儿来的这样高的心劲。她只是确凿地意识到了，自己能挽救十只小鸡的生命，反过来就可能增加一千只小鸡的销售量。虽然治病跑路不要钱，而更大的收入却早已流进了联营鸡场的账本。她受到那些接受她施治的家庭主妇的最热情的招待，常常使她处于一种扬眉吐气的愉快心境中，听着那些推心置腹的又是啰啰嗦嗦感激谢恩的话，四妹子一次又一次觉得她这个异乡女人在当地人中间活得像个人了。有一次，在本村给一位妇女的小鸡治病，而那位妇女的丈夫曾经是吕家堡党支部的宣传委员，他领导过对她的贩卖鸡蛋行为的批斗，而且说话十分尖刻。她恼恨他。她现在给他家的小鸡治病，特别用心，当她第二次专心用意询问小鸡病情的时候，那位主妇眉开眼笑，一面夸她技术高明，心肠也好，一面就数落那个男人，屁事也干不响，连人家个妇女也不如。四妹子心里十分痛快，一种得到报复的舒悦。

家庭内部的矛盾却在她东颠西跑的时日里酝酿着，像乌云在迅猛地凝聚。

这一天午后，五月的骄阳悬在头顶，火一样的阳光炙烤着已经变成了黄色的麦穗，紧如救火的夏收即将开始，应该准备镰刀了。四妹子骑着自行车，在浑如金碧辉煌的麦海里穿行。她的心情十分好。她是胜利者。她绝对压倒了三家竞争对手，出售的小鸡高过他们一倍，收入自不在话下。该当暂时告一段落了，一当开镰，庄稼汉男女就没有空闲和耐心去抚弄那些弱不禁风的小鸡了。她的孵化器里的最后一茬小鸡今天开始出售，售完了今年就该收场了。

她把车子撑在门外，防备后晌又有什么人来请她去防治鸡病，走进街门，连一口水也顾不得喝，端直向孵化房走去，不知今天售出了多少小鸡？必须在搭镰收麦之前把这一茬小鸡销售完毕。她走到小窗下时，猛地刹住匆急的脚步，那里头正传出肆无忌惮的嘲骂她的声音，她的大侄女雪兰和二侄女小红伙同她的二嫂，三个人一唱一和，正说到热火处——

“咱是长工。”二嫂的声音，“人家从早到晚骑上车子满天满地游逛，咱给人家从早到晚熬长工。”

“本来就是个野货！”雪兰的声音，“山蛮子！不懂规矩！白天黑夜骑着车子跑，谁知能跑出啥好事来……”

“能登报受表扬嘛……”小红说。

“怕是单为登报，单为卖鸡儿不会有这么大的精神吧？一个山里野女人……”二嫂说。

四妹子的脑子麻辣辣地疼，像接连挨了几棍。她像受到突然袭击的野兽，不假任何思索，扑进门去，一句话也说不出口，迎面就在二嫂的那张嬉笑着的胖脸上打了一拳。不等那张脸反应过来，又一拳砸上去了，鼻血涌流下来。

最先反应过来的是小红，一看妈妈挨打，立即蹦起，在四妹子第三拳还未落下之前，就把她推到一边了。小红随之扑上来，和四妹子扭打在一起。她扯着四妹子的头发。四妹子扯着小红的前襟。小红的前襟嘶啦一响，两只从未见过人的小乳房亮了出来。她羞了，一狠劲，把一撮头发从四妹子的头上拽下来了。

小红的妈妈已经反应过来，母狼一样扑过来，抱住四妹子的一条腿。四妹子猝不及防，摔倒在地上的木槽里，小鸡被压死一片，她也不顾了，因为她的裤子被扯破了，一只手抓向她的下身，一阵钻心疼痛之后，就昏死了。

吕克俭正在清理铡草场地，听见声嘶力竭的叫骂声，扔下长柄竹条扫帚，颠跑过来，刚踏进孵化室的小门，就瞅见一副惨不忍睹的景象：孙女小红被扯破了衣衫，裸露着胸膛，二媳妇被血水糊浆的脸孔，大孙女儿雪兰披散头发，嘴角淌血，三媳妇四妹子被撕光了裤子的屁股下鲜血斑斑，屁股下压着被踩踏死掉的小鸡……吕克俭不由得怒吼一声“都不要脸了吗？”

克俭老汉扛着一把双刺钁头，一只手提着装满开水的瓦罐，头上戴一顶由黄变黑的蘑菇帽儿，走出街门，走过村巷，沿着吕家堡背后的山沟走上坡去了。夏收以后，吕家堡生产队的土地按照人口重新分配到户了。尽管他觉得不敢相信世事会发展变化到这种地步，还是不失时机地用牛把那两块稍微平缓的坡地犁了一遍，剩下两块陡峭的坡地，黄牛拖着犁杖是难得站立得住的，只有靠他用镢头去开挖了。挖开地表一层，暴晒整个一个伏天，杂草晒死了，生土晒成熟土了，地表松软了，秋后好播种小麦啊！

兄弟三家联营的养鸡场散伙了。成千只正在产蛋和即将开产的母鸡全部卖掉了。从早到晚不绝于耳的“叽叽叽”的叫声没有了。吕克俭老汉早已离开三儿子的屋院，重新回到自己的老窝，连同他的老伴。想到那鸡场的红火走运的日子，真是令人叹惋，简直不堪回首，却无论如何又忍不住回味。挖下一镢头，翻起一块巴着草根的干硬的土疙瘩，一下一下挖下去，身后就摆满了大小各异的黄袍色的土块。即将进入三伏的太阳，像一个正在燃烧的火盆扣在背上，汗水滴在脚下刚刚挖起来的干土块上。干得累了，他提着镢头，缓缓走到沟坡边沿一棵山榆底下，扔下镢头，抱起瓦罐，咕嘟嘟灌下半罐子凉开水，坐在花花拉拉的阴凉里，掏出烟袋来。老大太诡了！诡到这种不顾乡邻口声的地步了。他在心里怨愤地咒骂大儿子。

将鸡场现存的全部母鸡卖掉的主张，是大儿子提出的，将孵化器也卖掉了。除掉归还贷款，将所有盈余的利润，全部按劳力分配。这个分配方案一提出，老二和他的女人立即表示积极拥护，三媳妇只能少数服从多数，一个指头扭不过五个指头。按这个办法分配下来，老大的女人和女儿雪兰，老二的女人和女儿小红，自然都按两个劳力参加分配，老大本人因为每天放学回来参与鸡场劳动，也争得了半个劳力参加分配。这样，老大一家有两份半劳力，老二一家有两份，只有老三媳妇四妹子单臂独手，仅仅占了一份。每当想到这个悬殊巨大的分配结果，吕克俭老汉就十分懊恼，甚至痛恨自己，千不该万不该，不该在当初把老大老二拉扯到三媳妇的养鸡场里去。好心干下了蠢事，亏了人家三媳妇哇！人家四妹子辛苦一场，好心一场，结果把钱全让两个狠心的哥哥和嫂嫂挖去了，太不仁不义了哇！

克俭老汉现在十分厌恶自己的大儿子。在算计分配方案的家庭会议上，老汉万万没有料到，大儿子从制服口袋里掏出一个蓝皮本本来，当着弟弟、弟媳和侄女儿的面，流水般念着他在周日和每天后晌在鸡场参加劳动的时间，甚至细密到从几点几分干到几点过几分，一天不落，一分钟不差。这个突兀的举动，令弟媳、弟弟和侄女们目瞪口呆，然而最感意外的还是克俭老汉自己。老汉死瞪着眼瞅着大儿子不紧不慢地读着，翻过一页又是一页 …… 他忽然觉得不认识这个大儿子了，与几十年来心目中那个知书识礼的先生判若两个人了。

老汉死瞪着眼睛瞅着那个蓝皮本本，压着厌恶的火气忍耐着，听大儿子像给学生念书一样念着枯燥的时间流水账，心里骂，真是爱钱不顾脸啊！怎么好意思拿出这个狗屁本本来念呢！老汉死瞪得眼花了，那蓝皮本本变幻成一只脱毛烂肉的死老鼠，多看一眼就令人心里作呕。

真是亏了三媳妇四妹子，挨了肚里疼，有苦说不出。人家娃娃辛辛苦苦创下的家业，全让哥哥嫂嫂们分赃盗包一空了！

酷伏天气，源坡沟壑间流荡着炙人的热浪。天空灰蒙蒙的，却又不见一丝云彩。草叶枯焦了，沟道里的泉水断流了。他望着河川里一绺一绺分割开来的田块，顿然悟觉到自己犯了一个深重的过错，拍打着额头，独自叹惋着 ——

天下之大，世事之纷，总归还是古人说的有远见，分久必合，合久必分。而今正是分的趋势。地分了。

牛分了。吕家堡的公有财产包括大队办公室的房子都折价分配给个人了。现在的人心是朝着分字转，分得越小越好，分得越彻底越满意。在这样大水决堤般的时势里，自己却逆时背向，把已经分了家的三兄弟联扯到一起，岂能有完美的结局？岂不愚蠢透顶！

吕克俭老汉虽然一再叹惋自己审时度势中的失误，却并不减轻对大儿子的厌恶情绪，即使“分”字下带着“刀”，你毕竟是教育人的先生呀！怎么好意思从自己亲兄弟的碗里抢肉吃呢？你自个儿不仁不义也罢了，反而把老人也装进口袋了，抹成五花脸儿了，让三媳妇四妹子会产生疑心，说你们爷儿们合谋算计俺……

老汉几次踅摸到三儿子的门前，没有勇气走进去，见了老三家的怎么开口说话呢？他只是叮嘱老伴，让她去多多宽慰三媳妇……可自己这样长久下去也不是办法，终究放心不下。

他瞅着源坡下的吕家堡，静静地贴在小河南岸的坡根下，浓密的树梢中露出新房旧屋的脊瓦。村子西边收割过麦子的空地上，一拨一拨人在拉车运土，那是新近划拨的庄基地。在秋收前的三个多月农闲时日里，可以修盖新房。那一片变得很小的人里头，有他的两个儿子，老大和老二，老大利用暑假，正带领全家人在挖垫地基，准备盖造新房了。老二也辞了合同，领着老婆娃娃，和老大竞赛似的干着。他们都有钱了，都要盖置新房了……唉!

十九

四妹子躺在炕上，平心静气地养伤。她一来是养愈被嫂嫂和侄女抓破的皮伤，二来是想躺下来歇息一下。她太累，骑着自行车没黑没明地跑，跑了整整一个春天，半个夏天，真是太累了。

建峰暂时封闭了在桑树镇上开设的电器修理铺的门板，回到家里来，专意侍奉她。他笨拙地给她端水，倒水，坐在炕边上，口齿拙讷地说着宽心的话。他把他在桑树镇修理电器挣下的钱悉数交给她，企图弥补她被两位哥哥坑去的资财。她笑笑，摇摇头，示意她并不在乎那些损失。他们是他的亲哥哥，一个奶头下吊大的亲兄弟，他对他的两位见钱黑心的哥哥无可奈何，也不好在她面前过多地谴责他们的不光彩行为，只是一心一意盼她尽快康复。她不断听到他的真诚的劝慰:“算咧！ 你为咱家受够苦了，现在该当享点福了。我在桑树镇修理电器，收入还可以，保险养得住你。你就跟我到桑树镇去，管点零碎事，免得再东颠西跑，咱们也能日日夜夜在一块……”四妹子听着，心里很舒服。

一位副县长来看望她。县长说他听到四妹子的鸡场垮台的消息，十分震惊，大为惋惜。这个全县最早出现的专业户，正是目下县政府要在全县推行的榜样，想不到竟然垮台了。县长询问垮台的原因，四妹子不想再诉冤枉，就漠然笑笑，搪塞过去，使县长终究不得其解。县长说，一定要总结经验，重搭戏台另开锣，绝不能让全县的第一个养鸡专业户垮台，影响太坏了。他征询四妹子的意见，需要什么机械，需要什么物资，需要多少资金，他都一手包了，负责给她优先解决…… 她只是感激地笑笑，说她什么也不要。

县长不解地瞅着她，说因为政府刚刚开展发展专业户的工作，好多好多人都要求贷款，各级银行应接不暇，而四妹子却把送上门来的好事一概拒绝，是不是灰心丧气了？ 四妹子仍然笑笑，说她还要过生活，也还要做事的，只是暂时还不需要钱。

县长临走还叮嘱她："什么时候有了困难，物资的或钱款的，只需给我打个电话……"

记者解侃也闻讯赶来了。

他是个急性子，又是个热心肠，急头急脑地抹着汗，就追问起鸡场倒闭的经过。四妹子仍然轻描淡写地说说，并不掏根兜底儿。这使解记者很着急，甚至激动了，说他可以把她的委屈公之于世，动员社会舆论的强大力量，惩罚破坏专业户的人。如果需要到法院打官司，他可以出庭作证。解记者仗义执言的热血心肠，依然没有打动四妹子的心，她还是淡淡地笑笑。她被他逼问急了，只是说："没啥！权当我没挣钱，权当我尽了义务，权当像过去偷贩鸡蛋被没收去了……"

解记者默然了，点燃一支烟抽起来，这篇文章怎么写呢？往昔里，他第一个发现了吕家堡的四妹子，把她作为一个经济变革时期的典型人物推上了报纸，成为本报宣传的第一个专业户。这个新生事物的报道，产生了广泛的影响，提高了他在报社的威信，那篇通讯稿在全国也算较早报道专业户的有影响的文章之一。几年里，关于四妹子的发展，他写过不下十篇通讯了。她买下电视机，他就及时写下《庄稼人也能看电视了》。她买了一辆轻型凤凰自行车，他就写下一篇《凤凰飞进寻常百姓家》。她买了孵化器，他就写下《电母鸡》风趣十足的通讯等等。

现在，他该写她的什么呢？写她破产吗？前不久他刚发表过一篇《三兄弟联合办鸡场》的通讯，说扩大了生产的农民有自愿组织联合再生产的趋势云云。

解侃说："你能详细地把鸡场倒闭的过程说说，自己可以总结经验教训，我也可以找出一些规律性的东西，对正在兴起的专业户都有好处……”

四妹子说：“我不想总结了。鸡场倒闭了算了。我不爱为过去的事情伤脑筋。过去了的事，我全都不管了。我只想日后的事该怎么办？”

解记者忙问：“那好，你谈谈日后的打算，也好哇！”

四妹子笑笑：“暂时保密。”停停，她有点不好意思地说，“你以后甭写我了……我是个农村妇女……你写我写多了我不好受……”

解侃不无遗憾，不无丧气，真没办法。

四妹子静静地躺了三天，伤不疼了，体力也恢复了，有点躺不住了。三天来，建峰围着她打转转，表现出一种笨拙的又是真诚的关心。她向他招招手。他顺从地走过来。她指指炕边。他顺从地坐下。她努努嘴，向他撒娇了。他抱住她，亲着她。

她说：“建峰，你不嫌怨我闯事惹事吗？”

他憨厚地笑笑，把她搂得更紧了。

她说：“我想起我自小受苦，从陕北来到关中，我……真想哭，又……哭不出来。”

他听着她在他胸前嘤嘤地说着，自己倒先流出泪来了。

这当儿，院子里响起一声咳嗽，是老公公给他们打招呼，老掌柜的要进晚辈人的屋子了。她挣脱开他的搂抱，俩人端端正正坐着。

老公公走进厦屋，坐在木椅上，沉默半晌，才问：“好些了？”

她说：“好了。”

老公公说：“噢！好了就好！”

四妹子忽然感动了。这是踏进吕家门槛几年来，第一次听到老公公知疼知冷的话。平素里，老公公摆一副家庭长者高不可及的威严架势，吝啬到从不说一句问候儿媳的话，总是由婆婆来传达他的关照。老公公终于走进她的卧室，问候病情来了。她忽然想到亲生父亲，那个比老公公更穷然而却和气得多的大大！

“过去的事，甭想了。”老公公说，“千错万错都怪我……”

“根本不怪你，爸。”四妹子忙说，“我早都不想它了。自打那天晚上分配完毕，我就不想了，吃亏也罢，占便宜也罢，就这一回了。我已经不想它了。”

“不想了就好！”老公公说，“日子怎么说也比以前好过了。”

“爸吔！”四妹子叫，“我想跟你商量一件事。”

吕克俭老汉扬起头，期待着。

“我想承包大队那个果园。”四妹子说，“需得一个看门的可靠人手……”

建峰瞪起眼：“你还不死心呀？啊呀呀！我还怕你伤心哩！你这几天躺在炕上原是盘算这号事……”

四妹子说：“我盘算了三天。那果园百十亩地，苹果、梨和葡萄刚挂果，队里管不好，现在又要承包出去。甭说现有的果树，单是利用这块地养鸡养蜂养奶牛，想想会弄出多大的世事！”

吕克俭老汉惊呆了，半天说不出话来。三天里，他沉浸在一种难言的痛苦当中，替三媳妇四妹子难受，谁料想她本人并没有伤心伤情，而是在谋划着承包大队里那百亩果园的事。哦呀呀！这个陕北女人，真厉害！

“这回——”四妹子说，“我要正儿八经地雇用工人，按月开销工资。果子未上市前，工资暂欠，果子一上市，按月照发，我要……”

“保险能赚钱吗？”吕克俭老人不无担心，“大队里决定果园承包半月了，没人敢应承，听说人都怕烂包……”

“全在自己管理哩！”四妹子说，“我这几天划算来划算去，怎么划算都划得来。爸吔！你只要答应给我看大门，旁的事就甭操心了。”

夏日的傍晚，夕阳涂金。

四妹子走在宽阔的柏油公路上，旁边走着她的男人建峰。她俩岔开公路，走上通往果园的土石大路。他不放心她病愈出门，陪她走着。

包谷苗子铺满大地，渠水欢快地流泻着。公路两旁高大的白杨迎风起舞，蓝天涂一抹艳丽的晚霞，几朵白云也染成红色了。

“你还舍不得那个电器修理部吗？”

“当然，你也是舍不得果园呀！”

“好，各人干各人的吧！”

“唉，你总是跟我合不到一条辙上！”

土石大路两边，绣织着野草、马鞭草、营草和三棱子、香胡子，拥拥挤挤地生长在路边上，车前草却居然长到路中间来，任车碾马踏人踩，匍匐在地上，继续着自己顽强的生命。

四妹子拔起一株车前草，对建峰说：“这草叫什么名字？”

“车前草，你也不认得？”建峰不屑地说。

“这草——”四妹子说，“叫四妹子。”

建峰眨眨眼，理会了什么似的，没有开口。

四妹子走到果园的木栅门口，忽然又想起妈妈给她掏屎的痛苦情景，那令人毛骨悚然的可怕的谷糠饼子啊！

她回瞧一眼建峰，走进果园，一眼望不透的苹果树、梨树和葡萄藤蔓…… 她张开双臂，大声喊：

“砸不烂的四妹子，又闯世事来了……”

1986年8月草改于白鹿园